中公文庫

圓　朝

奥山景布子

中央公論新社

目次

圓朝

序

――なんだ、皆黙っていなくなっちまったのか？

左耳の後ろが無性にかゆい。次郎吉《じろきち》はぼりぼりと乱暴に手で掻きむしった。木の上で身を潜めていた時、蚊《か》が飛んできたのは分かっていたのだが、しがみついた枝から手を放すのが難しくて、刺されるままになっていた。蚊はきっと、次郎吉の血をたっぷり悠々と吸って、満腹の腹を抱えてふらふら飛び去ったに違いない。

「おうい」

自分の声がお寺の建物に跳ね返されて響き渡る。

はじめに鬼を決めた境内には、もう誰の姿もなかった。

こんなことならもっと早くに木から下りてしまえば良かった。隠れ方が巧妙《うま》過ぎて、鬼に見つけてもらえないまま、次郎吉は置き去りにされてしまったようだ。

――あれ？

藍色の着物に薄茶の帯を締めた、次郎吉と同じくらいの背格好の男の子が、生け垣の向こうから凝《じっ》とこっちを見つめている。

――誰だ？　弥市《やい》っちゃんか、それとも清《せい》やんかな。

空はもう薄暗くて、顔の見分けも付かない。

「おい」

次郎吉が声をかけると、男の子は少し首を傾《かし》げて、困っているようなそぶりをした。

「おいったら」

黙ったまま、男の子がくるりと背中を向けた。

なんだ。せっかく今まで待っててくれたんなら、いっしょに帰ろうじゃないか。

このあたりは寺社や武家屋敷が多く並び、宵闇になると木暗さが急に迫ってきて、昼日中とはまるで違った景色になる。一人で道を行くのは心細い。

次郎吉はその子を目がけて駆け出そうとした。

「おい、次郎吉じゃないか。なんで今時分、墓地なんかへ行こうとするんだい」

背後から、聞き覚えのある声がした。

「兄《あん》ちゃん」

相変わらず、青々とそり上げた頭の形がきれいな、兄、徳太郎《とくたろう》の姿があった。

「おっ母さんと、それから……父上に話があって来たんだ」

父上という言葉を口にする前、徳太郎はいつも、何かを飲み込むようにする。

「根生院《こんしょういん》さまの前を通りかかったら、おまえの姿が見えたから。いっしょに行こう」

「うん。でも……」

次郎吉は男の子のいた方を振り返った。

――いない？　そんな。

あの場所からだと、自分と兄の側を通らずには、ここを出られないはずなのに。

「どうしたんだ。何かに化かされたような顔をして。だいたい、おまえ一人、こんなところで、いったい何をしていたんだい」

「え、あ……」

かくれん坊で置いてけぼりにされたとは言いたくなかった。

咄嗟《とっさ》に、それらしい嘘を拵《こしら》える。

「おっきなトンボを追いかけてきたんだけど、逃げられちまった」

「そうか……。追うくらいはいいけど、無益な殺生はいかんぞ」

「うん」

連れだって長屋まで来ると、母のおすみが兄の姿を認めて、常日頃よりいくらか高い声で迎えてくれた。

「まあ、徳太郎。二人いっしょだったなんて、うれしいねぇ」

ましてました」

「ええ、そこで次郎吉を見かけたので、声をかけました。おっ母さん、ご無沙汰をいたしまして」

「さあさ、あいさつなんて良いから、中へ。今日は泊まっていけるのかい」

「ええ。和尚《おしょう》さまからお許しをいただいてきました……あの、父上は」

「それが……」

父の出淵長蔵《いずぶちちょうぞう》――というより、このあたりの人には、橘屋圓太郎《たちばなやえんたろう》と言った方が、通りが良いだろう――は、この数日長屋に帰ってきていない。

「また、お留守ですか……今日は大切なお話があってきたんですが」

兄がため息を吐いた。

徳太郎は、父と血がつながっていない。母が先《せん》の亭主との間にもうけた子で、今は谷中《やなか》の南泉寺《なんせんじ》で僧侶として修行の身である。

「すまないね、せっかくおまえがわざわざ来てくれたというのに……。まったく、どこをうろついているんだか。寄席《よせ》が退けても、まっすぐ帰ってきたためしがないんだから」

次郎吉はずいぶん後から知ったのだが、父はもともとお武家の血を引く身で、親戚筋のどこかの家を継ぐお膳立てをされていたのに、生来のふらふらした性分ゆえか、どうしても収まりきることができなかったらしい。次郎吉が生まれた頃には、この湯島切通《ゆしまきりとおし》の長屋に住み着いて、寄席芸人として世に漂う日々を送っていた。

母と兄は何やら眉根を寄せて話し合っているが、声はひそひそと小さく、次郎吉には何を言っているのか聞き取れない。

——なんだ。つまらない。

聞こえるのはため息の音だけである。

「へえい、できますものは、けんちん、おしたし、鱈昆布《たら》、あんこうの・ようなもの、鰤《ぶり》にお芋に酢蛸《すだこ》でございます、へえーい」

聞き覚えた噺《はなし》に出てくる、小僧の口上がふっと口をついて出た。早口で一気に言い切って、おしまいの「へえーい」をうんと甲高く言うと、それっぽく聞こえて楽しい。

母がぷっと吹き出した。

——あ、おっ母さん笑った。兄ちゃんも。

湯飲みを置いていっしょに笑っていた徳太郎だったが、やがて真顔になると、次郎吉の方に向き直った。

「おまえ、あんまりそういうことを真似するもんじゃない。きちんとした学問ができなくなる」

「兄さんの言うとおりだよ。ただ、どうしても、ねえ。ここのうちは、芸人がしょっちゅう出入りするものだから」

「物覚えがせっかくこんなに良いのだから、その知恵をもっと他のことに使ったら良いのに……。まさか、父上はこの子まで寄席に出そうというのじゃないでしょうね」

「さあ……」

「おっ母さん、ちゃんと止めてくださいよ」

「あたしが言っても、ねえ」

母は何かというと、物事の筋目をきちんと立てたがる人だ。父に対しても、決して情に任せて泣きわめいたり怒鳴ったりすることなく、考え考え、理詰めでものを言う。一方、父はそんな母の言葉をいつも右から左、一つとしてまともに胸に留めて聞きおく様子はない。

「頼むよ。そんなことがあったら、おまえからよく言っておくれ」

「そうしたいのはやまやまなんですが……。実はしばらくそうも行かなくなりまして」

「どういうことだい？」

「和尚さまの格別のご配慮で、私は京《きょう》の東福《とうふく》寺で修行させていただくことになりました。来月には出立するつもりです。今日はそのご挨拶に伺いました」

「京……」

おすみは言葉を失っていた。

後から思えば、ありがたいのと心細いのがごっちゃになって、どう返答したものか分からなくなっていたのだろうが、その頃の次郎吉には、京の遠さも、図らずも芸人の女房になってしまった母の日々の不安も、まるで分かってはいなかった。

「何年か修行してこちらに帰って来れば、役僧となっておつとめすることができます。どうかそれまで、おっ母さん、達者で待っていておくんなさい」

「徳太郎……」

母は襦袢《じゅばん》の袖で幾度も涙を拭《ぬぐ》った。次郎吉にはそれが、父の芸人仲間がよくやってみせる仕草と同じに見えた。

「砕けて落つる涙には……チチン、片《かた》しく袖の片思い」

「これ、次郎吉。こんな時になんだ」

兄の口調が厳しくなった。次郎吉は亀の子のように首をすくめた。

「ね、こんなふうだから。本当に、おまえがいなくなったら、どうなっちまうかと思うと」

「おっ母さん。私は必死で修行します。そして、できるだけ早く、立派な僧侶になって帰ってきますから」

「頼むよ」

「………」

二人は小声でずっと、何事か話し続けている。

次郎吉はこっくり、こっくり、簞笥《たんす》にもたれて舟をこぎ始めた。

——おいで、おいで。

誰だよ、おまえ。

弥市《やいち》でも、清吉《せいきち》でもない。

誰だか分からないのに、なぜか見覚えのある気がしてならない男の子が、次郎吉を手招きする。

——おいで、おいで。

行ったらだめだ。きっとだめだ。

そう思うのに、なぜか足は勝手に動いて、男の子の方に体が寄っていく。

「よく来たね」

男の子の目が次郎吉の目を凝とのぞき込んだ。

「いっしょに行こう」

のぞき込んだ目には、目玉がない。二つの穴の向こうに、闇が広がっている。

「いやだ」

逃げようとする次郎吉の足が、何かにぐっと摑まれた。広がる闇が次郎吉をひたひたと飲み込もうとする。

「助けて、助けて」

声が出ない。手も足も動かない。闇の塊《かたまり》が次郎吉に押し寄せてきた。

「助けて」

「次郎吉、次郎吉。どうしたんだ」

もがいたあげくにようやく目が開くと、目の前に白いつるりとした顔があった。

「兄ちゃん……?」

いつの間にか次郎吉は、徳太郎とひとつ布団に寝かされていた。

「お化け、お化け。お化け、見たんだ」

夕方に見たのが、きっとそうだ。あの時置いてきぼりにしたから、怒ってついて来たんだ。

「目玉がないんだ。連れていかれちゃうんだ」

「落ち着きなさい」

兄はそう言うと、口の中で小さく「南無阿弥陀仏」と唱えた。

「おまえが見たのは、人の形をしていたかい?」

「うん」

「そうか。それなら、幽霊《ゆうれい》の方だな」

「幽霊?」

「そうだ。人じゃない、おかしな形だったら、化け物」

人の形。でも、目玉がないのは、人なのか？

「化け物なら、狐狸《こり》妖怪と言って、ただ人を脅かして悪戯《いたずら》しているだけだ。心配しなくても良い。ただ、幽霊だったら」

「幽霊だったら？」

兄は笑みを浮かべていた。

兄の笑い顔は、母によく似ている。ただ、その母はこの頃、なかなか自分からは次郎吉に笑顔を見せてくれない。

「おまえ、何か胸の内に疚《やま》しいことがあるかい？」

「疚しい、ってどういうこと？」

「そうさな……何かいけないことをして、おっ母さんを悲しませているかもしれない、とか」

「えっ……」

ない、と胸を張って言うことはできなかった。

「幽霊ってのはな、人の心を映す鏡なんだ」

「鏡？」

「ああ。だから、自分に疚しいことがなければ、夜、幽霊を見ても、怖いことはひとつも起きず、ちゃんと明るくなって、朝が来る」

「本当？」

「本当だよ。でもな」

兄はこちらをまじまじと見た。

その目にちゃんと目玉があって、光があって、しかも、ちゃんとにこにこと笑っているのを見て、次郎吉はいくらか安心した。

「疚しいことがある人が幽霊を見ちまうと、朝は来ない。暗闇になっちまうぞ」

「暗闇……」

「そうだ。だから、毎日、真面目に暮らすんだぞ」

兄はそう言って、次郎吉の背中に手を当てた。

「さ、ゆっくりお休み。兄ちゃんがついてる。必ず朝が来るよ」

一　牡丹灯籠

安政六年（一八五九）春――。

二十一歳になった次郎吉は、噺家、三遊亭圓朝《さんゆうていえんちょう》として、あちこちの寄席へ出ていた。

「精が出るね。だいじょうぶかい？　そんなに根を詰めて」

母のおすみが、茶を淹れて持ってきた。盆に湯飲みが三つ、乗っている。

「もう少しだから。そこへ置いてっておくんなさい」

かつては、どうしても次郎吉を芸人にしたくないと、兄徳太郎の知恵を借りて寺子屋へやったり、商家へ奉公に出したりと、八方手を尽くした母だった。が、その志もむなしく、次郎吉はいずれも長続きしないどころか、必ずと言って良いほど病を得て帰されてきた。

ぶらぶら病だろう、おれについて寄席にでも来てりゃ、そのうち治っちまうさ――ため息を吐くおすみを尻目に、こともなげにからからと笑った父圓太郎の見込みは確かに正しかった。芸人たちの中へ立ち交じらせておくと、まるで水を得た魚のように、みるみる次郎吉の顔色が良くなって、病の影などどこ吹く風、跡形もなく消えてしまう。

十にもならぬ子ども時分に、回らぬ舌で小圓太《こえんた》を名乗って高座へ上がっていた頃のことを覚えていてくれる客や師匠たちもあり、次郎吉にとってはやはり寄席が一番しっくりくるらしい。

八年前、今度こそはとおすみも徳太郎も望みをかけた修業先、絵師の一勇斎国芳《いちゆうさいくによし》のもとから、やはり半年ほどで帰されてきた次郎吉を見て、圓太郎はほれ見ろ、とまでは言わないものの、待ち構えていたように、己の師匠でもある二代目圓生《えんしょう》に、次郎吉を正式に入門させたい意向を切り出した。

圓生はすでに何度も次郎吉を弟子扱いにして寄席へ出入りさせてくれており、誰の目から見ても、それがもっとも自然の道筋としか思えなかった。

さすがのおすみも詮方なしと観念したのだろう。以後はむしろ、どうにかして息子が芸人として早く一人前になりますようにと、神にも仏にも願いをかけるのが、この母の日課となっている様子である。

「圓三《えんざ》、そこ、しっかり支えてろ」

「はい」

「小勇《こゆう》、皿、持っててくれ」

「はい」

次郎吉は、二人の弟子に手伝わせて、次の寄席で使う道具に絵を描いていた。

──早く一人前になりますように。

母の願いは少しずつ聞き届けられているのか、次郎吉こと圓朝は今、真打《しんうち》と呼ばれるまでになっている。

真打──寄席のトリ、最後の演者として出ること。

この世界に入った者なら皆がまず憧れ、目標とする地位だ。

ただ、真打になればそれで噺家としての暮らしが立ちゆくのかというと、決してそんな甘いものではないことを、圓朝はこの四年ほど、いやというほど思い知らされてきた。

「なに、圓朝をトリに？　無理無理。冗談じゃねぇ。まだまだ早ぇよ。もっと客が呼べるようになったらな」

江戸に寄席というものが今幾つあるか知らないが、こう言って首を横に振った寄席の席《せき》亭《てい》を、圓朝は十指に余るどころか、足の指まで使っても足りぬほど見てきた。

──客を、呼びたい。

師匠や一門から真打を許されても、己の名で客を呼べなければ、トリで使ってくれる寄席はない。

どうすれば、客を呼べるのか。

できることは何でもやってきたつもりだ。

師匠である圓生に稽古をつけてもらうことはもちろん、暇《ひま》さえあれば、桂文楽《かつらぶんらく》、古今亭志ん生《ここんていしんしょう》、春風亭柳枝《しゅんぷうていりゅうし》といったよその大物師匠たちの噺を、楽屋袖に入れてもらって聞いた。田辺南龍《たなべなんりゅう》、松林伯圓《しょうりんはくえん》、伊東燕凌《いとうえんりょう》、神田伯山《かんだはくざん》といった講釈の人気者の席にも行った。今月の狂言は大入りらしいと聞けば、食べるものを倹約してでも、中村座《なかむら》や市村座《いちむら》、森田《もりた》座へ足を運んだ。

「よし。圓三、これ縁へ持って行け。乾くまでちゃんと見ていてくれよ」

「はい」

「あ、ただ、見ているだけじゃだめだぞ。何か故障が入りそうな時は、ちゃんと知らせるんだぞ」

「故障ってぇと……？」

「風が強くて破れそうになるとか、虫がうっかりとまっちまうとか」

「じゃあ鼠《ねずみ》が来ても知らせるんですね、分かりました」

――やれやれ。まるで与太郎《よたろう》だ。

のんびりした圓三の口調に、圓朝はちょっといらいらした。一方の小勇は手際よく次の紙を用意して、圓朝がいつ筆を持っても良いよう、待ち構えていた。

思うに任せぬ暮らしだが、こんな己にも弟子にしてほしいと願い出てきた者がある。

一番弟子の圓三は四年前の三月二十一日、ちょうど圓朝が、初代圓生の墓参から帰ってきたところへ押しかけてきた。大師匠の命日に弟子入り志願が現れるというのも何かの巡り合わせだろうと思って受け入れた。気立ての良いのが取り柄だが、物事を言われたままに受け取りすぎる純朴さは、時に面倒くさく思われた。

一方の小勇は、圓三に遅れること二ヶ月ほどで入門した二番弟子だが、こちらは目から鼻へ抜ける気働きがあって、圓朝はつい小勇を便利に使うことが多かった。

「よし、小勇。これでおしまいだ」

「はい。あとで担ぎやすいよう、まとめておきやす」

「おう、頼むぞ。おれはちょいと出かけてくる。帰ってきたら、もう一度稽古だ」

「はい」

ここから下谷御数寄屋町《したやおすきやまち》まではおおよそ半里ほどだ。せっかくの苦心の作、運ぶ道中で壊れたりしては一大事である。

このところ圓朝は、高座の背景に噺の筋に合わせた書き割りやら何やら道具を飾り、盛り上がったところで幕を引いたり、道具の仕掛けを動かしたりと、いくらか芝居に寄せたようなやり方で噺をやっていた。下座に頼んで稽古から付き合ってもらい、三味線や笛、鉦《かね》や太鼓の音も入れて、噺が盛り上がるように工夫している。

——派手に。ぱぁっと。

こんなことを思いついたのには、理由があった。

口跡《こうせき》の良さ、所作の見せ方、そして何より、間の保ち方。

うぬぼれかもしれないが、ここ数年、圓朝は己の腕に自信があった。同じほどの芸歴の誰彼と比べて、劣ると思ったことはない。

——じゃあなぜ。

なぜ、客が入らないのか。

右も左も分からない子どもの頃は、高座に上がって座るだけで客席が沸《わ》いたのに、今ではなんだか、噺を右から左へ聞き流されているだけだ。

ある時、悩みいらだっていた圓朝の耳に、客同士の他愛ないやりとりが飛び込んできた。

「良いねぇ、やっぱり、文楽は」

その日、圓朝は二代目の桂文楽のお声がかりで、文楽がトリをつとめる寄席に出させてもらっていた。出番は仲入り前。休憩に入る直前の出番は、中トリとも言われ、扱いはかなり良い。

「まあ、華やかだからな。けど、おれは圓生の方がいいな」

「圓生か。ま、確かに上手いが……ちょいと地味じゃないか」

「いいんだよ、ああいうのが。地味は滋味だ。しみじみ、染みるじゃねぇか。ま、ただ、こういうのは、やっぱり亀の甲より年の功が大事だ」

「そうだな。そう言やぁ若ぇ噺家でよく似たのを見かけたが、弟子かな？　年季も積んでねぇくせにああいうの真似しちゃ、だめだ。聞いている方は飽きちまう。華がねぇ」

「〽花の外には松ばかり、とくらぁ、な。松の緑は、こっちも歳をとらねぇと味わいが分からねぇ」

――華。

もしかしておれは、華がないんだろうか。

客が言っていたよく似た若い噺家というのが自分かどうかは、定かではない。だが圓朝はよく、師匠に似ていると言われていた。

圓朝にとって圓生は自分の師である前に父の師でもある人だ。母親が泣こうが怒ろうがどこ吹く風で、いつもふわふわとしている父が、圓生の前でだけはしゃきっとする。

そんな様を見て、幼心にこの人はとても偉い人なんだと憧れていたからだろう、知らぬ間に圓生の声色や仕草を真似するようになっていた。

またうまく真似できると、圓生当人からも「この子は筋が良いね」と褒められた。正式に弟子となってからは、「あんまり私に似せてばかりではいけないよ」と言われることもあったが、それでも、圓生が自分に似ている圓朝を内心可愛く思っているのは何かにつけ伝わってきた。

師匠の芸に近づきさえすれば、きっと売れる。ただただそう思っていたのは、間違いだったのか。

確かに、どんなに似せたところで、圓生そのものになれるわけではない。あの客が言っていた「華がない」というのが自分のことだとすれば――きっとそういうことなのだ。

華？　華なんて、どうやって身に付けたら良いんだ。

華がある。華がない。

役者や芸人に向かって、客が簡単に投げつける言葉だ。

声の出し方や口跡、間や所作なら、稽古を積めば良い。努力して、人の倍でも、十倍でも。

しかし、華ってのは……生来のものじゃないのか。努力して、身に付くものなのか。

努力しても、身に付かないもの。そんなものがあるとして、しかもそれが、芸人として身を立てるのに、もっとも重要なのだとしたら――。

そう思うと、圓朝はぞっとした。どうしたらいい。

誰かに尋ねてみたかった。

いつもなら、真っ先に師匠に問うところだが、「そんなくだらないことを考えていないで、もっと稽古をしろ」と小言を言われそうな気がした。

「華なんて、本人がその気になりゃぁいいのさ」

こともなげにそう言ったのは、父の圓太郎だった。

「その気にって……どうやったらその気になれるんですか」

詰め寄る圓朝に、父はふふんと笑った。

　以前は気まぐれがひどく、何ヶ月もふいっと姿を消すことも度々だった父だが、この頃は母との仲も落ち着いて、圓朝の売り出しにも力を貸してくれていた。

「だから。おまえはそうやって何でも理詰めでくるからいけねぇ。どうもそういうとこがおっ母さんそのまんまだ」

　同じ圓生門下ではあるが、音曲噺を得意として、芸風としてはむしろ文楽の方に近い圓太郎は、ひょうきんに肩をすくめると、今度は腕を一杯に広げて見せた。

「おまえ、孔雀《くじゃく》って知ってるか」

「ときどき見世物《みせもの》に出ている鳥ですかい？　派手な羽の」

「ああ。あれさ。あの羽はな、雄《おす》が『おれはこんなに立派なんだぞ』って雌《めす》に見せるためだけのもんなんだそうだ。ただそれだけで、別に早く飛ぶとか走るとか、そういう役にはまるで立たんらしい」

「で、それがなんなんですか」

「あ、いや、何ってこともないが……。おまえの話を聞いていたらなんとなくあれを思い出したのさ」

「なんだ」

　その場はそれで仕舞いだったのだが、圓朝はあとから、父の言葉からふと、得るものがあった。

――試しに、孔雀になってみれば良いんだ。

己の身に華がないなら、羽を付ける。そのうち飛べるかもしれないじゃないか。考えたり調べたりを繰り返した末、圓朝は高座を芝居風に仕立て上げることを思いついた。

道具仕立ての噺は、今よりかなり前、文化とか天保とかいった頃に、怪談噺で一世を風《ふう》靡《び》した初代の林屋正蔵《はやしやしょうぞう》、それに何より、圓朝のいる三遊派の祖、圓朝にとっては大師匠にあたる初代の圓生も盛んにやっていたというが、初代は天保九年（一八三八）に彼岸へ行ってしまっており、圓朝は教えを受けるどころか、目通りする機会さえなかった。

さらに天保十三年（一八四二）にご改革とやらで寄席が一時期ごっそり潰され、その恨みが積もったからなのか、その年のうちに正蔵が死んでしまうと、以後はほとんどやる者がいなくなってしまったようで、圓朝自身は見たことがない。

――誰もやらないなら、おれが。

幸い、自分には絵の心得がある。

国芳のところで半年過ごしたのも、もしかしたらこうなる巡り合わせだったのかもしれないと、この思いつきに俄然賭けてみる気になった。

道具を背負ってやってみると、これまでどおりの声の出し方や体の動かし方では合わないところがどうしてもある。

「あら、おまえさん……いや、違うな。ここはもうちょっとたっぷり見せた方がいいな。もういっぺん。あ、そこだそこだ。そこで扇子《せんす》をそう広げちまうと、せっかくの道具がもったいねぇ。もう少し体を傾《かたむ》けてみるか」

自分の代わりに弟子を道具の前に座らせ、さまざまな形を取らせては、一場面一場面が客席からどう見えるのか、何度も細かく確かめながら、噺を変えていった。

――羽と身、うまく付いてくれよ。

「なんだかおまえ、近頃楽しそうだな……」

稽古をしていると、いつの間にか父の圓太郎がやってきて、目を細めて眺めていく。

「化けるかもしれねぇ。まあせいぜい、気の済むまでやりな」

立ち去る間際に、ぼそっとこぼれた言葉が、汗で濡れた背中に染みた。

――化ける。

芸が急に上がる。人気が出る。

父の言葉どおりそうなれば、どんなに良いだろう。

子どもの頃は、母に苦労をかけるばかりの頼りない男としか映っていなかった父だったが、今、芸の道の先達として仰ぐ圓太郎の目や勘は、圓朝にはありがたいものになっていた。

こうして、雌の前で羽を広げる雄の孔雀よろしく、客の前で道具を背にした圓朝の高座は、少しずつ、客の評判を取るようになっていったが、相手にしてくれるのはまだ、品川《しながわ》や目白《めじろ》といった江戸郊外の寄席ばかりだった。

——もっと、目立つところでやりてぇ。客の大勢入るところで。

江戸の真ん中で、その年の評判記にも大きく名が出るようなところで。

年が改まる頃になると、役者や芸人、女郎を番付した刷り物が出回る。圓朝の名は、まだ一度も載ったことがない。

「池之端《いけのはた》の吹《ふき》ぬき亭がな。おまえをトリで使ってやっても良いと言っているぞ」

そう知らせてきたのは、父だった。

「なんでも、これまで一色摺《ず》りの、草双紙《くさぞうし》の中の挿絵みてぇだったのが、だんだん一枚摺りの錦絵《にしきえ》になってきてるなんて、お席亭に言ってくれたお客があったらしい」

——一枚摺りの錦絵。

良い喩《たと》えだ。ありがたい。

「ついちゃあ、せっかくだから仲入り前に師匠に出てもらうというのはどうだと、頭《かしら》はおっしゃっている」

吹ぬき亭の席亭はわ組の頭で、圓朝の新奇な工夫の評判に耳を留めてくれたらしい。より引き立ててやろうというので、圓生の出演にまで心配りをもらい、圓朝は今いっそう、噺の稽古と道具の支度《したく》、それぞれに余念がなかった。

演目は〈累草紙《かさねぞうし》〉。芝居にいくつかある「累《かさね》もの」と同様、古くからある伝承をもとに、圓生が作った怪談噺だ。圓朝はもちろん、しっかり直に、師匠から稽古をつけてもらっている。

今回、道具や鳴物を入れて演じることについて、師匠は「ああ、面白そうじゃないか。いいよいいよ、やってごらん」と快く承知してくれた。「そういえば先日文楽さんに会ったら、圓朝もいよいよ本当に一本立ちできそうだねえって言ってたよ」——圓生はこうも付け加えた。

——いよいよ、明日からだ。

師匠直伝の怪談、師匠の助演、道具立ての工夫。

文字通り、これだけ支度をそろえて、しくじるわけにはいかない。

初日の噺の段取りを頭の中で追った。

宿屋の二階、下から聞こえる唄と三味線に聞き惚《ほ》れる侍《さむらい》。

声の主である女の正体は、さて……。

——まちがいない。必ず。

客が満足げに唸《うな》りながら帰るのを思い描いて、ぐっと腹に息を溜めた。

「おい。圓三、小勇。噺をさらうぞ。鳴物と道具、ちゃんと合わせろ」

翌日、吹ぬき亭は満員だった。

圓生が弟子のために仲入り前に出るというのと、弟子の圓朝が何やら新奇の仕掛けをしているというのを、席亭が組の若い衆たちを使って、あちこちで喧伝《けんでん》させたのが功を奏したらしい。

――そういうものか。

新奇の仕掛け。自分の名だけで売ろうとしても人はなかなか見向きもしてくれない。が、師の圓生がついてくれるというだけで、ずいぶん反応が変わるようだ。

「じゃ、お先に」

「よろしくお願いいたします」

黒の高座着の前をきちんと合わせ直して出て行く師匠を、圓朝は床に額《ひたい》を擦《こす》り付けて、送り出した。

「……ただ今鶏声《けいせい》ケ窪《くぼ》と呼ばれまする所は、東は土井大炊頭《どいおおいのかみ》下屋敷《しもやしき》、西は酒井雅楽頭《さかいうたのかみ》下屋敷、南は小石川御数寄屋町《こいしかわおすきやまち》、駒込片町《こまごめかたまち》、北は巣鴨御駕籠町《すがもおかごちょう》……」

低く、しかしよく通る声が、淀みなく流れ始めた。

――えっ。

圓朝は耳を疑った。

――いや、まさか。

師匠が語っているのは、これから自分が道具鳴物入りで演じようとしている、〈累草紙〉の頭の部分である。

「師匠。大師匠はいったい……」

太鼓のバチを持った小勇が不安いっぱいな顔でこちらを見上げた。

「いや、まあ、ああやっておいて、別のネタに入っていくんじゃないかな」

きっと、圓朝の出番を盛り上げようとしてのマクラだ。そうに違いない。

「……吉田監物《よしだけんもつ》の奥家老、堀越与左衛門《ほりこしよざえもん》の次男、与右衛門《よえもん》は……」

だが、圓生の噺はまっすぐに〈累草紙〉へと入っていってしまった。

――そんな。なぜ。

動揺する圓朝の耳に、語り続ける圓生の声が滔々《とうとう》と流れ込む。

この何ヶ月もかけて、道具入りの噺として演じるために、間や所作を改変してきたあれやこれやの工夫を、まるで滝で一気に押し流すように、圓生の噺が頭一杯にあふれていく。

「あれ、師匠は、これと違う噺をするんでしたっけ？」

圓三が間延びした声で無邪気に尋ねてきた。

「うるさい。黙ってろ」

小声だが、きつい調子で圓朝が小言を言うと同時に、小勇がなんとも嫌な顔で圓三をにらみ付けた。

――なぜだ。

師匠もそろそろ高齢だ。失礼な言い方だが、もしかしたら、いくらか耄碌《もうろく》したのかもしれない。圓朝が〈累草紙〉をやるから助演をと言ったのを、自分がやるものと勘違いしてしまったのかもしれない。

客は圓生の噺に聞き入っている。いくら道具鳴物入りと言っても、まさか、自分がトリで同じ噺をするわけにはいかない。今はなぜ師匠が〈累草紙〉をやっているかではなく、自分はどうすればいいのかを考えなければ。

しかし、こうなると、なまじ道具入りを大きく宣伝したのが仇《あだ》だ。扇子一本の素噺なら、すぐに別のネタをいくらでもやれるのに。

日頃、密かに持ちネタの多さを誇っているだけに、圓朝は地団駄踏む思いだった。

どうする。どうする。

宿屋の座敷、草深い街道、淀む川筋……。用意してきた道具でできる噺を思いだそうとしてみたが、どうにもならない。

――拵えるんだ。新しく。

そう思いついて、圓朝は自分で激しく動揺した。

これまで、人の噺を習って教えてもらうことばかりしてきたから、自分で新しく作るなんて、考えたこともなかった。

できるか、そんなこと？

迷っている暇はない。出番は迫っている。

累、累、累。古い伝承から、いろんな人がいろんな話に膨らませてきた素材だ。

圓朝は、昔に読んだ中でも好きな、曲亭馬琴《きょくていばきん》の書いた累ものを思い返した。二つの家の恨みが交差して、これでもかというように、悪縁奇縁が重なりあっていく。だから累なんだな、と妙に納得して読んだ覚えがある。

――よし、〈累草紙〉の、さらにそのあとを考えてみれば。

同じ場所で、同じように、やはり異様な顔かたちのせいで、男にひどい目に遭《あ》わされる女。いや、ここは筋を変えて、はじめから顔が醜《みにく》いんじゃなくて、因縁のせいで、きれいな顔が醜くなる、ってのはどうだ。その方が凄みが出る。惚れた男の悪行のせいで顔が醜くなったなら、女はさぞ恨むだろう……。お岩《いわ》さんだってそうじゃないか。

どうにかこうにか、用意してきた道具立てとつじつまの合いそうな、怪談噺の筋と人物を簡単に紙に書くと、人物の名前を当てはめた。

恨まれる武士はそうだな、深い恨みを買うんだから、深見《ふかみ》だ。名前は、新しく噺を作るから、新左衛門《しんざえもん》。按摩《あんま》の名は――そうだ、四谷怪談《よつやかいだん》で殺される按摩は宅悦《たくえつ》だったな、全く同じじゃなんだが、覚えやすいように宗悦《そうえつ》とでもしとくか。女の名は……。

圓生が高座から下りてきた。

「いやあ、良いお客だね。気持ちよくやらせてもらったよ」

にこにこ笑うと、さっと着替えを済ませて、いなくなってしまう。なぜあの噺をやったんですかとは、聞きかねた。

仲入り後、音曲噺の三升屋《みますや》勝蔵《かつぞう》が上がった。次はとうとう圓朝の番になる。

「小勇。新しい噺をするから。おれの一度目の合図で、幕。それから、二度目で柝《き》だ。頼んだぞ」

「え、師匠、新しいって」

「いいから。頼む」

「ええ。鳴物は、どうしましょう」

「そうだな……」

自分だって、やってみなければどうなるか分からない。弟子や下座にする指図も、それぞれ一つ二つが精一杯だ。

——ええい、なるようになれ。

「ええ……。因果は糾《あざな》える縄のごとしと申しまして」

まずはそう言って、客席の様子を見る。

——落ち着け。落ち着くんだ。

己の心の臓が、半鐘《はんしょう》のように鳴り響く。なんとかしようと、圓朝は目をつぶった。

――よし、ここから、宗悦が。

良い具合に、目の利かない按摩を演じるには、噺家も目をつぶることになっている。

「根津《ねづ》の七軒町《しちけんちょう》に……」

自分が住んだことのある土地を最初の舞台にしてみた。

細かいところが分からなくなって途中で止まってしまうのはもちろんのこと、慌ててかみしもを逆に切ってしまったり、幕が引かれるのが圓朝の指図より早かったり――数え上げたらキリがないほど、瑕疵《きず》だらけの一席ではあったが、どうにかこうにか、噺は最後の道具の場へとたどり着いた。

「ごろりと放り出されたつづらの中で、冷たくなった按摩の腕がにゅっ……と動いて、さらにつづらはごろり、ごろりっと秋葉の原へ――、本日はここまでとさせていただきます」

ばらばら、ぱらぱらと、拍手が来た。

「面白かったけどな、うん。これまでの圓朝とはだいぶ違うな」

「はじめて聴く噺だよな? 派手で良かったけど、圓朝っていつも、もっと語り口だけは淀みなくて上手いっていう風情だが、今日はそれほどでもねぇなあ」

「そういやぁ途中で妙な間が空いたりして、だいぶ粘ってたな。でもあの道具、なかなかいいや。うまく作ってやがる。また見に来てやってもいいぜ」

　客たちの勝手放題な言い分は、当の圓朝の耳には届いていなかった。

「だいじょうぶですか、師匠」

　楽屋でへたり込む圓朝の顔を、圓三がのぞき込む。

「兄《あに》さん、そんなこと聞いてる暇があるなら、冷たい水を一杯汲んできて、師匠に差し上げておくんなさい」

「あいあい、分かったよ」

　弟弟子から乱暴に指図されても怒ったりしないのは、圓三の良いところだなぁと思いつつ、圓朝は差し出された水をぐっと飲み干して、「もう一杯、すぐにもってこい」と命じた。

「師匠。あの、今日の演目のお題は」

　小勇がおそるおそる尋ねた。

「ああ？　ああ」

　題か。

「ええと、そうだな、……〈累《かさね》ヶ《が》淵《ふち》後日《ごにちの》怪談〉〝按摩殺しの場〟とでも、しとけ」

「はい。……で、明日は」

　――明日？

そうだ。明日。

それはまた、あとで考えよう。

帰り道、圓朝は、師匠の家に寄ってみた。

「今日は、本当にありがとうございました。どうか明日もよろしくお願い申します」

「ああ」

「あの、師匠」

「なんだい」

圓生はにこにこしている。思い切って、言ってみるしかない。

「明日は、手前が〈累草紙〉の次の場をやりたいんですが……よろしいでしょうか」

「分かったよ。おまえさんのやりたいようにおやり」

師匠の笑顔が崩れないのを見て、圓朝は半分だけほっとして、自分の家に戻った。

——今日は何か、勘違いなさったのかな。

ところが、翌日も同じことが起きた。

——わざと、なのか。なぜ。

師匠は高座に上がる前、用意されている道具をひとつずつ確かめていった。耄碌して、とはとても思えない。

もしかして、万々一、と思って、前の晩に考えておいた新しい噺を、圓朝はたどたどしいながら、その日もやった。

三日目、圓朝は思案の末、〈累草紙〉ではなく、以前に拵えた別の道具を運び、一席ものの〈小烏丸《こがらすまる》〉をやることにした。

「前に作ったものだから、あちこち弱ってるかもしれねえ。壊れるといけねえから、幕をかけておきな」

弟子二人にことさらにそう言って、道具を幕で隠した。が、それは、己の師である人に向かっては、空しい手向かいでしかなかった。

「なんだ、今日の道具はまた違うようだねえ」

にこにこと幕をめくり上げ、道具を眺める圓生。見ないでくれとは、弟子の立場から、とても言えるものではない。

――お願いです、どうか。

こちらの願いに反して、かつ見込み通りに、果たして圓生は〈小烏丸〉をやった。道具の中にあまたの雀があったのを、やはり見逃さなかったものと見える。

――もう、止めたい。

なぜこんな仕打ちをされなければならないのか。しかも圓生は毎日、にこにこと機嫌良く高座に上がるのだ。

何か、不興を買っているのだろうか。だとしたら、正面からはっきり「止めちまえ」「おれは出てやらねぇ」と言われる方が、ずっとましだ。

お席亭に本当のところを打ち明けてみようかと思ったが、それはやはりためらわれた。師匠からそんな仕打ちを受けていると知られたら、むしろ弟子であるこっちの了見が悪いのではと勘ぐられかねない。

こんな時は兄が一番頼りになる。人の気持ちを冷静に汲んで収めてくれる人だ。だが、京での修行から戻り、寺で重要なお役目もいただくようになって忙しそうなのを、わざわざ訪ねていって煩《わずら》わせるのはためらわれた。

「おい、おまえ、だいじょうぶかい？」

見かねて声をかけてくれたのは、父の圓太郎だった。さすがに同じ芸人同士、楽屋見舞いに来てくれて、すぐに事の次第を見てとったらしい。

「なんでお師匠さんがこんなことをなさるのかは分からないが……」

同門の兄弟子でもある父は、圓朝当人以上に驚きと戸惑いを隠しきれないようだったが、それでも、いつもと変わらぬ軽い調子で言った。

「ま、なんでも、修業だと思いねぇ。それしかねぇよ」

修業。先行きにつながる苦行ならなんでもしようが、こんな仕打ちってあるだろうか。

「お父っつぁん。おらあもう止めたい」

「何言ってるんだ。そんなことしてみろ、当分ここへは出られないぞ。おれの顔だって丸つぶれだ。なんとかしろ」

「なんとかって……」

――簡単に言いやがって。

とはいえ、圓太郎の言うとおりだ。三日目で止めたりしたら、父だけではない、席亭であるわ組の頭の顔もつぶすことになる。

圓朝は残りの七日分、なんとか千秋楽を迎えることができた。〈累ヶ淵後日怪談〉を高座でやれるよう、寝食の暇を惜しんで噺を作り、なんとか千秋楽を迎えることができた。

「よう、面白かったな。おまえさんが道具だけじゃなく、噺まで新しく拵えてるとは思わなかったよ。あっちもこっちも瑕疵《きず》だらけの高座だったが、伸びしろがありそうだ。またぜひやってくんな」

高座から下りてきた時、席亭からそう言われるまでもなく、圓朝は己の身に新しい力が漲《みなぎ》るのを感じていた。

筋立ても見せ方も、決して満足の行く出来ではなかったが、その分、これからの工夫の仕様に気持ちが向くようになった。何より、噺を拵えるのに夢中になっていると、その間は師匠から受けた仕打ちのことを忘れられるのが、ありがたかった。

――自分で拵えて、自分でやる。

自分の作った噺をやるなら、誰に教わったとか、形がどうだとか、どこを変えたとか、そういう煩わしいことを師匠や先輩から言われなくて済む。

——高座で好き放題、できるじゃないか。

今までは、噺に新しい工夫を入れたり、段取りを変えたりしたい時でも、いちいち、教わった師匠たちに気兼ねしたりして、正直煩わしいところもあった。

「羽、生えたのかもしれねぇな」

道具を見ながらぼそりと独り言《ご》ちたのを、圓三が驚いて聞き返した。

「え？　羽？　師匠、人に羽って生えるんですかい？」

「そうじゃねぇよ……ごちゃごちゃ言ってねぇで、さっさと片付けな」

「圓朝さん。おまえさんの拵える噺は面白いねえ。どうかな、こんな話は、何かの種にならないだろうか。おまえさんがうまく拵えてくれたらうれしいが」

「種、ですか」

——おいでなすった。

吹ぬき亭の一件以来、圓朝の身には二つの変化が起きた。一つは、トリで使ってくれる席が増えたこと、もう一つは、噺の種を持ってきてくれる人が増えたことだ。

その日、圓朝はひいきにしてくれる豪商、近江屋喜左衛門《おうみやきざえもん》から、妻を亡くした男が、よなよな女の亡霊に悩まされるという話を聞いた。何代か前の近江屋の当主の弟、弁次郎《べんじろう》の身に、実際起きたことだという。

「なんでも、茶の湯で知り合ったお露《つゆ》という娘を気に入って、嫁にもらったんだそうだ。ところが、お露は生来蒲柳《ほりゅう》の質というのか、体が弱かったらしく、嫁に来てほどなく亡くなってしまった。良い縁だったのにと周りが惜しんでね」

そう言うと喜左衛門は気を持たせるように間を置き、湯飲みを取りあげた。

豪商の当主であると同時に、荻江節《おぎえぶし》の名手でもある喜左衛門は、こんな何気ない仕草が垢《あか》抜けている。生まれついての富裕のご仁とは、こういうものらしいといつも圓朝は感心しつつ見ている。

「このお露に妹があって。それを後添えにという話が持ち上がった。で、いよいよ婚礼という時に」

「時に?」

圓朝が身を乗り出したのを見て、喜左衛門はこちらをにやりと見やった。

「この妹が急死してしまったんだ。で、弁次郎は世をはかなんで隠居《いんきょ》してしまったんだが、そこへよなよな、出たというんだな」

「出た?」

「ああ。女の幽霊が」

「それは、姉の方ですか、妹の方ですか」

「両方連れだって来たっていうのさ。どういうつもりなんだろうねえ。おまえさん、どう思う？　姉が妹を取り殺したんだっていう人もあるんだが」

「さあ……どうでしょう。で、弁次郎さんは、その後どうなすったんですか」

「剃髪して、坊主になっちまったらしい。どうだろう？　何かのネタにならないかい」

「そう、ですね、考えておきやす」

二人連れの女の幽霊か。

なかなか、面白い。

――二人連れなら、普通に「恨めしや」、じゃない方がいいな。

圓朝はふとそんなふうに思った。

芝居や噺に出てくる女の幽霊は、ついつい、恨みばかりが深い。そうじゃない噺があってもいいんじゃないか。

姉と妹。男を奪い合うという下世話な筋も十分ありだが、そうではないかもしれぬ。

そもそも、もし姉が妹を恨んで取り殺したのなら、連れだって出てきたりはしないのではないか。

「妹の方が死んだのは、病気ですか」

「さあ。そこらへんは分からない」

亡くなったいきさつを伏せてあるのだとしたら、自殺だろうか。妹はただただ、姉の心残りの深さを思いやって、申し訳なさ、切なさで、姉のもとへと旅立ったのかもしれぬ。

――恨めしくない女。二人連れ。惚れた男に会いたい女と、その想いを叶えてやりたい女。健気《けなげ》で、良いじゃないか。

懐《ふところ》から帳面と矢立を出して、今聞いた話と、自分の思いつきとを簡単に走り書きした。

「やあ、楽しみだな。いつか聴けるかね」

「ええ。その時は必ずお知らせを申し上げます」

喜左衛門は、筆を走らせる圓朝をうれしそうに見ている。

――これは使えるかも知れないな。

こうして話の種に、という申し出はしょっちゅうある。ただ、その中で本当に使えそうなものは、実際には十のうち、いや二十のうちに一つか二つ、あるかないかだ。

近江屋を辞して家へ戻ってきた圓朝は、かねて約束していたとおり、小勇に〈小烏丸〉の稽古をつけてやることにした。

「寒《かん》の師走も空臑《からずね》の、二合半《こなから》酒で海鼠襟《なまこえり》、紺《こん》の合羽《かっぱ》で薬箱、渡って聞いた耳学問……」

「違う。もういっぺん今のところ言ってごらん」

「……寒の師走も空臑の、二合半酒で海鼠襟、紺の合羽で薬箱……」

「そうじゃない。おまえ、なんでそこをそんなに」

つい語気が荒くなる。

――悪い癖だな。

小勇は、決して口跡の良い方ではない。なのに、まだじゅうぶんに口が回っていないうちから、いわゆる「調子の良い」台詞《せりふ》を、やたらと早く畳《たた》みかけるように気取ってやりたがるので、肝心の言葉がよく聞き取れない。

「良いかい。自分が言っていて気持ちが良いだけじゃ、だめなんだ」

小言を言いながら、似たようなことが自分にもあったのを思い出し、額に汗がにじみ出る。

「自分が良い心持ちになって声張り上げてる時ってのは、存外客の耳にはちゃんと言葉が届いてねぇもんだ。気をつけるんだ」

圓生の小言が、まるで昨日のことのように耳に蘇《よみがえ》る。

言われた当座は辛かったが、後になれば身に染みて、ありがたい言葉の数々だった。自分は師匠に気に入られている。ずっとそう信じていたのに。

「師匠、あの」

「ああ、いや、すまん。続けてごらん」

つい気持ちがおろそかになる。今大切なのは、同じように小勇を育ててやることだ。そう思い直して、姿勢を正す。

「よし。今日のところはこれくらいにしておこう。明日……は暇がとれないな、あさって、もう一度みてあげよう」

「はい」

お辞儀をして下がっていく後ろ姿を見ながら、圓朝は少しため息を吐いた。

――器用なのも、良し悪しかな。

何でも飲み込みが早くて、つい重宝に使ってきた小勇だが、どうもこの頃、その器用さが悪い方に出ているところが目に付く。

先日も、圓朝の高座で道具と鳴物の手順を小勇が間違えた。ところが本人は自分が間違ったと思わず、いっしょにやっていた圓三のしくじりだと思い込んでいたので、圓朝はいくらか厳しく叱ったのだった。

何でも圓三より自分の方ができると、いわば思い上がっているのが、噺の出来にも日頃の振る舞いにも、悪い目となって出ているようで、見ていてはらはらしてしまう。

――まあ、おいおい分かってくれるだろう。

翌々日。

約束の刻限になっても、小勇は姿を見せなかった。

「圓三。小勇、どこへ行ったか、知らないか」

「え？　そういや、昨日の晩から見てません」

「昨日の晩から？」

この頃、圓朝の弟子は二人だけではなくなっていた。父のところに半素人のように出入りしていた春朝《しゅんちょう》など、弟子とも取り巻きともつかぬまま、圓朝のもとに出入りするようになっている者まで含めると、男ばかり六、七人が始終とぐろを巻く。今の住まいは手狭に思われて、引っ越しを考えたいところでもある。

昨晩圓朝は供をしてきた小勇と圓三を先に帰し、ひいきの大店《おおだな》へお呼ばれに与《あずか》っていた。そういえば、帰宅した折、迎えてくれた顔ぶれの中に、小勇の姿はなかったか——。

「どうしたんだろう？」

「さあ」

圓三はおっとりと首を傾げるばかりで、小勇の動向にはまるで関心がないようだ。

「そのうち、帰ってくるんじゃないですか」

師匠と呼ばれていても、圓朝自身もまだ二十一歳、小勇とはたいして歳も変わらず、噺の稽古以外のことまであまり立ち入って師匠風を吹かすのは気が引ける。

「そうだな」

しかし、それっきり、小勇は姿を現さなかった。さすがに心配した圓朝は、浅草《あさくさ》の親元にも使いを出したが、そっちでも知らぬと言う。

——短気を起こしてなきゃいいが。

「若い男だ、ふらふら遊びたいこともあるさ。そのうち帰ってくるだろう。おまえ、あんまり理詰めに厳しく当たったんじゃないのかい」

父の圓太郎は、己を引き合いにそう言ってにやりとした。

「そんなつもりは」

戻ってきたら、あまり小言を言わずに迎え入れてやろう。そう考えていた圓朝のもとに、思わぬところから呼び出しの手紙があった。

「師匠……今頃、何の用だろう」

例の一件以来、どうにも師匠の顔を見るのが辛かった。それでも助演の礼を言わねばと、圓朝は竺仙《ちくせん》で買い求めた浴衣《ゆかた》の反物を風呂敷に包み、何度か圓生の家まで行ったのだが、どういうものか、いつ訪ねても留守だと言われた。ならばと、応対に出た一門の弟子たちに「これを師匠に渡してくれ」と頼むと、あれやこれやと理由を付けて、どうしても受け取ってもらえなかった。

そんなこんなで足が遠のいたまま、もう何ヶ月も圓生の顔を見ていない。今は、圓朝がトリで出る席の仲入り前は、たいてい父の圓太郎が出てくれている。

「お父っつぁん。師匠のところへ行ってきます」

「そうか……ま、うまくやりな」

今頃浴衣の反物を届けても時季外れと不興を買うだけだろう。圓朝は酒と鰹節《かつおぶし》の切手を袱紗《ふくさ》へ納めた。

——物入りだが、仕方ない。

「師匠、お供は」

「あ、いいよ。今日は一人で行くから」

圓三を留めておいて、ぽつぽつと歩き出す。

「圓朝でございます。どうもご無沙汰をいたしまして」

家の中はしんとしている。おそるおそる声をかけると、聞き覚えのある返答があった。

「ああ。お入り」

——今日は、ご在宅か。

物心ついた頃には、父についてよくここへ来ていた。七歳の時にはもう高座に上げてもらった。父が行き方知れずだった頃には、朝晩のご飯をほとんどここで食べさせてもらい、住み込みの内弟子扱いにしてもらっていたこともある。その後、奉公や絵師の修業などに行かされて途切れた時期はあるものの、圓朝にとってこの座敷はずっと、いつでも来て良い場所だった。

十七歳で真打になり、弟子を取ってからは、以前ほど始終入り浸ることはなくなっていたが、それでも、圓朝にとって気持ちの拠《よ》り所であることは変わっていないはずだったのに。

なのに、なぜ。今流れる風はこんなによそよそしいのだろう。

「師匠。先だってはどうも。心ばかりの品でございます」

「ああ？　なんだい、こりゃ」

「あ、いえ、あのう、春の吹ぬき亭のお礼を、まだ……」

「おやおや。そんなことがあったっけ。そうか、ずいぶん前の話だね。すっかり忘れていたよ。今頃の口上とは、おまえも相当気が長いね」

どうにも嫌みだが、ここは聞き流すしかない。

「こたびは、お手紙をちょうだいしまして。どうも、恐れ入ります」

何の用なのか。早くそれを聞きたかった。

「ああ、いやね。なんだ、その、おまえのところ、弟子が一人、そうだ、小勇と言ったかね、行き方知れずになっているっていうじゃないか」

――なんでそれを。

誰から聞いたのか。

「弟子一人も満足に扱えないのかい。だいたい、なぜそんな大事を私に相談しないのだ。親元へはきちんと知らせたんだろうね」

——相談って。

はいとうなずきつつ、口に砂でも押し込まれたような嫌な味が広がる。相談できなくなったのはそっちの出方のせいじゃないかと、自分が恨みに思うのは間違いだろうか。

「まあ良い。人気があって弟子になりたい者が多く来るのはけっこうだが、どれくらい面倒見られるものか、ようく我が身を顧みるんだな」

得心できぬ小言を喰らっていると、おかみさんが顔を見せた。

「おまえさん。お迎えの駕籠が来ましたけど」

「ああ、そうか、大黒屋《だいこくや》さんと約束していたんだっけ。じゃあ圓朝、小勇の消息が知れたら私にも教えるように」

「はい」

駕籠に乗り込む師匠を見送る。様子の良い羽織姿が恨めしい。

ただこの小言のためだけに、自分を呼びつけたというのか。

——以前はよくこうしてお見送りしたものだが。

遠い昔、別の世界の、別の人のようだ。

来た時よりもさらに重い足取りでうちへ帰る。

「お帰りなさい」

「ああ。留守中、何かなかったかい」

「いえ、これといって」

小勇が戻っていないかと期待したのだが、物事はそうこちらに都合良くは運ばない。

「座敷にお茶を。その後は、しばらく誰も来ないでおくれ」

そう言い置くと、圓朝は新しい噺の考案を始めた。

毎夜男を悩ます、女の幽霊。二人連れというのは、新奇で面白いだろう。

ただ、喜左衛門に聞いたままの、二人を姉妹とする筋は、どうしても一人の男をめぐって、取り合うのではないとしても、譲り合うような筋がちらついてしまう。両方の女の心情を描こうとすると、噺としてはどうにもすっきりしない。男は死んだ後も、二人の間で右往左往するんじゃないかという気がするのだ。

――どうも、違うな。

それだと、男の情けなさの方が際だってしまう。女の哀れな風情を一番にしたい。「ただただ恋しくて出る女の幽霊」の思いつきを、生かした噺を作りたい。

男に惚れるのは、女のどちらか一人だけが良い。健気で一途で、はかなげな幽霊。いや、女。もう片方は、ひたすらそれを叶えるために動く。

――どこかのお嬢と、お乳母《んば》さんてとこかな。

初心《うぶ》でおっとり、それでいて情の深い、品の良いお嬢と、やはり品のある、年増のお乳母さん。現実には、なかなかそんな都合の良い取り合わせには出会わない。

ごひいきに連れられて、吉原《よしわら》の大門をくぐることも増えた。まだ若い圓朝は、どうかすると廓《くるわ》の女たちに初心扱いされる。きらびやかで、人あたりは柔らかいが、実は心底の割れない、手強い女が多い。

考えあぐねてもう一度、帳面に羅列した言葉を眺め直した。

旗本　中間《ちゅうげん》　主人殺し　妻　間男《まおとこ》

幽霊　女　娘　乳母《うば》　妾《めかけ》　浪人　若旦那　……

今のところ、幽霊の女と、若旦那とのかなわぬ恋の場しか思い描けない。それだと、続き物の噺としては全然足りない。

「やっぱりこれかな」

紙の余白に「仇討《あだう》ち」と書き足してみる。

長い噺を仕組もうと思うと、自ずとお家騒動、敵討ち風の筋に頼りたくなる。前に拵えて、近頃よくやっている〈お美代新助《みよしんすけ》〉もそんな筋立てだ。

――それにしても。こんな噺だったか。

まとまらぬ新しい噺の考案から少し離れ、すでに何度か高座にかけている噺の段取りを胸のうちで繰ってみる。すると、自分で拵えた噺ながら、〈お美代新助〉に出てくる人物が、みなやたらと嘘つきなのに、圓朝は改めて苦笑した。

悪気があって、はじめから騙そうとての嘘ではない。理由もなく悪事を企んだり働いたりする人物は、圓朝にとってはなんだか得体が知れなくて描きにくいし、演じにくい。一方、恩ある人の苦境を救おうとしてだったり、せっかく自分を思ってくれる気持ちを傷つけまいとしてだったり、自分のために犠牲になってくれた人を思っての嘘だったり、そんな「やむにやまれぬ」人々の善意の嘘を考えるのは、なかなか面白い手間だった。

むしろ善意の嘘の方が多いのに、その嘘が積もり積もって、人の心も体も傷つけ、挙げ句の果て、死なせてしまう。〈お美代新助〉はそんな噺になっていた。

――怖いもんだ。

まったく新たに作ったわけではなく、もとになった出来事や、芝居や読本のあれこれから借りた部分はいくつもある。それでも、演じていて無理なく、人が人を殺そうと思い詰めていく筋立てが出来たのは、我ながら不思議だった。

――人殺しか――。

惚れきった女、お美代に、満座の中で恥をかかされた新助。

信じる男ってのは、素朴《そぼく》で、世慣れないものだ。だから何かと周りとぶつかっちまう。傍から見てると、はらはらしたり、面倒くさかったりするのかもしれない。

新助がその場をうまく取り繕えるような世慣れた男なら、きっとここまで恨みは深まらない。純朴で、物事を言葉通りに受け取る、相手や世間を信じる人間だからこそ、「殺してやる」となる――。

世慣れない男。女から煙管《きせる》を受け取る仕草なんぞは、もっとこそっと、おずおずと手をさし出すようにやった方がいいか。それに、そうだ、刀を手に入れた時の仕草もだ。あれはもっと恐る恐るにしてみよう。その方があとでそれを使って人を殺しちまう時との違いが大きく見えて、いいかもしれない。

――まだまだ、こっちの噺も手の加えようがありそうだ。

思案があちこちへ飛ぶうち、圓朝はいつしか眠りに落ちていた。

小勇の行方は知れないまま、年が暮れた。

――師匠弟子の仲ってのは、こんなにはかないものなのか。

圓生とは互いになんとなく遠ざけ合って、ほとんど絶交の間柄になっている。本来尽くすべき、暮れや正月のあいさつも欠いたままだ。小勇の方は、本人はもちろん、親元からもなんの消息もない。

〽桜田騒動途方もない、

そこでどうやらお首がない、首を取っても追っ手がない、

御駕籠壊れて舁《か》き手がない、お番所どこでも止め手がない……

「なんだか、妙な唄がはやってるんですね」

近頃父の圓太郎は、音曲噺の中にこんな物騒な一節を入れたりして、笑いを取っている。

「ご大老がお城のご門外で首を取られるとはなぁ。とんでもない世の中になったもんだ」

「はぁ。そのようですねぇ」

黒船が来たり、大老の井伊《いい》なんとかいう武家が殺されたりと、何かと世の中は騒がしいようだったが、寄席界隈では、芸人にとっても客にとっても、どんな物騒な一件だろうと、噺のネタの一つでしかない。

「師匠。大師匠のところに、圓太《えんた》なんて二つ目がいましたっけ」

弟子の圓三が、いつものゆっくりした調子でこんなことを言ってきたのは、文楽の四十九日も過ぎた頃だった。

「圓太？」

「ええ。なんか、今度下谷の広小路《ひろこうじ》で真打披露興行だそうで。仲入り前に大師匠が出るとか」

「なんだって。そんな者がいれば分かるはずだ」

圓朝は自分の兄弟子、弟弟子の顔と名を胸のうちにずらっと並べてみたが、どう考えても、今圓太を名乗る者がいるとは思えなかった。

圓太と言えば、四年前に亡くなった、同じ三遊亭一門の重鎮、古今亭志ん生が若い頃に名乗っていた名前だ。志ん生が出ると、近隣の他の寄席は八丁四方、すべて客を取られて空っぽになると言われ、「八丁荒らし」の異名を持っていたほどのお方の前名だから、おいそれと誰でもが気軽に名乗るような名ではない。

圓朝は子どもの頃、「小圓太」と名乗っていた時期がある。これは父の「圓太郎」からの縁でついた名で、志ん生とは取り立てて関わりのないことだったのだが、それでも当時全盛だった志ん生が「小圓太」を名乗る子どもがいると知り、その高座をわざわざ聞いていった、ということがあった。

しばらくして、「名の縁もあるし、見所もあると思うから、自分の弟子にならないか」と誘ってくれたのを、もったいなく思いながらも断った。得意噺の一つだった〈九州吹戻《ふきもど》し〉なんて、おおらかで品良く滑稽《こっけい》で気持ちよくて、圓朝はどれほど憧れたか知れない。やってみたいと思うこともあるが、まだまだどう考えても自分のものにできる気がしないので、憧れのままにしてある。

――あの時、もし向こうに行っていたら。

こんな「もし」は、もはや言っても詮無きことだ。ただ、そんなゆかりのある名だから、今圓生の門下で「圓太」と名乗って真打になる者があるというのは、どうにも聞き捨てにできないことだった。

「いつからとか、他に誰が出るとか、そんなのは、聞いているか」

「いやぁ、さっき深川《ふかがわ》からきたお使いの人がちらっとなんか言ってただけなんで……」

こうした人からの噂や言づてを、圓三からちゃんと聞き出すのはほとんど無理な相談だ。尋ねるまでもないことだったと、苦笑いした。

深川と言えば、おそらく源太《げんた》親分のところの若い衆にちがいない。去年〈お美代新助〉をかけさせてもらい、圓朝が二百人以上の客を集めて評判を取った寄席だ。

――まあ、いずれ知らせが来るだろう。

こうなってしまってはいるが、世間から見れば同じ一門だ。おそらく弟子の誰かなのだろうし、真打、しかも圓太などと良い名前の披露の席、まるで知らせがないとは考えにくい。

――それに。

小圓太から圓朝に名を改めて真打になったのが五年前。今なら、三遊亭の中では自分が一番の売れっ子だという自信が、圓朝にはあった。そんな売れている自分を、全く蚊帳《かや》の外に置いたりはすまい。

しかし案に相違して、当の圓太なる者からも師匠圓生からも、その興行について、何の音沙汰もなかった。

六月になると、圓朝は久しぶりにまとまって休みが取れた。ありがたいことに引く手あまたで身の空く暇がずっとなかったのだが、暑さのせいでどこの寄席も客足が鈍《にぶ》るのを口実に、半月ほどどこへも出勤しないことにした。

「師匠、例の。おとついからやっているみたいですよ」

そう聞き込んできたのは、春朝だった。何かとまめで目端の利く男なので、圓朝は近頃、あちこちの席亭とのやりとり一切を春朝に任せるようになっていた。

「例の、って。あれかい？」

「ええ、圓太です。広小路の三橋《みはし》亭。しかも、道具鳴物入りだとか」

――道具鳴物入り？

高座の工夫は誰もがすることだから、圓朝のしたことを他の者が真似したからといって、文句の言える筋合いではない。されど、すでに誰もやらなくなっていたのを、苦労して工夫して生き返らせてきた身にしてみれば、一言断ったらどうだという怒りが湧いてくるのは、決して理不尽な言い分ではあるまい。

「で、その圓太って、どこのどいつなんだ」

「それが、聞いてみたんですが、なんかその話になると、みんなごにょごにょ言って、どっか行っちまうんですよ」

「どっか行っちまう？」

「ええ。なんか、おれの口からは言えねぇとかなんとか」

「なんだ、そりゃ」

道具鳴物入りで、仲入り前には師匠の助演。去年自分がやったのと、そっくり同じことをしようとしているのは、いったい誰なのか。そして圓生は、今度はそこで、どんな高座をするというのだろう。

夕刻、圓朝は高座で使っている頭巾をいくつか取り出した。旅の隠居や辻へ売卜《ばいぼく》に立つ易者なんぞの格好をする時に使うものだ。

「師匠、そんなもの、今から何になさるんで」

春朝が怪訝《けげん》そうな顔をした。

「どうだろう。これを被っていけば、おれだってこと、高座からは分からないんじゃないか」

「師匠まさか、行く気ですか、下谷。お気持ちは分かりますが」

春朝が渋い顔をするのも無理はなかった。

同じ芸人同士、断りもなしに高座を客席で聞くのは、日頃どれほど仲の良い者同士だって礼儀に反する。まして、興行の知らせももらっていない圓朝が三橋亭に行けば、楽屋にあいさつに行ったって何を言われるか分かったものではないのに、それをこっそり見に行こうだなどと。

「気になるじゃないか。いったいどんなことをしているのか。これを被っていったら、気づかれやしないさ。なあに、もし見とがめられたところで、勉強……そう、勉強させてもらいに来ましたって言えば、きっと師匠は許してくださる」

そうだ、きっと許してくれる。

昔はあんなに自分を仕込み、引き立ててくれた師匠だ。今はちょっと、何か気持ちの紐《ひも》が絡み合っちまっただけだ、きっとそうだ、そうに違いない……。

「分かりました。師匠がそうおっしゃるなら」

春朝は観念したように一瞬中空に顔を向けて目をつぶると、手早く自分も頭巾を手にした。

「でも、お一人で行かせるわけにはいきません。手前と、それから亀朝《きちょう》もお連れください。おい、亀朝、おまえはこれを被れ」

「え、兄さんこれ、御高祖頭巾《おこそずきん》じゃないですか」

「おまえはよく女形やってるだろう」

亀朝は小柄でしかも華奢なな肩なので、よく女の幽霊なんぞに扮装《ふんそう》させて、道具の間から顔を出させたり、客席の後ろにゆらぁっと立たせたりしていた。

「こんなの被っていって、かえって目立ちゃしませんか」

「夜席だし、木戸を通る時上手にごまかして、あとは後ろのほうで身を潜めてりゃいい。お武家のお女中がお忍びで来た体でな」

師弟三人は、てんでに思い思いの頭巾を持って、下谷へと歩いた。

「そろそろ、被れ」

隠居二人連れが、お忍びでお女中を一人連れて、という心づもりで、木戸を通る。

「つ、釣りは要らぬ」

用意していた鎈《さし》一本と五十文を懐から出して渡す。思えば、噺の席でも講釈場でも、子どもの頃からまず楽屋口へ行くのがならいだったから、圓朝がこうして木戸銭を払うのは、芝居の劇場ならともかく、寄席の小屋では初めてのことだ。

「そりゃぁどうも」

心の臓の音が聞こえるようだったが、あっさり座布団を三つ渡された。一行はできるだけ後ろの暗そうなあたりを探し、そっと座った。春朝と亀朝は、師の影を隠すように前へ座り、圓朝は二人の頭巾の間から、高座をのぞき見た。

前座をつとめていたのは、圓朝の知らない顔だった。最近入った弟弟子だろう。

やはり圓朝の知らない、あまり手際の良くない手妻師のあとに、圓生が上がってきた。

「……多助《たすけ》ぇ。我ぇ医者どんを頼みに行《ゆ》ったてぇが、うちの娘が塩梅《あんべえ》の悪いのを知って、旦那どんもちょっくら江戸へ行ってこうと……」

――〈畳水練《たたみすいれん》〉か。

腕の悪い医者のせいで娘を亡くした夫婦が、下男とともに、これでもかと医者に報復する噺だ。あまり真に迫ってやると陰惨な感じになってしまうが、そのあたりさすが、師匠は見事な語り口で時に軽妙に客の笑いを誘っていく。

ごく軽い、短い噺だ。まさかこれを、トリが道具入りで演じることはないだろう。

――なんで、あの時。

客はよく笑っている。こちらも時々、思わず吹き出しそうになる。圓朝の助演をしてくれた時にはもちろん、この噺は出なかった。

こんなふうに、自分の前でもやってほしかった――そう思うと、思わず圓朝の目に涙がにじんできた。

春朝と亀朝は、どう思っているのか、後ろを振り向くどころか、身動き一つせず、息を殺すように、圓朝の前でじっとしている。

仲入りでは、できるだけ他の客に顔を見られないよう、圓朝は下を向いていた。

「道具入りといやぁ圓朝だよなぁ。おれはもう何度も見てる」

「そうだなぁ。あれはよく工夫してる。誰が描いてるんだか、小さいけど、道具の絵や作りは芝居にも負けないくらいにできてるし」

「絵師にでも頼んでるのかなぁ。たいそうなもんだ」

あれはおれが自分で描いてるんです。思わずそう言いたいのを、圓朝はぐっと飲み込みながら、畳の目と座布団だけを見つめていた。

「師匠、あれは……」

ようやく始まるようだ。春朝が小さい声で言いながら、高座の右側を見るよう目顔で訴えてきた。仲入りの間に立てられた道具が見えている。

――〈小烏丸〉。おれのにそっくりじゃないか。

同じ噺の道具ならよく似たものになっても不思議はないが、それにしても、木や茂みの描きようが、圓朝のものによく似ていた。似ていて、けれど、かなり下手だ。下手なだけでなく、手を抜いた、雑な感じすら漂っていた。

「あんな雑な」

つい口にしてしまって、圓朝は慌てて口を塞ぎ、もう一度下を向いた。

口演を生業にしている者は、知らず知らず、日々喉が鍛えられている。小声で囁いているつもりでも、素人の中へ入れば遥かに声が通ってしまう。

幾人かがこちらを振り向いたが、幸い、こちらを誰と気取られた様子はない。

「……神田の仲町《なかちょう》の質屋で伊勢屋源兵衛《いせやげんべえ》という至って人の良い、世間で仏と言われる旦那が……」

この声は。

圓朝の目が高座に座った男に釘付けになった。

「し、師匠」

春朝と亀朝が同時に振り向いた。

――小勇？　まさか。

どう聞いても、どれだけ聞いても、きっとそうに違いない。

なんで。いつから。本当に、小勇なのか。

確かめたい。でも、確かめるのは怖い気もする。

噺も半ばにさしかかり、ついに我慢ならなくなった圓朝は、思わず、少し膝《ひざ》を立てて伸び上がり、高座を見た。

間違いない。紛れもなく、小勇だ。

「……寒の師走も空臑の、二合半酒で海鼠襟、紺の合羽で薬箱……」

相変わらず、悪い癖は直っていない。師匠はこんなものをなぜ真打にして、わざわざこんなにお膳立てしてトリを取らせようとするのだろう。圓生の値打ちまで下がるじゃないか。

「ちっ」

うかつに打ってしまった舌打ちは、存外大きく音が響いた。ような気がした。

——あっ。

小勇の圓太が、上下を切るのを急にやめて、こっちの方をじっと見た。

悟られたろうか。

「お客さま方。今いささか故障が入りました。少しだけお待ちください」

まだ噺は終わっていないのに、小勇はそう言うと深々とお辞儀をして、高座を下りていった。

「師匠……」

「どういう気でしょうね」

弟子二人が後ろを振り向いた。他の客たちもざわざわしている。

「おまえたち、今、おれの舌打ち、聞こえたかい？」

「舌打ちですか？　師匠が？」

「何にも聞こえませんでしたよ。聞こえていたのは、あいつのもごもごしているくせに妙に気取った言い立てだけです」

「そうか」

小声で話していると、客席から大声が上がり始めた。

「おーい、何やってやがる。早く続きをしねぇか」

「それとも何か、木戸銭返すか」

その声を待っていたかのように、小勇の圓太がもう一度姿を見せた。高座には上がらず、立ったままで客に向かって何やら話し始めた。

「今日は大変申し訳ありませんが、ここまでとさせていただきます。今おいでのお客さまには、圓生と圓太の名の入った丸札をお出しいたしますので、どうぞそれでご勘弁を」

丸札。これがあれば、次は木戸銭を払わずに入ることができる。手間にしても金にしても、木戸銭をそのまま返すよりは、席の帳場には良い策だ。

「なんだ、しょうがねぇ」

「まあ良いか。圓生は余分に聞けるってことだ」

口々に言いながら客が席を出るのに、三人とも紛れようとした、その時だった。圓朝の腕がぐっと、誰かにつかまれた。

「師匠がお呼びですよ。圓朝さん」

「お席亭」

逃げられるはずがなかった。

女客の誰かが「ねえ今、誰かが圓朝さんって言わなかった?」と連れに問う声がした。

「圓朝がここにいるはずねえよ。聞き間違いさ」

客の声は、遠ざかっていった。

楽屋へ通されると、圓生はしばらく何も言わずに、こちらをじぃっと睨《ね》めつけた。

「申し訳ありません。どうしても、こ……いや、圓太さんの高座を拝聴して、勉強したいと思いまして。非礼を承知で。本当に、本当に申し訳ありません」

「勉強、ですか。天下の圓朝さんが、手前の高座を聞いても、何の勉強にもならないと思いますがね」

小勇の圓太はねっとりとした口調でそう言うと、ふっと息を継いだ。

「こんな頭巾なんぞ被って、どこぞの宗匠みたいに。客席から点でもつけてやろうって寸法ですか。お好みに合わないのはご承知でしょうに、嫌みなお人だ」

「いや、これは、その、他のお客さんに正体が分からないようにと」

「おまえ、いったいいつからそんな了見になったんだい」

楽屋の天井をピリッと震わせ、圓生の甲走った声が、頭の上に落ちてきた。

「ちょいと人気が出てきたのを良いことに、これからっていう若手に、客席から嫌がらせとは。だいたい、小勇は、おまえに破門されたというじゃないか。それを、いつのまにか行き方知れずになっただなんて、口から出任せを」

嘘だ。どっちが出任せか。

「そ、そんなはずは」

「破門になったが、どうしても噺家を続けたい、ぜひとりなしてほしいというから、私が拾ってやったんだ。知らせてやろうかとも思ったがね、破門にしたのを隠していたような者に言ってやっても詮無かろうと黙っていたら、まさかその席を邪魔しにくるとは。どこまで性根が腐ったものだか」

「邪魔なんて、とんでもない、本当に手前は」

「おかげで今日はぶちこわし、席亭に丸札を出してもらう始末だ。この尻拭いは、どうする気だね」

言いがかりだ。破門もしていない、今日だって邪魔をした覚えはない。

そう言おうとして顔を上げて、圓生と目と目が合った時、圓朝の気持ちの糸が、ぶつっと音を立てて切れた。

——師匠……そこまで。

だめだ。圓生は小勇の嘘を百も承知で、それでも自分にこうして難癖を付けている。

それだけ、自分は嫌われたということだ。

——破門、か？

そう覚悟した耳に、ねっとりと別の言葉が聞こえてきた。

「人気者のおまえさんのことだ。金ならいくらでもある、片は金でつけるって、そう思っているんだろう。だがね、それだけではこちらも得心しないよ」

圓生はそう言うと、小勇の圓太に指図して、圓朝の座っている前に文机を置かせた。硯箱が載っている。

「詫《わ》び証文、書いてもらおう」

——証文？

「本日は私こと三遊亭圓朝の不心得により、たいそうご迷惑をおかけしました。二度とかような真似はいたしません。何卒お許しくだされたく候《そうろう》、ってな。さ、まずは圓太あてに書くんだ」

　言われるままに筆を走らせる。

　……三遊亭圓太様。

　自分で書いたはずの字がぼやけて見える。汗が首筋にいくつもの流れを作っていく。

「さ、次は私あて。それから、お席亭……」

　圓生は三橋亭の席亭やその日の演者全員に加え、下座や木戸、下足番といった人々まで、いちいちと名を挙げて、一枚ずつ、圓朝に詫び証文を書かせた。

「じゃあそうだね。詫び料は、一枚につき、一分ずつでもつけといてもらうか」

　後ろでうなだれている春朝がぐふっと息をのむ音が聞こえた。一分と言えば一両の四分の一、書かされた証文は十枚、春朝がぎょっとするのも無理はない。

「二両二分。持ち合わせがなければ、あとで持ってくるんだな……間男の値《あたい》なんぞに比べたら、安いもんだ」

　間男は七両二分と値が決まり。滑稽噺〈紙入れ《かみい》〉のマクラだ。こんな時にも、噺のあれこれをつい持ち出してみたくなるのは、師匠も自分も、呆れた習い性である。

「さ、とっとと出て行け」

　一様にうなだれて木戸を出ようとする三人の背中に、ばさっと投げつけられたものがあった。

「ちゃんと持って帰れよ」

下足番の男が、げらげらと笑い声を上げている。

足下に散らばった頭巾を、春朝が懸命に拾い上げている。

「そんなもの、もう良い」

「師匠……」

「どうせもう二度と高座には上がれねぇ。そんなもの、うっ」

うっちゃっとけ。

そう言おうとした口から嗚咽がこぼれる。肩も背中も、震えが止まらない。

――もうだめだ。これでおしまいだ。

ぼんやりした行灯《あんどん》の光に、立ちすくむ師弟三人の影が、ぼおっと浮いた。

二　鰍沢

「……この続きはまた明日、申し上げることといたします」

語り終わって頭を下げると、満員の客席から、ため息と拍手喝采とが湧き上がった。

「えんちょーさん！　素敵ぃ」

「明日も来るわよ！」

蓮《はす》っ葉《ぱ》な物言いをして、圓朝だけでなく、他の客たちの気まで惹こうとしているのは、どこかの芸者か、それともお俠《きゃん》な町娘か。

圓朝は高座を下り際に、声のした方へちらっと流し目をくれると、軽く手を挙げた。

「きゃあ！」

「こっち向いたわよ」

「ねえ、緋縮緬《ひぢりめん》の襦袢、いいわねぇ」

「髪もいいわ、あの髷《まげ》よく似合う……」

思わずにやりとしてしまいそうになるのをうつむいてごまかしながら、袖へ下がってくる。

「やぁ、大出来大出来。明日もこの調子で頼むぜ」

席亭の徳松《とくまつ》親方が、日焼けした顔にこれ以上ないという上機嫌を浮かべて迎えてくれた。

「其水《きすい》さんがおいでになってる。みなにご祝儀もいただいたから、おまえさんからもよく礼を言っといておくんな」

「あ、分かりました」

楽屋へ行くと、口をへの字に結んだ五十がらみの男が待っていた。

「これは、其水さん。わざわざこんなところまで、恐れ入りやす」

「なかなか派手にやってるな。面白く聞かせてもらったよ。寄席でこう派手にやられちゃあ、芝居も形無しだな」

への字の口が解かれた。決して大きくはない目に、躍るような光が瞬いている。

「へへ。お褒めにあずかりやして、恐縮で」

褒め言葉は、半分に聞いておくに限る。

だいたい、本当に形無しなんて思っちゃいまい。この人の頭の中はいつも、こっちが思いもつかないような面白い筋立てと驚くような仕掛けでいっぱいなのだから。

何より、黒羽二重の下に緋縮緬の襦袢を着るなんて気障《きざ》なことをしてみる気になったのだって、この人の芝居を見ての思いつきだ。

とはいえ、こんな大物に褒められれば、圓朝だってもちろん悪い気はしない。

其水こと、二代目河竹新七《かわたけしんしち》。芝居好きなら知らぬ者のない、今をときめく全盛の狂言作者だ。

「ところで、今度な、市村座で例のやつ、やるから。おまえさんも良かったら見に来ておくれ」

「ほう、そいつはどうも」

本当にやるのか。なんとも言えぬややこしい気分になった。

しばらく前から、其水は圓朝の出る寄席へよく足を運んでくれるようになった。

そのうち、楽屋へ訪ねてきてくれたり、料理屋で一席設けてくれたりといったこともあって、其水の知り合いだというういろんな風流人とも知己を得た。その人たちを真似て、圓朝は三十一文字やら十七文字やら捻ってみたり、それまでには読んだことどころか、そんな本があるなぞとは知らなかった類の本を読んだりするようになったのだが、向こうでは、圓朝が新しい噺を拵えることに興味を持っているようだ。

「おまえさんの〈お美代新助〉を貸してくれ」――其水がそう言ってきた時、圓朝は何を言われたのか分からなかったが、要は、同じ素材を使って狂言の台本を書いても良いか、ということだった。

芝居、講釈、噺——昔々の神代の物語からごく近年起きた下世話な珍事に至るまで、面白いと思えばなんでもネタにして話を作るのは、どの領分の者だってやることだ。ネタは同じでも、作る者、演じる者の考えや都合でできあがりは全然違うものになったりするから、ネタそのものにいちいち、「おれのものだ、おまえのものだ」と言い張る者はない。

圓朝の〈お美代新助〉だって、もとになったのは今から五十年くらいまえに永代橋が落ちた件と、それから十年後くらいに起きた、客が芸者を殺し、自分も後を追って入水したという件だ。どっちも圓朝はまだ生まれる前の出来事だから、もちろん直接知っている話ではない。いろんな人の書き物やら、講釈師の語りやらから得た知識を使って、自分なりに噺として高座にかけられるようにしたのが〈お美代新助〉である。

だから別に、其水がこのネタで台本を拵えたければ、何も断りなんぞ入れなくっても良いことだ。ましてこっちはようやく日が当たってきたとはいえ、まだまだ若輩の噺家、向こうは天下の檜《ひのき》舞台市村座の立作者、格が違い過ぎる。それをわざわざ「おまえさんの」と言ってくれたことに、圓朝はいたく感激したのだった。

ただ、いざ「やるよ」と本当に言われると、今度は怖くなってしまう。

——おれのより、ずっと面白く変えられていたらどうしよう。

手塩にかけて拵えて、大事に高座にかけている噺。それが急に、他のものと比べて見劣りするようになったら。

きっと悔しいなんて言葉で言い表せるようなものではなかろう。誰も見ていないところで、地団駄踏んでやけ酒あおって其水を罵《のの》りたくなるにちがいない。

——まあ、それでもしょうがない。

なんと言っても、相手は河竹新七だ。今度は、こっちが使えるところを探して、こっちに貸してもらえばいい。噺は生き物、どんどん動かして、もっと面白くすればいい。

圓朝は自分に強く言い聞かせた。

圓生との一件以来、いくらか図太くなっていた。

「ぜひうかがいます。新助は当然、小團次《こだんじ》さんですね」

このところ其水は四代目の市川《いちかわ》小團次と組んで、次々と当たりを取っている。〈三人吉三《さんにんきちさ》〉だの〈骨寄《こつよ》せの岩藤《いわふじ》〉だの、決して二枚目とは言えぬ小團次がここまで人気者になったのは、役者の良いところを引き立てる其水の台本があってこそと、ちょっとした見巧者《みごうしゃ》たちは皆口をそろえて褒める。

「もちろんだ。楽しみにしておくれ」

其水はそう言って口のへの字を逆さにし、目を細めた。仕上がりに自信のある証しである。

「とはいえ、おまえさんは良いなぁ。うらやましいよ」

「何ですか、藪《やぶ》から棒に。むやみに褒めたって、何にも出やしませんよ」

「いやさ。おまえさんは、台詞を皆、ひとりでしゃべるじゃないか」

「当たり前ですよ、噺家ですから」

「そこさ。だから、おまえさんの噺で聞くと、間や調子に外れがない。ところが芝居ってのは、役者が一人ずつしゃべるからなぁ。小團次がどんなに気張っても、だめなのが交じっているとそこでだめになる。悔しいもんさ」

だめなのが誰なのか、ちょっと聞いてみたい気もしたが、そこまで立ち入るのは野暮というものであろう。其水の方でも、それ以上内輪のことを言うのは気が差したのか、全然違う話を持ち出してきた。

「そういえばおまえさん、廓の方でもずいぶん名を上げているようだね」

「いや、まあそれは、言わぬが花にしといてくださいよ」

以前から、ひいき客に連れられて吉原へ行くことはあったのだが、近頃ではそうではなく、廓の内にある寄席から、芸人として呼ばれるようになった。客として登楼《とうろう》の折には素性を隠していたのを、予《かね》てなじみの女郎や芸者が、今になって相手を圓朝と知り、あれこれと悪戯を仕掛けてくるのだ。

「どうせ、女たちのおもちゃにされているだけですから」

廓の女たちはとりどりに手応えがあって面白い。ただその分、やりとりのいちいちはどこか芝居がかっていて、どこまでも高座の続きみたいに思える。

相手の望む芝居噺の一幕を、その時々に応じて付き合ってみせる、まるで女たちに嬲《なぶ》られながら稽古をつけられているような、そんなふわふわした感覚が圓朝にはあった。

女たちにやり込められればやり込められるほど、自分が噺に溶け込んでいくようで、嬲られているのはまったく不愉快ではなかった。

「おやおや、若いに似合わず、いぶし銀のような良い台詞だな。ま、そう思えてりゃ間違いはなかろうさ」

なじみの女郎や芸者は多々あっても、誰か一人の女に、素の自分が心底惚れる、何をおいてでもその女に会いに行きたくなるというような想いを、圓朝はまだ味わってはいなかった。知らぬがゆえの余裕の構えであったのかもしれない。

「じゃあまたな。今度は市村座で。来られる日が分かったら知らせておくれ」

「ありがとう存じます」

其水を見送って、自分も帰り支度をしていると、徳松親方がまた姿を見せた。

「ちょいと良いかい。あ、悪いな亀《かめ》ちゃん、由《よし》さん、しばらくここ外してくれるか」

「あ、はい」

由蔵《よしぞう》はごく最近、下座についていてくれるようになった若い者だ。圓朝の道具鳴物は次第に大仕掛けになっていて、弟子だけでは人手が間に合わず、長唄連中の若手から回してもらっている。

――親方、さすがだな。もう由の名も覚えてくれたのか。

徳松は船頭の束ねが本業だ。自分が若い衆を幾人も使うせいか、圓朝の弟子や取り巻きの顔と名をすぐに覚えてしまう。

「其水さん、なんだって」

「ええ。〈お美代新助〉を狂言にして市村座でやるから、見に来いって」

「へえ、そうかい。そりゃあ良い、こっちも客が呼べる。しかし、そんなことを立作者御自らわざわざ知らせに来てくださるとは、おまえさんも果報者だね」

「はい」

徳松はくるっと丸い目に、悪戯っぽい笑みを浮かべた。

「あの時、噺家をやめなくて良かったろう。講釈に入門し直したりしてちゃ、今のおまえはないぜ」

「いや、それを言われると一言もありやせん」

小勇の圓太の高座を見に行って、圓生から散々絞られたあと、圓朝はもう噺家はできないと思いつめた。といって、今さら他の生業ができる気もせず、ならば講釈に転向したいと、徳松に相談したのだ。

「おまえさんもいけないが、圓生さんもそれはあんまりだ。が、きっと、そのうちお怒りの解ける日も来ようから、今はあまりお師匠さんの目に触れないように、上手に身を処して噺家を続けちゃどうだ」――そう言って、この武蔵屋《むさしや》に出られるよう、段取りをつけてもらって、なんとか噺家としての首がつながった。

今日の圓朝があるのは徳松のおかげと言っても、言い過ぎではない。

「一つ、おまえの耳に入れておきたいことがあるんだ」

徳松の目から笑みが消えた。

「はあ」

「ただ、このことを知ったからって、どうしろこうしろとは、おれは指図しない。だから、おまえさんの思うようにすると良い。それについて、あとからどうこう言うつもりもない」

この親方にしては、いささか持って回った言い方だ。圓朝は何事かと身構えた。

「実はな……」

徳松は他の者に聞かせまいとだろう、声を絞って事の次第を話して聞かせた。

――そうなのか。

「な。繰り返すが、おれは知らせただけだ。どうするかは、おまえさん、自分で決めな」

「はい」

そんなことになっていたとは。

どうしようか。

七月の十三日、圓朝は早速市村座へ出かけた。

演じられた〈お美代新助〉――外題は〈八幡祭小望月賑《はちまんまつりよみやのにぎわい》〉となっていた――は、悔しいことだが思った通り、圓朝の口演よりずっと面白くなっていた。

――ああいう重ね合わせをするとはなぁ。

其水は、〈お美代新助〉を、〈お富与三郎《とみよさぶろう》〉の世界に乗せてきたのだ。〈お富与三郎〉、外題は〈与話情浮名横櫛《よわなさけうきなのよこぐし》〉。商家の若旦那である与三郎が、木更津《きさらづ》でお富というイイ女と深間《ふかま》になるものの、お富が実は博徒《ばくと》赤間源左衛門《あかまげんざえもん》の妾であったことから、半殺し、鱠り切られの憂き目に遭い……というこの狂言は、十年近く前、瀬川如皐《せがわじょこう》が拵えたものだが、近年でもよく演じられており、この中の「蝙蝠安《こうもりやす》」や「観音久次《かんのんきゅうじ》」といった人物は、今回の主役、小團次の当たり役でもあった。

其水の〈お美代新助〉では、この客が皆知っている当たり狂言とほぼ同じ人物たちを巧みに話に配置した上で、その上にお美代と新助が新たに登場してくる。

小團次に主役の新助と合わせて、蝙蝠安や観音久次など、おなじみの役をいくつもさせているのが趣向で、小團次が姿を変えて出てくるたびに客が沸くように仕掛けられていた。相手役の女形岩井粂三郎《いわいくめさぶろう》の方も、小團次と合わせるように、お富とお美代二役を演じていたから、なおさら客席は沸いた。

「良いよなぁ」

さすが、芝居ならでは、河竹新七ならではだ。噺の方では、全部の役を一人でやっているのが当たり前だから、ああいった面白みは出せない。

芝居と勝負しても仕方ないだろう、とは思うものの、やはり面白いものを見てしまうと、欲が出る。たぶんしばらく、自分の高座に〈お美代新助〉をかける気にはなれないだろう。

――早く、あれを、どうにかしなくっちゃな。

一度考えはじめながら、なかなかまとまらないままずっと抱え続けている、続き物の筋立て。恨めしさではなく、恋しさで出る、二人連れの女の幽霊。仇討ちの話と合わせ技で作ろうとあれこれやっているのだが、まだ話が全部つながるまでに至っていない。

――しかし、今はまず、別のことを考えなくては。

先日からずっと胸中にある重いものをどうにかしようと、翌日圓朝は、兄のいる長安《ちょうあん》寺を訪れることにした。

「懐かしいな」

以前、母とともにここに住まわせてもらっていたことがある。父がふらっと姿を消し、母が「もうあの人はいないものと思うしかない」と思い詰めていた頃。かつ圓朝は、父の代わりにそんな母を支えたいと思う一方で、やはり自分には堅気の道は無理、芸人になるしかないと心を決めた頃だ。懸命に噺の稽古をする自分の様子を見て、それまで頑として芸人になることに反対していた兄が、「そういう修行もあるんだな」と、噺家になることをはじめて認めてくれた場所でもある。圓朝の名を思いついたのも、ここだった。

「兄さん。しばらく座らせてもらってもかまいませんか」

「おお、次郎吉か。良いよ。好きなだけ座って行きなさい」

兄の頭は相変わらず青々と美しい。圓朝はご本尊に線香を上げると、丁寧に足を組んだ。家でも寄席でも、そして往来でも、この頃圓朝はなかなか一人でゆっくりするということができない。どこへ行くにも弟子やひいき、取り巻きが付いてくる。家にいて「書き物をするから座敷には入るな」と言っていても、それがなんとか守られるのは一時《いっとき》半がせいぜいだ。

ここへ来る時だけは絶対に自分一人、同行するとしても母のおすみだけと決めていた。そうしないと、自分の生きている場所、知っている場所が、どこもかしこも高座と地続きになってしまいそうな気がしていた。

手に印を結び、目を閉じる。

先日、徳松から聞かされた言葉が耳の内によみがえる。

「圓生さん、病気だそうだ。もう半年近く寄席には全然出ていないらしい」

そういえば師匠の高座の噂を聞かないなと思っていたところだった。

「娘さんが三人あるだろう。身売りでもさせるかって話まで、持ち上がっているらしい」

「え？　お嬢さんを……。そんなに、お困りなんですか、師匠は。だって、ご自分が出られないにしても、弟子が他にも。そうそう、あの、こ、いや、圓太だっているでしょうに」

「うん、まあそうなんだが……有り体に言うとな。甲斐性のある弟子は今、一人も圓生さんのところには寄りつかないってことなんだ。圓太に至っては、あれから特に売れるってわけでもなし、おまけに、どうやらこれまでのいろんな費用《かかり》は、ほとんど女に出させてたらしい」

「女？」

「どっかの後家らしいんだが……あまり性質《たち》の良くない話みてぇだ。女のほうじゃ、自分がお膳立てしてやりさえすれば、もっとたやすくばんばん売れると思ってたんだろうな。それがそうでもないんで、愛想づかしのお払い箱。途端に圓太は自分の身の始末だけで精一杯で、師匠の面倒なんて見てられねぇってことになっちまったようだ。近頃じゃ顔も見せねぇ、行き方知れずも同然だとさ」

真打になりましたとあちこちに披露するのは、かなりの物入りだ。

ご祝儀や出演料といった〝入る方〟より、身の回りの品々の新調、事々につけての飲み食いや心付けなど〝出る方〟が多いことも珍しくない。まして圓太のように道具鳴物入りでやれば、その費用だってかなりの額になる。それを女房でもない女に頼っていたとなれば、金の切れ目が縁の切れ目になってもおかしくはない。

——で、おれにどうしろと。

口どころか、顔にも決して出さなかったつもりだ。

しかし、徳松には圓朝の迷いが手に取るように分かったのだろう。

「だから、はじめに言ったろ。おまえさんにどうしろとかって、意見する気はねぇよ。ただ、知らせねぇのも寝覚めが悪い。ただそれだけだ」

徳松は最後に、「圓生さんはいわば自業自得だ。おまえさんが何もしなくても、誰もおまえさんを悪く言える者はありゃしないよ」とも付け加えた。三橋亭での件だけでなく、吹ぬき亭での真相も打ち明けてあったからだろう。

吹ぬき亭での一件を皮切りに、圓太の真打披露興行に至るまで、圓生から受けたいくつもの仕打ち、その時々の戸惑い、怒り、悔しさの様々が、座り続ける圓朝の体中を巡っていく。

——ざまあみろ。それ見たことか。

おれを、おれをもっと大事にしないからだ。小勇なんぞをかわいがるからだ。

知るもんか。今さら、師匠弟子でもない。確かに、子どもの頃から世話になった。噺のいろはを仕込んでくれたのは圓生だ。そこまでなかったことにする気はない。

しかし、今の道具鳴物入りを工夫してやるようになって、ようやく今のおれがある。いわばおれの今の腕も、人気も、おれが自分で苦労して身につけたものだ。そうじゃないか。

「知るもんか」

口の中でつい小さくつぶやいてしまった時、肩にふっと、触れるものがあった。

——兄さん？

覚えのある気配だ。間違いない。圓朝は首を少し傾げた。

ぱしん。

警策《きょうさく》の心地よい衝撃が肩から背骨へと走る。目を閉じたままお辞儀をして、そのまま座り続けた。

ようやく目を開けてみると、日はすっかり傾き、兄の姿はなかった。

「兄さん。さっきはありがとうございました」

本堂脇の小さな座敷で、兄は筆を走らせていた。

「さっき？　何かあったかい」

「一撃、くださったでしょう」

「いいや。私はずっとここにいたよ」

「あれ、そうでしたか」

おかしいな。

確かに手応えがあったはずだが。座ったまま、居眠りして夢でも見たのだろうか。

「どうだ。迷いは消えたか」

「ええ……。ただ兄さん、一つ教えてほしいことがあります」

「なんだ、改まって」

「因果応報ってぇのは、仏の教えから来てる言葉ですよね」

「そうだよ」

「では伺いますが、行いの因が必ずしも、純粋な、正しい気持ちになくとも、行ったことが良ければ、果ってのはちゃんとついてくるものでしょうか」

「ふむ、そうだな」

兄はしばらく考えていたが、やがて微笑《ほほえ》んで言った。

「だいじょうぶだ。その時は因の方がきっと変わっていくさ」

因の方が変わっていく。

どういうことだろう。圓朝には正直、兄の言わんとするところがもう一つ、腑に落ちなかったが、それ以上の問いは、馬鹿にされそうで言い出しかねた。

「そうですか。分かりました」

圓朝が頭を下げると、兄はさっきまで書いていたとおぼしき紙をくるくると巻いて、巻《かん》子《す》の形にして差し出した。

「これをお持ち。何かの役に立つかもしれない」

「なんですか、これは」

「雨宝陀羅尼経《うほうだらにきょう》というんだ。読み方も書いておいたから。暇を見つけて勉強するといい」

「ありがとうございます。ところで兄さん、これは」

経文の方にはさほど興味も抱けぬまま、型どおり礼を言うと、圓朝はむしろかかっている見慣れない軸のことを兄に尋ねた。

――女の幽霊だ。

白い飾りのついた灯籠を下げた女の幽霊。装束から見たところでは、唐土《もろこし》の絵だ。

「ああ、これかい。檀家からの預かり物でね。ちょくちょくあるよ。こういうものは、本来の持ち主がいなくなると、行き場を失って、こうして寺へ持ち込まれるんだ」

「そうですか。何か悪い因縁でもあるのでしょうか」

「どうかな。私の見たところでは、特にそんな気もしないけれど」

圓朝はその軸を眺めながら兄の淹れてくれた茶を飲み干すと、寺を後にした。

――おや？

鮮やかな彩りが目に飛び込んできた。

桔梗撫子を織り出した紋紗の振り袖姿の若い娘が、向こうから歩いて来る。

そばにはおつきの女中だろうか、三十過ぎぐらいの年増女が、いかにも娘に傅《かしず》くように、辺りに気を配りながら付き添っている。薄茶の着物で控えめにしているが、こちらも品良く、姿勢や足取りが端正だ。二人の手に下がっているのははじめ提灯《ちょうちん》かと思ったが、どうやら飾りのついた灯籠らしい。

——まるで芝居に出てくるようだ。

思わずじっと見つめていたからだろう、娘ははにかんだ笑みを見せて軽く会釈して、すれ違っていった。

会釈を返した後、名残惜しくて、歩いて行った方を振り返る。

——あれ。

どこかへ曲がってしまったのか、二人の姿はもうなかった。

ひとしきり、蜩《ひぐらし》の鳴き声が響き渡った。かなり近くにいるようだ。

——そうだ、今は、盆だな。

娘たちは誰かの魂を迎えようとしていたのだろうか。

——盆か。悪いことをしてしまったな。

折も折、僧侶は忙しい最中だろうに、そんなそぶりをまるで見せることもなく対応してくれた兄に感謝して、圓朝は帰途についた。

翌年、文久元年（一八六一）の春も終わる頃、圓朝はそれまでの浅草茅町《かやちょう》からもう少し大川を遡ったところに引っ越しをした。

「ずいぶん張り込んだな。眺めも良いじゃないか」

「こりゃあいい。ただ、庭がないのが惜しいな」

引っ越し祝いと称して角樽を持って訪ねてきてくれたのは、戯作者《げさくしゃ》の条野採菊《じょうのさいぎく》と、絵師の芳幾《よしいく》だった。採菊は寄席の常連で以前から顔見知りだったが、芳幾の方はつい先日、二人の共通の師である、歌川《うたがわ》国芳の葬儀で再会したのだった。

「天下の三遊亭圓朝が、まさかあの時の小僧っ子とはね。知らなかったよ」

「いやいや、こっちこそ知らなかったよ、まさか圓朝が国芳の門下にいたことがあったなんて。道理でいつも道具の絵がうまく描けてるわけだ」

採菊と芳幾はもともと知り合いらしく、近頃では時折示し合わせていっしょに寄席へ姿を現すこともあった。

「しかしこんな広い二階家に、誰と住むんだい。おまえさん、艶聞《えんぶん》は多いようだが、まだ独り身だろう」

「採菊さん、艶聞が多いは余計ですよ。まあ弟子も増えていますし。それに、両親もいっしょにと思っています」

「そうなんだ。なかなか、物堅いね。いいね」

芳幾は何度も「いいね」と言いながらうなずいた。

採菊によれば、芳幾は以前、圓朝の高座の噂を聞き、芝居の猿まねをする「浮薄《ふはく》の徒」と嫌って、何度寄席に誘っても来なかったという。それが、今飛ぶ鳥を落とす勢いの人気者が、ほんの幼い頃、それもたった半年足らずの修業期間だったにもかかわらず、国芳の葬儀に自ら顔を出し、元弟子としての礼を尽くしたというので、態度を一変させたのだ。

近頃では何かとひいきにしてくれる。

「どうだ。引っ越し祝いに、何か描いてやろうか」

芳幾はにこにこと笑って立ち上がり、窓から外を見た。

国芳の葬儀の席で、弟弟子の芳年《よしとし》を足蹴にしたところなぞを見てしまったので、圓朝はこの人はよほど気性の荒い人なのかと思ったのだが、案に相違して、日頃気性の荒いのはむしろ芳年の方で、芳幾は礼を守る者には至って優しい。

「そうですね。本当にお願いしていいなら、ぜひ、幽霊の絵を」

「幽霊？　そりゃぁ構わないが、どんなのだ」

「ええ。かざりのついた灯籠を下げたきれいな若い娘と、そのおつきの年増の女中、二人連れの幽霊を」

「おや、ずいぶん細かに指図があるところを見ると、次に拵えようと思っている噺の何かかい。いいよ、分かった、考えておこう」

「ありがとうございやす」

上機嫌で二人が帰ったあと、圓朝は二階へ上がり、「書見をするからしばらく静かに」と弟子たちに告げた。

――この本、面白いな。

其水から借りた『伽婢子《おとぎぼうこ》』という本だった。

新しい噺作りに苦労していると話すと、「役に立つかもしれぬ。私の調べた限りでは、京伝《きょうでん》や馬琴も、これをずいぶん種本にしているんじゃないかと思う」と言って、手渡してくれた。

――これだ。

圓朝は、巻の三に「牡丹灯籠《ぼたんどうろう》」とあるのに目が釘付けになった。

灯籠の花飾り。白にほんの少し紅《べに》の滲《にじ》むようなぽってりとしたちりめん細工の牡丹なら、娘の下げてくる灯籠にふさわしい。

ただ、話の主役が、むしろ喜左衛門に聞かされた「妻を亡くした夫」と同じなのが、いささか気に入らなかった。

『伽婢子』はかなり昔からある本らしい。だとすると、この本を読んだ人が、近江屋の弁次郎の身に起きたことに、作り事を交ぜた噂話を流したのではないかというほど、二つの話は似た風情を持っていた。

――独り者の若い男に変えてみよう。

その方が、哀れで健気な噺にできそうだ。

『伽婢子』に採られていた「牡丹灯籠」の主役の名は、荻原新之丞《おぎわらしんのじょう》となっていた。時代はお江戸に幕府が開かれるより六十年くらい前、舞台は京で、女の名は弥子《やこ》である。

妻に死なれて悲しみに沈む新之丞のところへ、牡丹灯籠を下げた弥子が、少女を供にして通りかかる。二人は互いに惹かれ合うが、やがて新之丞は、弥子がすでにこの世のものではないことを知る。このままでは自分の命が危ないと、新之丞は高僧の力を借りて弥子を遠ざけようとするが、ふとした気の緩《ゆる》みから、結局冥界へと連れ去られてしまう――。

きれいで良い話だ。ただ、噺にするなら、この先を考えないと、一席しか持たない。

帳面をにらみ、思い浮かぶ言葉を次々に書き付けては、いくつかを墨で消した。

亡き妻　幽霊　恨み　恋しい　姉妹　灯籠

噺の軸は二つ。一つは、悲恋。これは決まりだ。灯籠を下げた娘の幽霊が、幽霊になったいきさつ。弥子ははじめから幽霊だが、自分の噺では……そうだ、男に焦《こ》がれ死にしたことにしよう。その方が、幽霊になって出てくる理由としてはっきりする。出会いの場や、女の方の家の問題をつくって絡めていけば、長い噺になるだろう。

ではもう一つは……やっぱり仇討ちか。

普通の仇討ちじゃあ面白くない。圓朝が何より考えたいのはそこだった。よくある噺にしたくない。其水も唸るような、また貸してくれって言ってくれるような、趣向。

そうだな。討たれる側に同情が集まるような筋ってのはどうだ。かといって、討つ側にも、やむにやまれぬ事情があって。

懸命に頭を巡らせる。

かれこれ二年越しに抱えてきた「恨めしくない幽霊」。その姿がようやく見えそうだった。噺の種が、ようやく芽吹いたのだ。のみならず、噺の根本、骨格まで見えてきそうな感覚があった。今を逃したら、きっと大きく育てる機を逸してしまう。

——田中《たなか》のご隠居に聞いた話を使うか。

牛込軽子坂《うしごめかるこざか》に住む旗本の隠居から聞いた話を思い出した。侍が、自分の召し使っていた中間《ちゅうげん》に、槍《やり》で刺されて死んだという。

——この侍が、実は中間の親の敵ならどうだ。

しかも、本意ではなく、やむにやまれぬいきさつで斬ってしまったのだとしたら。

よし、この線で、作ってみよう。

圓朝はそう決めて、まず主な人物の名を決めてしまうことにした。

田中の隠居の話に出てきた侍は、戸田平左衛門《とだへいざえもん》という旗本であったらしい。

——姓だけ、変えておくかな。

戸田、田沢《たざわ》、沢沼《さわぬま》、田沼《たぬま》、飯沼《いいぬま》……飯島《いいじま》。そうだ飯島が良い。そういえば近江屋の本姓が飯島だ。ここで使わせてもらおう。

飯島平左衛門。いいな、語呂も良い。

家来の方は、分かりやすく、孝助《こうすけ》にしておこう。忠義者で孝行者の、孝助だ。

よし、これをおおよそとして。

そうだ、悲恋の方は、この主人の一人娘としよう。こういう武家の娘なら、悲恋の主役が似合いそうだ。

圓朝は自分の知っている若い娘たちを思い出した。氏より育ちとはいうものの、武家娘というのは、やはり町娘に比べて、自分の気持ちを胸中深く沈めていそうに見える。化けて出てきたいほど恋しいのは、むしろ生きている間に、契《ちぎ》りを結んでいなかったからだろう。情を交わすどころか、手と手が触れるだけでも精一杯の初心な色事のあげく、焦がれ死にして化けて出てくる。こんな世間知らずの一途さには、やっぱり武家娘が似合う。こちらの勝手な思いなしかもしれないが。

娘の名は喜左衛門に聞いた話のまま、露《つゆ》にしようと決めていた。秋の野に置き、はかなく消える。いかにも悲恋に陥りそうな風情で良い。

おつきの女は少女じゃなくて年増にしたい。……清《きよ》、いやいや、なんか違うな、そうだ、米《よね》。米だ。白くて品が良くて、頼れる女中って感じがするじゃないか。

――しかしな、こんな娘がいつどうやって男に惚れるかな。

現実にそんなことがあるかどうかはともかく、芝居や噺に出てくるいい男といい女の馴れ初めってのはだいたい一目惚れだ。お富と与三郎もそうだった。

武家娘の一目惚れの場。

自分から敵に討たれてやろうなんて考える侍の娘が、父親の目を盗んで叶わぬ恋をする機会があるとしたら……そうか、母親が死んで、後添いとの折り合いが悪くて、娘と女中だけ離れとか別宅に住んでいることにすれば、父親が気づかぬうちに恋煩いが高じて、男が来てくれるのを待ちわびて焦がれ死ぬってのが、無理なく筋として通りそうだ。

――それは良いとして、この悲恋のあとはどうなるんだ？

そこまで考えたことを走り書きにすると、大きく息を吐いて、一度筆を置いた。

窓からは大川の水面がきらきらと見える。背中から頭まで、熱が上っていくようだ。

頭を軽く左右に振って、もう一度筆を握る。考えを途切れさせたくなかった。

娘の方の家は、仇討ちの舞台になる。では一方、娘に取り殺される男の方は。

財産はあるが身寄りがない若旦那ってことにしようか。飯島家の仇討ちの方がかなり糸の絡んだ筋になるから、こっちはあんまりそういうのじゃない方が、ややこしくなりすぎないだろう。

――姓は……萩原《はぎわら》だ。

『伽婢子』に書かれた「荻原」の字面を見ていて、圓朝は膝を打った。

娘の灯籠が牡丹。花札なら、次は萩だ。男の姓に萩が入っていれば、きっと好一対になる。名前は、名前はそうだな、新之丞、ってのはちょっとあんまり役者っぽいようだ。新三郎《しんざぶろう》にしておくか。〈お美代新助〉の二枚目と同じ名だが、まあ良いだろう。これより他に響きの良い名前が思いつかない。圓朝の二枚目は新三郎、ってことで。

で、きれいな男と女が死んだあとは。

「しぶとく生きるのは……きたない男と女か」

思わず口に出してしまい、自分でにやりと笑ってしまった。

二枚目と若女形だけでは、芝居は成り立たない。筋立てを本当に動かせるのは、芝居なら小團次が演じるような、癖のある人物だ。

新三郎は、常日頃から、周りに、「この人からなんとか金をせしめよう」って考えてる奴が集まってきそうな、優しげな若旦那だ。そういう人が怪しい死に方をすれば、間違いなく騒ぎが起こるだろう。亡骸《なきがら》の供養なんぞは見向きもしないで、ただただその場から金目のものを持ち去って知らん顔を決め込むようなやつが、きっと出てくる。そうすれば筋立てが面白くなる。

――ただ、あんまりはじめっから酷《ひど》い悪党だと、つまらんな。

客の反応を見ていると分かるが、噺なんぞをわざわざ聞きに来る人というのは、「気持ちよく裏切られたい」というおかしな、しかし強い欲求を持っている。真面目そうな人が途中で志をくじけさせたり、いかにも善人で正直だった人が手のひらを返したように悪事に走ったりすると楽しそうに笑うし、反対に、それまでさんざん悪事を重ねていた者がついに改心するとほろほろ涙を流す。

噺を拵える側からすると、どこかに「人が変わる」瀬戸際みたいなものを上手に設けて、見せ場を作るのが肝心なのだ。

――どこにでもいそうな、善良そうな男。いや、夫婦者。

そうだ。男一人じゃない方が良い。それまでは、若旦那をよく面倒見て、身の回りの世話なんかもして、ぱっと見、人の好さそうな。

そんな夫婦が、金に目がくらんで、どんどんと悪事に足を踏み入れていく。互いに夫婦の縁が腐れ縁になっていく様も、面白いだろう。

――うん、これがいいな。名前は、と。

人物の名。なんでもいいようでいて、存外これが難しい。語呂が良くて、他の人物と区別がつきやすくて、何より、高座でうっかり間違いにくい名。二枚目そうな名ってのもあるし、月並みな名ってのもある。芝居の方では聞いただけで悪党そうな名ってのもあるが、今拵えている噺では、むしろどこにでもいそうな名を考えたい。

「師匠。そろそろ。寄席、遅れますよ」

階下から声がした。悔しいが、時間切れだ。しかし、今日はいつになくはかどった。

「分かった。すぐ行く」

下りていく圓朝の足取りは、軽かった。


——よし、もうあとちょっとで、いよいよ高座へかけられるぞ。

文久二年の正月、圓朝は〈怪談牡丹灯籠〉の支度に余念がなかった。

「師匠。受け取ってきましたよ」

「おう、ついに来たか。よし、開けてみな」

圓朝は弟子たちに命じて、届いた大きな箱を丁寧に開けさせた。

「こりゃあ豪儀だ。見栄えがすらぁ。おまえなかなか張り込んだな」

父の圓太郎が目を輝かせると、弟子たちも次々と箱の中身に見入った。

「うわぁすごい」

「きれいだなぁ」

出てきたのは三尺ほどもあろうかというからくり人形だった。お露とお米である。

「よし。これからこれを動かす稽古もするぞ。おまえたち、大事に扱ってくれよ」

「はぁい」

弟子たちが歓声を上げる中で、母のおすみがそっと圓朝の袖を引いた。

「なんですか、おっ母さん」

「おまえ、それも次の噺の道具なのかい」

「ええ、そうですよ」

「だいじょうぶかい。いったい……」

母が言いたいことは、言われなくとも痛いほど分かっている。

いかに人気が出て売れてきたとはいえ、こんな広い家に引っ越し、住み込みの弟子も通いの囃子《はやし》方も数がさらに増え、加えて新しい凝った道具を次々と拵えて、いったいいくらかかるのか。借金は増えていないのか。誰かに迷惑をかけていないか。

そういった細々としたことは、どうしても母の手を煩わせることになる。

売れなければ勿論わびしく、売れれば売れたで痛むのが芸人の懐具合であることは、今やこの大所帯一切の財布を握っている母が、一番骨身に染みて、案じていることだろう。

「だいじょうぶですよ。まあ見ていておくんなさい」

第六天《だいろくてん》の角にあるからくり人形師のところで特別に誂《あつら》えさせた人形。正直圓朝の心づもりより遥かに値が高直《こうじき》でぎょっとした。一月高座へ出続けてようやく得られる出演料の三倍ほどの金額だった。

もし評判が悪くて一度しかこの噺を出せないようでは、間違いなく大損になる。

だが、今はしばらく、それは忘れていたい。母の心配は分かるが、ともかく、ともかく、しばらく、黙って見ていてほしい。

——絶対、大評判にしてみせる。

圓朝は母に構わず、弟子たちに人形を動かしてみるよう、指図をした。

歩いてくる場。新三郎の家を執念《しゅうね》くのぞく場。

「よし、じゃあ浮いて、家の中へ消える」

「はい」

道具に描かれた新三郎の家。ようやくお札が剝がされた裏窓に、お露がお米に手を引かれてすうっと消える。

「だめだ、速すぎる。もうちょっとふわっとできないか」

「はい」

正月だというのに、圓朝も弟子たちも、じわっと額に汗が浮く。

「よし、今日はこれくらいにしよう。今度は鳴物も合わせるからな」

「はい」

ひとしきり弟子たちを動かしておいて、圓朝は一人、二階へ上がった。

——あの場は良い。むしろ……。

今さっき稽古していた、幽霊のお露がついに新三郎を……という場は、こっちの指図通りにやれるようになれば、あれで良いだろう。しかし、もっと初めのところに、何度やっても自分に納得のいかぬ場があった。

「……新三郎は白地の浴衣を着、深草形の団扇《うちわ》を片手に、蚊を払いながら冴《さ》え渡る十三日の月を眺めていますと……」

幽霊女、二人連れ。

いったい、どう出てくればいいんだ。

考え込んでしまった。

恨んで出てくる幽霊ではない。「恨めしや」ではないことは、むろんである。

かといって、いきなり「お懐かしや、新さま」でもない。何せ、お露が新三郎とこの世で逢ったのはたった一度っきり、しかもほんの少し手と手が触れあっただけの仲というのが、圓朝が描くことにした二人の縁だからだ。

——新三郎に声をかけるのは、お露じゃなくて、お米だな。

見つけるのは、たぶんお露が先に見つけているんだ。だけど、驚きとはにかみ、何よりうれしくて胸がいっぱいで、お露は声が出ない。そんなお嬢さまの様子に気づいて、お米は新三郎を見つける。

「まあ萩原さまじゃございませんか」

第一声はこんなふうだろうか。

芝居なら、たぶんそれで良い。揚げ幕がちゃりんと鳴って、役者が花道から出てきて、七三か、あるいは舞台の下手に来たところでこの台詞だ。

しかし、圓朝がやるのはあくまで噺だ。人形を出すにしても、出さずに噺のみでやるとしても、いずれにせよいきなりお米の台詞ではおかしい。客もなんだかよくわからないに違いない。

物思いにふけりながら、はかなく消えた恋の相手を思い出しながら、月を見ている新三郎。その目が空から往来へと落ち、振り袖姿で牡丹灯籠を下げたお露の姿へと釘付けになる、その時を、いったいどう表せば良いのだろう。

下座のどろどろ……じゃない。ここでは、二人が幽霊だってことは、まだ新三郎も客も、知らないのだから。

盆の夕暮れ、女の二人連れ――。

「からん、ころん……」

そうだ。これだ。からんころん。軽い下駄の音。小さな足が、塗りの駒下駄を履いて。軽い、優しい音は、他のすべての音を押しのけて、新三郎の耳に響くだろう。

「からんころん、からん、ころん」

もう一度、ゆっくりと声に出してみる。

足がないはずの幽霊。でも、恋しい男に逢いたくて逢いたくて、きっと自分が死んだことさえ忘れている。だから足音がする。生きていた時のように――。

「よし」

手控えの帳面に「下駄の音　からん、ころん」と書き付けた。

「師匠、あの」

弟子の一人がはしご段を上がってきた。

「なんだ。書き物をするって言ったじゃないか」

「すみません。それがその……大師匠がいらしてます」

取り落とした筆が文机から畳に転がり落ち、点々と墨の跡ができた。

「い、今……、今、行く」


大慌てで身支度を整えて下りていくと、圓生が座敷に座っていた。

「圓朝」

圓生は一言そう呼んだきり、そのままその場へ手をついて頭を下げてしまった。

「師匠。わざわざおいでくださるとは……。お体は、もうよろしいんですかい」

――なんか、小さくなっちまって。

肩のあたりの身の削げように、圓朝はふいに目頭に熱いものがこみ上げてきた。

「師匠。お願いです、どうぞ、お手をお上げになっておくんなさい。話ができやせん」

「すまない。本当に、なんと言えば良いか。あんな仕打ちをしたあたしに、おまえさんこの一年半、ずっと仕送りを。あたしにはもうおまえさんに渡せるものとて何にもないってのに。おかげでうちは……」

「師匠。もう、よしにしましょう、ね、そのことは」

これ以上、師匠から詫びや礼の言葉は聞きたくなかった。

圓生に毎月まとまった金を送る——そう決めた自分の気持ちにあったものは、決して人としての善の心ばかりではない。

売れてきた自分を誇りたい、酷い仕打ちをした師をむしろ施しで見下したい、師への孝養を尽くす良い弟子と世間から評判を取りたい。

そんなこんながいっぱいごっちゃになっての、いわば半分は見栄の塊みたいな行いだ。

礼なんて、言われても。

「そんなことより師匠、ちょっとだけ、手前の新しい噺を見てもらえませんか」

「新しい噺?」

「ええ。続き物なんで、全部ってわけにもいきませんが、途中の場を少しだけでも」

「そうかい。そりゃあ良い。ぜひ、聞かせておくれ」

圓朝は、お露と新三郎の馴れ初めを簡単に師匠に聞いてもらい、その後の噺へと入っていった。

「お露が自分に焦がれ死にをしたと聞いた新三郎、せめてもと念仏三昧の日を送っておりましたが、折しも盆の十三日、精霊棚の支度などいたしまして……」

圓生が真剣にこちらを見ている。

「……月を眺めていますと、からんころん、からんころんと駒下駄の音をさせて生け垣の外を通る者がありますからふっと見れば……」

夜ごと通ってくるようになったお露とお米を見とがめたのは、新三郎の所有する家作に住む伴蔵《ともぞう》という男。

「……伴蔵、中をさしのぞいてはっとばかりに驚き、化け物だ、化け物だーっと言いながら、夢中になって駆けだして行く。さて、というところで、今日はここまででございます」

圓生は、何度もうなずきながら聞いてくれた。

「……で、女二人は、幽霊なんだね？」

「はい。さようで」

「そうか。それは面白い」

――師匠。

弟子入りしてこのかた、師匠が本当に面白そうに、圓朝の噺を「面白い」と言ってくれたのは、これが多分、初めてであろう。

「幽霊ってのは足がないって皆思っているが、それが、下駄の音をさせて出てくるってのが、新奇で良い。多分、聞いた人はあとになって、からんころんの音が恐ろしくなる。寄席からの帰り道が怖くって怖くって、でも、続きも聞きたくなるだろう。それに、いっぺん聞いた人は、もう一度同じところを聞きたくなるんじゃないかな」

「ありがとうございます」

涙があふれた。

「おまえさんに負けないように、あたしもまた高座に上がろうと思うよ。本当に、ありがとう」

「師匠、また勉強させていただきます。何かお手伝いできることがあったら、知らせておくんなさい」

やがて辞去しようとした圓生を圓朝はしばしとどめ、弟子に命じて駕籠を呼ばせると、遠慮するのを半ば無理矢理、押し込むようにして乗せた。駕籠舁《か》きにふんだんに酒手をやって、「そっと、丁寧にやっておくれよ」と送り出す。

「師匠、お気をつけて」

駕籠が辻を曲がって見えなくなっても、圓朝はその場に立ち尽くしていた。

……その時は因の方がきっと変わっていくさ。

兄の言葉が耳によみがえってきた。

しかし、「もう一度高座に」との圓生の願いは叶わなかった。

この日、自宅に戻った圓生は再び病の床につくと、その後二度と、枕の上がることはなかった。

文久二年（一八六二）八月十二日。

二代目三遊亭圓生は、圓朝に三遊亭一門の行く末を託すと遺言して、彼岸へ旅立っていった。

師の葬儀は「仮葬」としてごく身内で簡素に行われた。「三遊派がもっと勢いを増してから、先代の命日に本葬をしてほしい」との遺言があったからである。

「おまえさん、よく圓生さんの面倒を見たね。あんな目に遭わされたってのに。おれは頭が下がったよ。なかなかできることじゃない。たいしたもんだ」

葬儀の後、徳松親方が圓朝をねぎらってくれた。

「親方。そう褒められると、かえってお恥ずかしう存じます。それに、生前、師匠はわざわざうちを訪ねてきて、手前に頭を下げてくだすったんですよ」

「へぇえ、あの圓生さんが。いつ頃の話だい」

「いや、忘れもしません、正月の七日です」

「正月の七日……そいつは妙だな」

「妙っておっしゃいますと」

「確か暮れ頃からもう、圓生さんだいぶ悪くてな。正月早々お弔いかも知れねぇなんて言ってたはずだ。いつ何があっても良いよう、うちの若い衆をずっとつけてあったんだ。何かあればすぐおまえさんに知らせようって。結局、今年に入ってから、自分の足で歩ける日はなかったんじゃないかな。この八月までよく持ったとおれは思ってたんだ」

——そんなばかな。

確かに、翌日の八日に見舞いに行った時、前日の和やかな談笑がまるで幻のように、圓生は息も絶え絶えで言葉もままならず、こちらまで胸が苦しくなって絶句してしまうほどの容態だったが——。

「しかし、手前は確かに……」

徳松はしばらく首を傾げていたが、やがて圓朝の顔をまじまじと見て言った。

「おまえさん。そりゃあきっと師匠の生霊だ。ちゃんと孝行しといて、良かったな」

悪いことは重なるもので、圓生が亡くなってほどなく、今度は兄が倒れた。

「ねえ、次郎吉、どうだろう。徳太郎をここへ連れてきて看病しちゃいけないかねぇ」

兄は前年から、小石川是照院《ぜしょういん》の住職を務めていた。日々通いで看病していた母のおすみは、ある時圓朝にそう懇願してきた。

「いいですよ。お寺の方でお許しがあるなら」

ごく幼い頃に僧侶見習いとなって家から離れていった兄が、自分が算段して越してきた家で過ごしたいと言ってくれるのは、圓朝には喜ばしいことだった。

「兄さん。どうかゆっくりして、しっかり治して」

「すまないね。僧籍にある者が、寺を出て身内のもとで養生したいなんて、みっともないと思うだろうが」

「何を言うんですか。いいじゃありませんか。お坊さんだって人の子でしょう。仏さまだってお許しになります」

圓朝がそう言うと、兄は横たわったまま、柔和な笑みを浮かべたが、その声は耳を近づけてやっと聞き取れるほどのか細さだった。

「おまえに問答で負けるとは思わなかったよ……そうだ、甘えついでに、頼みがある」

「頼み？」

「前に渡した、雨宝陀羅尼経。あれを唱えてくれないか。本当は自分で唱えたいが、もう私には唱える力がないんだ」

そう言われていくらか戸惑った。あれから何度か開いてみたものの、まだすらすらと唱えられるほどに熟読していなかった。

「の、の、曩謨《のうぼ》婆誐《ばぎゃ》嚩帝《ばてい》嚩囉《ばざら》駄囉《だら》。娑誐囉《さぎゃら》、抳具灑耶《にりぐしゃや》。怛陀孽多野《たたぎゃたや》……」

つっかえつっかえ、冷や汗が出る。

――どうも蘭語のうわごとみたいだな。

「面目ない、兄さん。もっとうまく唱えられるようにいたします」

「頼むよ」

以来、圓朝は兄の寝ている脇で毎朝、この経文を唱えるのが日課となった。

むろんそればかりではなく、医者、薬、すべての手を尽くしたことは言うまでもない。しかし、今江戸で最も名医と言われる二人、尾台榕堂《おだいようどう》、浅田識此《あさだしきし》らの腕を以てしても、兄の病は癒えなかった。

「次郎吉。もう良いんだ。医者も薬ももう良いから、どうぞ寺へ知らせておくれ」

是照院から僧侶が何人もやってきて、兄の周りを囲んだ。

「手、手を……」

すでに目を開けていることすらまれになっていた兄が最後に望んだのは、己の手を合掌させ、数珠をかけることだった。

――兄さん。

十一月二十一日。

読経の響き渡る中、泣き崩れる母の脇で、圓朝は静かに、兄を見送った。

師と兄とを相次いで見送って、悲嘆に暮れる日々だったが、世間の方は圓朝を静かにしておいてはくれなかった。

圓朝自身も、まだ二十四歳の若さとは言いながら、亡き師から三遊亭一門を託された重み、父母のみならず、師の遺した娘や自分の弟子たちなど、大勢の者たちの口を養っていかねばならぬつとめを思えば、一人悲しみに浸っている暇はなかった。

「おまえさんどうだい、三題噺の会、来てみないかい？」

そう誘ってきたのは、条野採菊だった。

「三題噺ですか」

「其水さんも芳幾さんも入ったんだ。これでおまえさんが来れば、大変な顔ぶれになる」

三題噺。三つの題をその場でもらい、それを三つとも織り込んで、三つ数えるうち……とは言わないまでも、その場で皆が顔を合わせている間に、即席に噺を拵える。

五十年くらい前に、初代の三笑亭可楽《さんしょうていからく》という噺家が始めたことだと聞いている。圓朝が入門してからは、誰もやり手はいなかったが、今年になってから、採菊の音頭取りで才人文人が幾人も集まってやるようになったらしい。

――なんだよ、柳《やなぎ》の肥《こ》やしに始めたくせに。

噂には聞いていた。

近頃の寄席は、圓朝のやるような芝居に近い噺が人気だ。道具を使わずにやる滑稽な噺を主に得意とする噺家は、どうしても客寄せの点では後れを取りがちだった。

それを惜しく思ったひいきの通人たちが、滑稽噺がうまく、またその場の機転も利くと評判の柳亭《りゅうてい》左楽《さらく》をもり立ててやろうと始めたのが、今採菊が世話人をしている三題噺の会だというのだ。

どんなふうにやっているのか、どんな噺が作られているのか、圓朝も気にはなっていたのだが、何しろそんな発端を噂で聞いていたから、自分から会に出たいとも言い出せなかった。圓朝びいきのはずの採菊が、そんな会を仕切っているというのも、いささか面白くないことでもあった。

「面白そうですね。しかし、手前なんぞが出てもよろしいので」

「何を言ってるんだ」

採菊はにやっと笑った。

「圓朝さん。おまえさん、ね。へりくだるってのは、時々嫌みだってことは、覚えておいた方が良い」

「は？」

「人気者があんまり控えめにしてちゃ、かえって周りが迷惑だってのさ。どんと出てきて、噺を拵えるってのはこうやるんだって、ぜひ、お手本を見せておくれ」

採菊のこんな口車に乗せられて出てきてしまったものの、三題噺、やると聞くとでは大違いである。

一度目に出た時、こんな三題が当たった。

〝春雨《はるさめ》、恋病、山椒《さんしょ》の擂古木《すりこぎ》〟

――なんだこりゃ。

どうにか無理矢理に、女が擂古木売りに一目惚れする噺を拵えてみたものの、なんだかつぎはぎじみた出来映えで、練り直して高座へかけてみようなどと思える代物にはならなかった。

引き換え、「隅田川、紅葉、湯屋」の三つで其水が拵えた噺は、役者の市川新車《しんしゃ》を登場させ、獅子と牡丹、紅葉と鹿と、縁のある言葉が連なって落ちになる、きれいな出来だった。

――ちぇっ。

どう見ても自分とは雲泥の差だった。向こうの方が籤運《くじ》がいいだけだ、と思ってみるものの、悔しいことには変わりない。

今日は二度目。いったいどんな題が当たるだろう。

「はい、圓朝さんへのお題はこちら。〝玉子酒、筏《いかだ》、熊の膏薬《こうやく》〟」

――なんだって？

〝玉子酒、筏、熊の膏薬〟

熊の膏薬。熊の脂。傷に効く塗り薬だが、偽物も多い。

「うそさえつきのくまの膏……」

ふっと口をついてこんな文句が出てきたが、いったいどこで聞き覚えたものやら、まるっきり思い出せない。熊の皮を看板に売り歩く、振り売り商人の口上かなんかだろうか。

玉子酒。

「いりつく様に気がなって胸かきまわす玉子酒……」これは浄瑠璃《じょうるり》かなんかだな。だいたい玉子酒なんてのは、訳ありの女が作って男に飲ませるもんだろう。

筏、筏。流れてはかない花筏。いやいや、筏はそもそも材木だ。

思いついた言葉を片っ端から帳面に並べながら、必死で頭を巡らせる。ふと目を上げると、向こうにいる其水と目が合った。余裕ありげな顔つきが、なんともこちらの気をそぞろにさせる。

――落ち着け。

圓朝は息をふっと吐きながら、目を閉じた。

三　江島屋

ついに来たぞ。そう大声を上げて叫びたいのを、圓朝はぐっと堪《こら》えながら、川沿いを歩き出した。

「……さんげさんげ、六根罪障《ろっこんざいしょう》、おしめにはったい、金剛童子……」

体を曲げたり伸ばしたりして水垢離《みずごり》を取っていた男たちが、一段と大きな声を張り上げた。

本当の文句は「慚愧懺悔《ざんきさんげ》、六根罪障、大峰八大金剛童子《おおみねはちだい》」のはずだが、どう聞いても「おしめにはったい」としか聞こえない。

──本当か。

両国橋《りょうごくばし》の南端にある垢離場《こりば》には、今日も大山《おおやま》参りに行こうとする人たちが大勢押しかけていた。物見遊山の楽しみの前には、冬の水の冷たさも、ほんの一時、お慰みほどに感じられるのだろう。

「圓朝さん。来年の正月から、うちの昼席、ぜひ頼みますよ」

今し方聞いた、席亭の言葉を耳の内に繰り返す。

寄席「垢離場」。両国界隈には、浅草に負けぬほど多くの寄席があるが、中でもこの垢離場脇にある、その名もそのまま「垢離場」という寄席は、札止めならば五百余入るという大きな小屋だ。ここでトリを取ってちゃんと客を集め、十日なり半月なり務められれば、江戸の噺家としては一番と認められたことになる。

文久三年(一八六三)、年も残りわずかという頃、来年からこの垢離場へ出ないかという誘いをもらったのだった。

——五百人。すごい数だな。

歩き出してしばらくすると、うれしさといっしょに、じわじわと別の気持ちが胸を覆い始めた。

三百ならこれまでだってやっているし、いつだって満員札止めだ。しかし、五百。それを毎日埋められるほど、自分が客を呼べるのだろうか。

それに演者が自分だけでは、寄席の興行は成り立たない。年季の入った師匠たちになると、自分の弟子一門だけで十分顔付けができてしまうこともあるが、まだ二十五歳の圓朝では、己にいかに力量があるにせよ、そこまで強気には出られない。

——誰に頼もうか。

華があって、かつ、自分とは芸風の違う者。

心当たりの顔をあれこれと思い浮かべた。

――みな、快く受けてくれるといいが。

そう考えているうち、圓朝の足は自宅のある浅草とは別の方角へ向かっていた。

数日前、火事があってお城の建物が二つほど焼け落ちた。今年は半年くらい前にもお城で火事があったし、またさらにその三月ほど前には、お城の公方さまがこの江戸を出て京へ行くなどということがあった。

お城や公方さまなどというのは、未来永劫江戸にでんと鎮座ましましているものと思っていたから、圓朝はたいそう驚いた。

ひいきの大旦那たちの中には、上方や西国で起きたいくさのせいで、商売の見通しが狂ったとかいう世間話を聞かせてくれる方もある。中には、「今に江戸でもきっと大事が起きる。世の中が変わって、寄席どころじゃなくなるぞ」などと脅すような御仁もあって、芸人としてはいやな気分になることもあった。

――お参りしていこう。

せっかく、垢離場のトリが回ってきたんだ。他の芸人たちが快く付き合ってくれるよう、無事初日が開けられるよう、客が大勢来てくれるよう。

下谷の池之端はもう間近だ。亡き師、二代圓生は今ここで眠っている。

――おや？

通い慣れた師の墓の前に、先客がいた。一心に手を合わせて、「南無妙法蓮華経」と繰り返し唱えているようだ。圓朝はその様子をしばらくじっと見ていたが、男が立ち上がるのを見計らって、声をかけた。

「おまえ……」

びくっと肩をふるわせて振り向くと、男は決まり悪そうに頭を下げた。木綿の着物の襟の後ろが垢じみてすり切れている。伸び放題の月代《さかやき》はまるで使い古した束子《たわし》のようだった。

「師匠……面目ない」

「師匠、ってのは、誰のことだい」

これだけでも、きっと十分にこちらの皮肉は伝わっただろう。

そういえばおまえの名はなんだっけね、とさらなる皮肉が喉まで浮かんだが、さすがに師の墓の前で、そこまでは言いかねた。

「おまえ、今何しているんだ」

「何、とおっしゃられましても、その」

尾羽うち枯らした着た切り雀、何と答える生業のあろうはずがない。

「まあ良い。今夜、寝るところはあるのかい」

男は黙ってうつむいたままである。圓朝は線香と花を手向けると、さっき男がしていたのと同じように、お題目を唱えた。

——お題目か。さすが、ずいぶん、いろんなものをお救いになる。

いつぞやの〝玉子酒、筏、熊の膏薬〟の三題噺で、いささか苦しいとは思いつつも、「お題目」を「お材木」とかけて落ちにし、なんとかまとめた。できあがった噺は存外に評判が良くて、今ではすっかり圓朝の得意ネタの一つになっている。

「行くところがないなら、ついておいで」

「はい」

歩きながら、〈鰍沢《かじかざわ》〉を口の中でさらい始めた。

「……困ったなあ、ひどい降りになってきやがった。こりゃどこかで道を間違えたかな……」

身延山《みのぶさん》へ参詣するつもりの旅人が、鰍沢へ出る途中で道に迷い、一軒の山家に宿を請う。そこにいたのは鄙《ひな》にはまれな垢抜けた女で、しかも旅人にはどこかで見たような気がする。

実はこの女、もと吉原の女郎で、今は当時の間夫と所帯を持っている。熊の膏薬売りをしている亭主の留守に、女は旅人を玉子酒でもてなす。しかしそれには毒が。必死で逃げ出す旅人は、小室山《こむろさん》で授かっていた毒消しの護符を雪で飲み下し、逃げ道を探す。しかし女は鉄砲を持って追ってきて……。

途中同じところを何度も行ったり来たりしたり、段取りや所作を頭の中で確かめたりしながら歩くうち、今の住まいが見えてきた。

「お、ちゃんとついてきてるな。今、おれはここに住んでいるんだ。おまえは知らないところだろう」

「はい」

「ま、いい。おれといっしょにそのまま入りな」

一度だけ振り向いてそう言うと、そのままいつも通り、玄関へ声をかけた。

「今戻った」

「お帰りなさいまし」

「お帰りなさい」

弟子やら囃子方やら、亡き師の遺したお嬢さんやら、いろんな者たちの「お帰り」が一斉に圓朝に向かって降り注いだ。

「あれ……」

幾人か、いぶかしげに自分の背後に目をやっている者に、圓朝は意味ありげに笑って見せた。

「一人、新しく弟子を取ることにしたよ」

中でも、はっきりと険しい色を顔に浮かべていた、一番弟子の栄朝――圓三から改名、今は立派な圓朝の右腕である――に、圓朝は宣言するように言った。

「新しい弟子、ですか。それはもちろん、前座からってことですよね」

そう念を押したい栄朝の気持ちはよく分かる。

「そうだ。早速よろしく頼む。名は……そうだな、新朝《しんちょう》にしよう。しんは、新しいのしん。ほら、おまえさん、あいさつするんだ」

「あ、あの、どうぞ、よろしくお願いいたします」

小勇改メ、圓太改メ、新朝が、この日何度目かの深いお辞儀をした。

「ちょっと誰か、おれの着古しで良いから着物を出してやって、こいつといっしょに湯屋へ行ってくれ。このまま内へあげちゃあ、家の中が臭いそうだからな」


「……後ろは鉄砲、前は崖。進みも戻りもならぬ旅人が『南無妙法蓮華経、南無妙法蓮華経』、唱えも終わらぬうちにどっと雪崩が起きる。『うわぁもうこの世の終わりだぁっ』と観念した旅人、ふっと気づけば我が身にどしんとぶちあたるものが。『おおこれは、筏じゃないか』。材木を藤蔓でつないだ山筏の上……」

新年から勤め始めた垢離場で、圓朝は手始めに〈鰍沢〉をかけていた。

「ああ、ありがたや、お材木で助かった」

落ちまで言い終わると、にこやかに満員の客席を見渡し、ゆっくりと座布団を外した。

日にでも」

「ありがとうございます。この〈鰍沢〉には二席目もございます。もしよろしければ、明

二席目というのは、其水が〃花火、後家、峠茶屋〃の三題で拵えた噺だ。三題噺として

ちゃんと作られているだけでなく、〈鰍沢〉の続きとしてできるようにまでしてくれてあ

って、ここでもやはり圓朝は其水の作者としての腕前に平伏する思いだった。

「ご苦労さん、ご苦労さん」

弟子や囃子方を労いながら高座を下りてきた圓朝の楽屋の前は、まるで花が咲いたよう

になっていた。ひいきの女客たちがてんでに差し入れを持って、我劣らじと列を作ってい

る。

丁寧に一人ずつに礼を言って受け取っていると、一番後ろの方にいる見慣れない女の頭

が一瞬ぴょこんと飛び出して見えた。懸命に背伸びをしてこちらを見ているらしい。

――あれは？

圓朝と目が合うと、女は何か悪戯でも見つけられたようにはっと目を伏せ、連れていた

年増の女中の陰に隠れてしまった。

女たちの列はなかなか短くならない。とりとめのない感想を述べていく者、やたらと圓

朝の着類に触りたがる者、他の女の差し入れをじろじろ眺め渡していく者、中にはすっか

り顔見知りになっていて、我が物顔の者も少なくない。いつもはそれぞれをうまく取り捌《さば》

いてしまうのだったが、今日はなぜか、一番後ろが気になって仕方がなかった。

——あの娘、諦めて帰ってしまわなければいいが。

こんなことを客の娘に思ったのは、これまでにないことだ。

似ている、あの娘。もうちょっと近くで会いたい。

気もそぞろになっていた圓朝の前に、ようやく娘が押し出されてきた。四角な風呂敷包みを手に大事そうに抱えたまま、顔を赤らめてもじもじしている。

「ほらお嬢さま。ごひいきの方にやっと会えたんじゃありませんか」

「え、ええ。あの、これを、皆さんで」

娘は包みを圓朝に押しつけると、ふわりとお辞儀をした。

「ありがとうございます。あ、あの」

お名前は。先に、どこかでお目にかかっていませんか。

どれも陳腐過ぎて口にできない。圓朝が言葉をためらっているうちに、娘はさっと踵《きびす》を返して、いなくなってしまった。

「師匠、これはすごい」

女たちから差し入れられたものを整理していた弟子の一人が、娘の置いていった包みを開けて素っ頓狂な声を上げた。

「ほら」

中身は二段の重箱で、一の重には色とりどりの生菓子、二の重には黄金色の粕庭羅《かすていら》がぎっしり、詰められていた。

「豪儀なもんだな。どこのお嬢さんだろう……おまえたち今度あのお嬢さんを見かけたら、必ずお住まいとお名前を聞いておくれ」

「垢離場」での圓朝のトリは、月が変わり、季節が変わっても続いた。〈怪談牡丹灯籠〉や〈累ヶ淵後日怪談〉〈お美代新助〉など、圓朝のやる続き物が人気になったのはもちろんだったが、今回の顔付けには、もう一人、人気者が関わっていた。

「よう、扇歌《せんか》さん、今日もよろしくお願いしますよ」

出番前、舞台袖で三味線の絃《いと》を調えていた扇歌に、圓朝は声をかけた。

「ああ、これは師匠、わざわざどうも」

扇歌が低い声で答えた。

——唄うのと話すのと、まるっきり声が変わるんだな。

都々逸坊扇三郎《どどいつぼうせんざぶろう》改メ、三代目扇歌。

都々逸は、名古屋の神戸《ごうど》節がもとになっているとか、よしこの節や潮来《いたこ》節もこの流れだとか聞いたことがあるが、そのあたりのことはよく分からない。

ただ、それをありきたりに唄うだけではなく、客から題を出させて、その答えを節に乗せて返すという、いわば音曲仕立ての謎かけみたようなことをしたり、節の途中に芝居の台詞やら、義太夫《ぎだゆう》やら清元《きよもと》やらの良いところを入れたりして、いわば寄席の芸として練り、江戸に都々逸をはやらせたのが初代の都々逸坊扇歌であることは、父の圓太郎からよく聞かされていた。

——襲名興行とは、我ながらよく考えたものだ。

これについては、自分の座組の手腕を、いくらか誇りたいところがあった。

初代の死後、二代目を継いでいたのは、女雷《めらい》の異名も取った腕の立つ女丈夫だったが、さしもの女雷も寄る年波には勝てぬのか、この頃はどこにも出ていない。そこで、ここ数年進境著しい扇三郎に、三代目を継がせてはもらえぬかと、圓朝は渡りをつけにいったのだ。

「この名を立派にしてくださるお方があるなら、よござんすよ」

二代目のきっぱりとした一言で、圓朝のトリが三月目になった三月から、扇三郎は扇歌を名乗り、仲入り前には演者がずらっと並んで披露口上を述べるなど、芝居顔負けの座組になっている。

「師匠、今日、下座が足りません」

「なんだって」

「唄方と三味線方はいいんですが、鉦太鼓が」

腹具合が悪いというので休んでいる者がいたり、ごひいき方へのご用を言いつけて他へ出払った者がいたりで、気づけば弟子の数がいつもより少なくなっていた。

「どうしましょう。唄方から誰か回ってもらいますか」

「そうだな、どうしようか」

迷っていると出入りの髪結いの下剃《したぞ》りが姿を見せた。髪や髭《ひげ》を、皆がいちいち床へ行っていては面倒なので、楽屋を回ってもらうことにしている。

「おう、そうだぽん太《た》。おまえさん、今日下座に入ってくれないか」

「え、あっしがですか？」

「おまえさんなら、下座やれる。頼むよ」

「えへへ。本当かい。そりゃあ楽しいな」

本当の名は勝五郎《かつごろう》と勇ましいのだが、誰もそう呼ぶ者はない。誰言うこともなくぽん太、ぽん太と呼び習わされているこの男は、本当は家業の髪結いよりも音曲や噺がずっと好きで、圓朝の父圓太郎から実はかなりの手ほどきも受けている。

「よし。誰か、ぽん太にきっかけ教えてやってくれ」

入船米蔵《いりふねよねぞう》、都々逸坊扇歌、立川金馬《たてかわきんば》、三遊亭圓朝。

圓朝苦心の顔付けは、この日も大入り満員、札止めである。

「扇歌師匠、出番です」

「あいよ」

三味線を持った扇歌が高座に上がると客席のあちこちから「待ってました！」の声がかかった。

〽チチチン……テーンチチンテンテンチン……

いつもの〈とっちりとん〉、十二ヶ月の風物を織り込んだ数え歌だ。扇歌が「一月！」と第一声を上げると、それに答えて客が「ほい」と合いの手を入れた。

〽一夜明ければ羽つく音も　ひとごにふたごにみよの春……。

〈とっちりとん〉はすっかり客になじみ、いっしょになって唄う者も多い。下座の鉦太鼓もうまくはまっているようだ。圓朝は安心して自分の楽屋に戻ると、その日のネタ、〈牡丹灯籠〉をさらい始めた。お露が新三郎と初めて出会う場である。

「……新三郎も手ぬぐいの上からこわごわながらその手をじっと握り、お嬢様は手を握られ真っ赤になってまたその手を握り返している……」

ここは、お露の了見で所作をするところだ。初心な武家娘が、初めて会って、初めて胸ときめかす男に、手ぬぐいごしではあるが、初めて手と手が触れる。圓朝は自分の指先と肩、目配りにふと疑問を持った。

――なんか、違うな。

本当に初心な娘ってのは、自分の立ち居振る舞い、どこがどう男に見られてるなんてこと、実は分かってないんじゃないか。だから初心ってことだろう。なのに今おれは、明らかに男の了見で、「女がこうしたらきれいだ」とか思って形にしてる。

――違う。こうじゃない。

じゃあ、どうなんだ。

あの娘がつま先立った時のぴょこんとした風情が頭に浮かんだ。蓮っ葉なような、しかし、ぎこちない、妙に出し抜けな。

――こうかな。

「……手を握られ真っ赤になってまたその手を……」

これで満足とはいかないが、さっきよりは良いような気がする。今日はこれでやってみよう。

「師匠、出番です」

「うん」

高座を下りるといつもの列があったが、今日はあの娘は来ていなかった。肩すかしを食らったようでなんとなく物足りなく思いながら着替えをしていると、「よろしいでしょうか」と声がした。

「なんだい」

「すみません師匠。ちょいと困ったことに」

唄方のとりまとめをしてくれている、由蔵だった。

「扇歌さんがたいそうご立腹で」

「扇歌が？　なんだって」

由蔵が話すところによれば、扇歌は圓朝の高座が終わるなり、下座へ乗り込んできたのだという。

「鉦太鼓と囃子の音が大きすぎて、声が消されて唄の文句が客まで届かなかったというんですよ」

怒られたのは、亀朝とぽん太だったらしい。二人はすぐに丁重に詫びたのだが、扇歌の怒りは収まらず、「圓朝さんを呼んでこい」となったというのだ。

「そうか。それはすまなかった。すぐに行こう」

下座へ行くと、亀朝とぽん太が扇歌の前で手も頭も床に置いて小さくなっていた。

「扇歌さんすまない。手前からも謝りますから、今日はどうぞ一つ、堪忍してやっておくんなさい。次からはきっと気をつけさせますから。ほら、おまえたちもういっぺん、丁寧にお詫びしなさい」

二人がもう一度頭を床につけた。

「だいたいね、圓朝さん。なんでこんなのに下座をやらせたんだ。こいつは今でこそこうやって詫びちゃあいるが、さっきなんて言ったとお思いなさる。『だって景気よくやれって言われたから』って。そんな口答えをする者がありますか」

——そうだったのか。

ぽん太は至って気の良い者なのだが、時折言動におかしな点が交じる。

裏表がないと言えば聞こえは良いが、なさ過ぎて、言ってはならないことを、言ってはならない人の前で言ってしまったりするし、たとえ話をたとえとして聞けず、そのまま鵜呑みにしてしまったりもする。なんのことはない、滑稽話によく出てくる与太郎を地で行くようなところがあって、髪結いの客などにもちょくちょく大目玉をくらうことがあるらしい。圓朝などはむしろそのあたりが邪気がなくて可愛く、好ましく思っているのだが、どうやら扇歌の怒りを買うことになってしまったようだ。

「申し訳ない」

圓朝も二人といっしょになって謝った。しかし心中では密かに、扇歌だってほぼ毎日ぽん太に髭の下剃りを頼んでいて、様子はすっかり見慣れているだろうに、なぜ「景気よく」だなんて迂闊な指図をしたのかと思ってしまった。そんな言い方をすれば、思いっきり鉦太鼓を叩きそうな奴だくらいのことは、ちょっと考えれば分かるはずである。

「素人《とうしろう》に下座の真似なんぞさせて。ふん、しょせん芝居の猿真似をなさるお人だからな」

「なんだって。扇歌、ちょいとおまえさん、言うに事欠いてなんだね。その言い草は聞き捨てならないよ。ずいぶん執念いじゃないか」

傍の者たちが体を強ばらせて、凍り付いていくのが手に取るように分かったが、圓朝も後へは引けなかった。

自分のおかげで三代目襲名にこぎつけたくせに、もう少し遠慮したらどうだと悪口がつい喉元まで出かかったが、そうあけすけにまっすぐ恩着せがましくは言いかねた。

「若い者のちょっとしたしくじりも鷹揚《おうよう》に捌けないで、何が三代目だ。それにぽん太は名前こそつけちゃいないが、おれの親父から十分手ほどきを受けてる者だ。素人とはちと言い過ぎだろう」

「ふん。そこまで言うなら、明日からどうぞそちらのご一門でおやんなさい。あたしは引き上げさせてもらう」

扇歌はついっと向きを変えると、そのまま立ち去ってしまった。

――なんだって。

「お、おい扇歌」

呼びかけたが、扇歌はずかずかと歩いていってしまった。

まさかそのままにはなるまいと事を軽く考えていたのは見込み違いで、その夜のうちに、扇歌だけでなく、米蔵からも金馬からも、「明日からは出勤せず」との口上が浅草の圓朝宅に届いた。ぽん太のしたことなんだから、という圓朝の考えは、どうやら身びいきに過ぎると思われたようだ。

――これで、終わりか。

一月から四月まで、毎日ほぼ五百人、札止めまで届かない日も何日かはあったものの、トリを他の者に譲ることはなく、せっかくここまで来たものを。こんな些細なもめ事で仕舞いとは。

――いや、まだ諦めるには早い。

むしろ、ここが勝負時、見極め時かもしれない。

他の者に頼らず、己の腕だけで、いったいどれくらい客を呼べるのか。この圓朝の今現在、正身掛け値なしの値打ちを知る、良い折が来たと思えば良い。

「お席亭、こういうわけです。申し訳ない。なんとかうちの一門だけで、やっていきますから」

「頼むよ。あんまり入りが減るようなら、また考えないといけないからな」

席亭に詫びを入れて、翌日から自分の一門だけで顔付けをした。

初めの数日こそ、「なんだ、扇歌は出ないのか」との声が客席から聞かれたようだが、ほどなく誰も何も言わなくなり、客席は前と変わらずいっぱいだった。

――やれるじゃねぇか。

これは全部、おれの客ってことだ。五百、全部。

新たな手応えにいささか酔ったような気分になっていると、いつもの女たちの列に、件の娘が交じっていた。

「お里《さと》さんですね。どうもありがとうございます」

先日の立派な重箱とその中身から、圓朝は心当たりの菓子屋を訪ねて、娘の素性をこっそり探り出していた。思ったとおりやはり武家の娘で、お里というらしい。父親は同朋《どうぼう》衆《しゅう》をつとめていた倉岡元庵《くらおかげんあん》という人で、今はもう亡くなっていることも分かっていた。

「まあ、私の名を、どこで。うれしいこと」

同朋衆は身分は高くないものの、城内でのお役目柄、かなり羽振りの良い暮らしだという。

「茶坊主みたようなもので、お役目以外の実入りも良かったらしいですよ」とは、菓子屋の主人の弁であった。

「顔付け、変わったんですのね」

名を呼ばれたのがよほど思いがけなかったのか、赤く上気した顔がなかなか戻らないお里だったが、知ってくれていたという親しみからか、感想らしきものをぽろっとこぼした。

「私、今の方が良いと思うわ。扇歌さんの唄は少し品下るようで、圓朝さんのお噺の前には、うるさくてよろしくないって思っておりましたの」

それだけ言うと、お里は振り袖で口元を隠し、「ではまた」と去って行った。

お里の言に気をよくしたから、というばかりではないが、それ以後も垢離場の入りはずっと良かったので、圓朝はもっと思い切って派手なことをやろうと考え、次々にいろんな仕掛けをした。

梅雨入り前には、どうしたものか、朝起きると頭の痛んで食が進まぬ日が続いた。月代に刃を当てられるのがイヤで、つい五分ほど伸ばしたままになってしまう。なんとか己の気を養おうと、芝居の安倍保名《あべのやすな》よろしく、紫の鉢巻を締めてみた。

「師匠、お似合いですぜ」

「おやおや、寝床でも洒落てますな」

弟子たちが笑うのを見て、「じゃあこれで寄席入りをしよう。花魁《おいらん》行列みたいに」と思いつきを口にした。

「師匠、それはいくらなんでも」

「あんまりやり過ぎですよ。供をする手前たちの身にもなってくださいよ。恥ずかしい」

「なんだ、おまえたち、つまらないな。じゃ、ぽん太、おまえに頼もう」

「あっし?」

「ああ。おれが花魁で、おまえが若い衆っていう趣向だ。その形で、垢離場へ練って歩く。いいか、あくまで趣向だからな」

「は、はい。えへへ」

ぽん太は、先日の一件以来、何かというといっそう圓朝のもとに入り浸るようになっていた。圓朝は両国広小路まで来ると、わざと垢離場よりかなり手前で駕籠を下り、徒歩でついてきていたぽん太の肩に手を置いて、いかにも病人らしくゆるゆると歩いて見せた。

「まあ圓朝さんよ。今日は何の趣向かしら」

「なんだありゃ。役者の拵えじゃあるまいし。今度は何様になろうってんだ」

眉をひそめて誹《そし》る者があるのも十分承知だったが、それはそれで誰かの口に上れば、結局見に来ようという者は増える。

――どんな手を使ってでも、客を呼ぶんだ。

悪い噂だろうと、噂にならぬよりはずっとましだ。

善し悪しは、木戸銭払って、自分の目で見てから、決めてくれればいい。

夏になると、今度は、高座で汗をかくのがどうにも苦になってきた。ちょうど〈累ヶ淵後日怪談〉をかけていた頃だった。噺が佳境に入るにつれ、汗が額や首筋に噴き出る。所作に紛れさせながら手ぬぐいで汗を拭くが、あまり何度も重なると、どうにも形がよろしくない。

――いっそ濡れちまうってのはどうだ。

汗びっしょりの己の姿を、逆手に取って面白く見せる手はないか。

「お席亭。ここで本水《ほんみず》使えませんかね」

芝居の方では日頃、川や海を表すのには浅黄色の幕を使うが、夏芝居などでは本物の水を使う外連《けれん》の手もある。

「本水？　おいおい、いくら道具入りでも、芝居小屋とは違うからなぁ」

「なんとかなりませんか」

戸惑う席亭を説き伏せて、高座の横に水の入った槽《おけ》を用意させた。

「お、なんでぃ、高座に本水があるじゃないか」

「今日はどういう趣向だ。圓朝、落ちで自分も水へ落ちるってか。こいつぁ面白え」

寄席とは思えぬ大仕掛けに、客は大喜びだった。加えてこの時圓朝が着ていた高座着が、さらなる評判を呼んだ。

「まあれ、ちりめんよ。本水のある舞台なのに、どういうつもりかしら。濡れたら台無しなのに」

「圓朝さんは水に入らないんでしょ、きっと」

しぼの強いちりめん生地は、水に濡れるとひどく縮《ちぢ》んで、ほぼ使い物にならなくなる。芸もさることながら、装束の方もよくよく女たちの注目の的であることを百も承知で、わざと水に弱いちりめんの単衣《ひとえ》を着て高座に上がった。

「……頼むからあっちへ行ってくれ！」

圓朝が叫んで人形の女をざんぶり水槽に突き落とす。と、いったんは沈んだ女の腕がにゅっと水面から伸びてきて圓朝の袖をぐっとつかむ。

もちろん、実際には下で弟子が人形の腕を操っているのだが、その動きに合わせて、圓朝は高座から落ちそうな仕草をもったいつけて何度か繰り返した。

「きゃあ！　落っこっちゃうわよ」

「あらぁ大変！　濡れちゃう」

女客たちの悲鳴が十分上がったところで、圓朝の体が女の手で水に引きずり込まれると、客席は騒然となった。

――よし。

槽から這い上がり、ちりめんから水を滴《したた》らせながらさらに落ちまでを語ると、女客の悲鳴やら、男客が手や足を鳴らす音やらで、小屋も壊れんばかりである。

しかも、翌日の楽屋入りには、女たちから贈られた高価なちりめんの反物が山積みにされていたという、おまけまでついた。

「まあありがたいねぇ。こんなに反物があれば、何かの時に質草にできる」

「おっ母さん。情けないことを言わないでおくれ。質屋通いなんて、もうさせるこっちゃねぇから。人形代だってとっくに埋め合わせたろう？」

「そう、そうだねぇ」

――まだまだ、もっとやってやる。

簞笥にぎっしり詰まったちりめんを見ながら、圓朝はそうつぶやいていた。

垢離場でのトリは翌年になっても続き、圓朝は初代の命日である三月二十一日に、亡き師、二代圓生の本葬を兼ねた法要を盛大に行った。

「師匠。あの、聞いてもいいですか」

「なんだ。改まって」

もと小勇の新朝は、くるくると動き回って、法要の下働きをよくつとめてくれた。参列の客たちがみな帰り、圓朝もいっしょになって片付けをしていた時、新朝がぼそりと言った。

「なんで、あの時、手前を拾ってくださったんですか」

なんで。改めてそう問われると、自分でもよく分からない。

「さあて、ね」

新朝が神妙な顔でこちらを見ている。

「……見栄、かな」

「見栄？」

目をしばたたかせる新朝を尻目に、圓朝は踵を返した。

「さ、余計なこと考えていねぇで、さっさと片付けちまいな」

「はい」

法要が滞りなく終わると、圓朝はかねての懸案だった引っ越しの支度に追われた。

「おまえ、引っ越しするんだってね」

「え、ええ」

母のおすみの願いを聞いて決めた今度の住まいは、庭付きの二階家で、総畳数六十というかなり張り込んだ家である。

「そこへは、誰か良い人が来なさるのかえ」

圓朝に問うというよりは、斜め上の空に向かって、そんな言葉を吐いたお里の目には、涙がいっぱい溜まっていた。

「そんなことはありやせんよ。断じて」

「本当だね」

「ええ。お嬢さんの他に、手前に女なんぞ」

「ほら、また。お嬢さんはおやめと言っただろう」

女の白い指が圓朝の唇の端を抓《つね》りあげる。

「痛て」

「この口で、他にも悪さをしてるんだろう」

「違いますよ」

「じゃあちゃんと私の名をお呼び」

——お里。

胸の内ではいつもそう呼んでいるのだが、面と向かうとつい、先からの癖で「お嬢さん」と言ってしまう。

お里は圓朝の唇から手を離すと、今度は手を取って引き寄せ、「きれいな手だねえ」と言いながら自分の頬《ほお》にぴたりと当てた。

ひんやりと柔らかい女の肌が、次第に熱を帯びてくるのが伝わると、圓朝は無我夢中でお里の体を布団に横たえ、着物の裾を脚で割った。しっとりとした白い太ももに己の骨張った脛を添わせると、さっきまでの悩みがどこかへ押しやられていく。

圓朝はいつしか、お里とわりない仲になっていた。高い気位と初心とが不調和に同居する、この気まぐれな武家娘には、廓の女たちにはない不思議な可愛げがあった。

——さりとて。

そろそろ嫁をもらったらどうかという声はごひいきやお席亭たち皆から上がっている。中でも一番嫁取りを望んでいるのは、母のおすみだった。こたびの引っ越しも、それを見越してのことだ。

「おまえ、誰かこの人はというような人はいないのかい」

「ええ、そうですね。取り立てて」

お里のことを言い出せないには、いくつかの理由があった。

父はもう亡くなっているとはいえ、お里は歴とした武家、それも公方さまご直参の家の一人娘だ。それを芸人の自分が嫁にもらうというのは、どう考えてもはじめから無理があった。

じゃあなぜ深間になったと問われれば、もうそれは一言もない。それでも惚れたとしか。

頰を紅に上気させた女を懐であやすようにしながら、圓朝はその同じ懐に、描きようの見えないお里と自分の行く末を抱えあぐねていた。

「痛……」

首筋に歯が立てられた。お里がよくやるいたずらだが、今日のは洒落にならない強さである。

「やめておくんなさいよ、痕がつくじゃありませんか」

「いいじゃないか。高座でおまえの首筋にこんな痕がついていたら、女たちがきゃあきゃあ言って、見ている私はそりゃあ楽しい」

はっきりと詰問したりすることはないが、お里も実はよく分かっているのだろう。近頃ではこうして寸暇を惜しむ逢瀬《おうせ》の折、焦《じ》れて圓朝をいたぶるような振る舞いに及ぶ。

――どうしたものか。

身分違いに加えて、万々が一、養子やら猶子やら何やらという手段で、そうした故障を取り除くことができたとしても、圓朝にはお里が自分の家に入り、父や母、大勢の弟子や出入りの者たちとうまくやっている図をまるで思い描けなかった。芸人の女房に収まる女には到底見えないのだ。

「さ、もう行かなくちゃいけません。おうちで心配なさるでしょう」

「そんなこと言って、本当は自分が帰りたいんじゃないか」

拗《す》ねた上目遣いの顔は可愛い。が、そのおちょぼ口に、立て続けに杯が運ばれたのを見て、圓朝は思わずお里の腕を強く摑んだ。

「およしなせぇ。そんなにご酒を上がっちゃぁ、ますます帰れなくなるじゃありませんか」

こちらを見上げたお里の目が燃え上がった。

――頼む。とりあえず今日は、聞き分けておくれ。

杯でも投げつけられるのかと覚悟していたが、お里はふっと息を吐いて目を伏せ、摑まれていた腕を振りほどくと、長襦袢の襟をきっちりと合わせ、身支度を調え始めた。

「そういえば、近頃あの帯はなさらないですね、松竹梅の」

黒繻子に品良く松竹梅があしらわれた帯は、お里の家に出入りの呉服屋が「お嬢様にぜひ」と言って勧めてきたものだ。お里は圓朝に見せてから買うかどうか決めたいと言うので、わざわざいっしょに見立ててやった。去年の暮れのことだ。

「春先は何度かお召しでしたよね。お似合いなのに」

「あれはもう、締めないの」

お里の眉間《みけん》にきつい険が浮いた。

——なんか、まずいことを言ったか。

「あの呉服屋、出入りを差し止めたから」

「それはまた、どうして」

「同じ帯をした娘が、おまえの寄席の楽屋に来ていたの。一点物だと言ったくせに、大嘘つき。……許さない」

「え？　それは」

「うるさいねえ。もう締めないったら、締めないんだよ。父上が生きておいでだったら、あの呉服屋、お仕置きにしてやるのに」

日頃さほど着道楽のようには見えないお里だが、どうやらよほど気に障ったらしい。

「で、帯、どうなすったんですか」

「裂いて火鉢で燃やしました」

言葉を失っている圓朝を尻目に、お里はもう一杯酒をあおると、低くつぶやいた。

「さ、今日はおまえが先にお帰りよ。見送られるのは、なんだかいやだから」

「え、あ、そうですか」

なじみの待合からそっと出る。二階からきっと、お里はこっちを見ているのだろう。

その気配を感じつつも、振り返って上を見やる気にはなれぬまま、圓朝は足早に帰途についた。


お里との仲は、捩《ねじ》れてなお切れぬ糸のように続き、一方、いくつか持ち込まれた縁談は、いずれも圓朝とは結びつかず、どちらからともなく立ち消えになった。

垢離場でのトリは、気づけば四年にも及んでいた。さすがに区切りにしようということになって、次の年の正月から、日本橋瀬戸物町《にほんばしせとものちょう》の寄席伊勢本《いせもと》に出る約束をした。

「おーせーふっこってなんだい？」

「さあ。公方さまがいなくなるって噂だが」

「まさか。そんな天地がひっくりけぇるようなこと、あるもんかい」

「お江戸も薩長のものになるってのは本当かい」

「冗談言っちゃいけねぇ。そんなことがありゃ、お天道さまが西から上らぁ」

「そうだよなぁ。だいたいあんな訛《なま》った田舎者で江戸がいっぱいになったりしたら、寄席はおしまいになっちまう」

　暮れから年明けにかけて、公方さまが薩長と戦をするらしいという噂が広まり、せっかくの正月だというのに、芝居や寄席も一度は休業になった。

　幸い、噂ほどの騒ぎはなく二月になり、芸人たちも以前のように寄席へ出るようにはなったが、今度は大名たちがこぞって、江戸詰の家中を国元へ返すことになったとかで、日々続々と、旅支度をした武家が江戸を離れていく。

「なんか、まるでお武家さんがみんな公方さまを見捨てて落ちていくみてぇだな」

「おいおい、うかつにそういうことを口にしない方がいいぜ」

　弟子たちが客からの聞きかじりを受け売りでしゃべっているのを、圓朝はとある人物のことを思い浮かべながら聞いていた。

　江戸を離れていった武家の中に、加賀大聖寺藩《かがだいしょうじはん》に仕える出淵幾之進盛則《いずぶちいくのしんもりのり》という人があった。この出淵家が、実は父圓太郎の、ということは圓朝にとっても本家にあたる家だと、圓朝は初めて知った。

　盛則は出立にあたり、今や江戸随一の人気者である圓朝と一度話をしたいと無縁坂《むえんざか》にある屋敷へ招いてくれ、一晩泊まっていくようにともてなしてくれたのだった。

　――どうしておいでだろうか、幾之進さまは。

　座敷に飾られた兜《かぶと》の前立《まえだて》を見ながら、幾之進とのことを思い浮かべた。

出立の朝、圓朝は板橋宿《いたばし》まで出淵を見送り、名残を惜しんだ。そのまままっすぐ浅草へ帰る気になれず、王子《おうじ》の料亭扇屋《おうぎや》へ寄って、贅沢に厚ぼったく焼かれた卵焼きに舌鼓を打っていると、「おや、圓朝ではないか」と声がした。

「幾之進さま。これはまた、いかがなさいましたので」

「うむ。江戸との名残が惜しくてな。せめて扇屋の味を舌に染み込ませて行こうと、引き返してきたのだ」

思わぬ再会に、単に同じ家系に連なるというだけではない縁を感じた。それは幾之進の方も同じだったようで、圓朝に「これを持っていてくれ」と鍬形《くわがた》に丸に十字の入った前立を差し出した。

「こんな大切なものを」と圓朝は辞退したのだが、幾之進が「江戸に一つでも、自分が暮らした証を置いていきたい。そなたが持っていてくれれば何よりだ」と懇願するので、押し頂くようにして持ち帰ってきた品だ。径は三寸ほど、金の輝きが見事である。

これから江戸がどうなるのか、圓朝には何の見通しもなかったし、今のところ芸人風情の日々の暮らしにさほどの変化はなかったが、思わぬところに、その影響は現れてきた。

「圓朝さん。うちの娘、ちゃんと面倒みてくださるんでしょうね」

旗本の禄《ろく》が止まると聞いて、お里の母親がこの頃、圓朝への態度を変えつつあった。以前のような「芸人風情に娘を傷物にされた」という怒りはすっかり鳴りを潜め、代わりに「こうなったら母娘ともども、なんとかして圓朝の世話になろう」というような、計算高い追従《ついしょう》が見えるようになってきていた。

――おまけに、子ができるたぁな。

捩れた糸はさらに結ぼほれて、お里の腹には自分の種が、確かに芽を出している様子である。

聞かされた時は正直ややこしい気持ちになった。いや、今でもずっとややこしい気持ちのままだ。お里と生まれてくる子を、自分がどうしてやればいいのか、どうしたいのか、まるで思案の外である。

実は今、深間になりつつある女が他にあった。柳橋《やなぎばし》で芸者をしているお幸《こう》という女だ。座敷での客捌きもさっぱりとしていて、何より、一緒にいて気が楽なのが、お里とは正反対だった。こういう女ならきっと、芸人の女房がつとまるだろうと思えた。

別れをいつ切り出そうか。そう悩んでいるうちに、子が出来てしまったのはうかつだった。

芸のことなら目端も算段も利く圓朝だが、女、とりわけ素人女の扱いには、どうにも相手任せ、成り行き任せになって、だらしなくなってしまうのは、自分でもいささか情けない。

それでも、子が無事生まれれば、何かが良い方向に変わるかもしれない。何が、と聞かれても困るが。

何のあてもないまま、時の経つのだけを勝手に頼りにしながら、圓朝はただただ新しい噺を作ることに熱中していた。

——女の、着類への執着か。

いつかお里が見せた、松竹梅の帯へのこだわりが、圓朝には新たな思いつきの種だった。同じ帯をした娘に、圓朝の楽屋で会ったというだけで、あそこまで高ぶって怒り、高価な帯を台無しにしてしまう。お里が特異なのかと思ってもみたが、以来、圓朝がそれとなく女たちの目つき顔つきから探ったところでは、お里ほど激しく態度には表さぬものの、着類にまつわることで気持ちを揺さぶられる女は多いようだ。

むろん、まったくこだわらぬ女もいるが、それはむしろ珍しい部類と言えそうだ。特に、楽屋をわざわざ訪ねてくるような女たちには、それぞれにこだわるツボみたようなものがあるらしく、時に、ふとした拍子に見交わした女同士の目に火花が散るのを感じ取れることもある。

連れだった者同士、互いに相手の衣装を褒めながら、実のところは自分が一番と思いたい女。目を引く者からそれとなくひいきの呉服屋の名を聞き出す女。圓朝がかけている噺にちなんだ柄の着物や帯をこれ見よがしにしつつ、自分からは決して言い出さず、誰かが気づいてくれるのを待っているような女。こだわるところに違いはあっても、玄人、素人にかかわらず、女たちはいつも、競い合う気配をまとっている。

――女の着物ってのは、芸人の高座着みたいなもんなんだな。

自分のように常々人目にさらされる者が着類に気を遣うのは当たり前だし、同様に廓の女たちが何かと物入り手間入りなのも生業ゆえだ。一方、お里が見せたような素人女のこだわりはむしろ、素人であるだけに、執着が深く、重なる恨みの源になりそうに思われる。

――素人女が着類のことで一番恨みを持つとしたら。

新しい帳面を一冊おろすと、まず〝着類〟〝恨み〟と書いてみた。

女郎の衣装なら、競い合いの舞台は紋日だろう。では素人女が一番心を砕くのはいつだ。

――祭りか、いやいや、芝居見物か。

祭りも芝居も、主役は別にいるのに、こういう時の女たちはだいたい装束に時も手間もかけてでかけていくものだ。それでも、芸事のおさらい会なんかなら、ちょっとした主役にもなるから、そんな女たちを描くのも面白いかもしれない。

「主役……」

あるじゃないか。もっと、素人女が飛び切りの主役になる日が。

――婚礼だ。

素人女が、誰憚《はばか》ることなく、必ず主役になる日。そんな日の装束で、もし恥をかくようなことがあるとしたら。それはきっと、恨みの深い噺の発端になるに違いない。

そう思いついて、圓朝はふと、お里が花嫁衣装を着るところを思い描いてみた。

――なんだか、似合わねぇようだ。

白無垢にせよ、色鮮やかに袖を引く振り袖にせよ、それを着て自分の隣におとなしやかに座るお里の姿は、圓朝の頭にはどうしても浮かんでこない。

そういえば、先だってもう締めないと怒っていた帯の柄は、松竹梅。鶴亀とともに、婚礼衣装には欠かせない取り合わせだ。

――お幸ならどうだろう。

「師匠、そろそろ」

「うむ。今行く」

圓朝はとりあえず帳面に〝婚礼〟とだけ書き加えて、腰を上げた。


夏が近づいてくると、江戸にはそれまで見たこともない、異形の者たちがあふれるようになった。

「上野《うえの》を、とうとう官軍が囲むらしいぞ」

「彰義隊《しょうぎたい》か。ついにか……」

今年の四月に、公方さま――もうそうは言わないらしいが――がお城を明け渡したという。しかし、幕府方の武士の一団である彰義隊がそれを不服として、上野寛永寺に陣取っていた。

「おい、おまえたち。おしゃべりばっかりしていないで、ちゃんと向こうで支度しておいてくれよ」

「あ、はい。師匠、入りの刻限は」

「一軒、お座敷を済ませていくからね。ぎりぎりになるかもしれない。頼んだよ」

五月の十四日。今日は伊勢本の席亭に頼まれて、出番の前に常連客のお座敷へ顔を出すことになっていた。

「や、出番前ですから、これ以上は」

「そう言わずに。もう一杯受けてくださいよ」

圓朝が自分の座敷へ来たというので、客は喜んで杯を勧める。固辞するのも悪いとつい飲み干して、「ではこれにて」と立ち上がった。

――ちょっと、最後の一杯は余計だったな。

休んで代演を立ててしまおうかとの想いもちらっとよぎったが、口演中の〈怪談牡丹灯籠〉はあと二日やればちょうど最後の、〈孝助仇討〉までたどり着く。せっかく区切りの良いところを、休んでは申し訳ない。

「この先通行はならん。向こうへ回れ」

浅草見附《みつけ》まで来ると、官軍の兵が発する胴間声だけがわんわんと響き渡っていた。どうやらここの大木戸は閉ざされて、通れないらしい。

「困ったな。柳橋へ回るか」

川を見つつ進むが、近隣の商家は皆ぴったりと戸締まりをしてひっそりと、まるで息を凝らしてでもいるようだ。

「この先通行はならん」

——あれ、ここもだめか。困ったな。

こうなると、時刻に間に合うよう日本橋へ出られる道はない。圓朝は諦めて家へ戻った。

「おや、どうした」

「ああ、お父っつぁん。どこもかしこも官軍の通せんぼで。出勤できやせん」

「そうか、それは困ったな」

「まあ、伊勢本の方は、皆がなんとかしてくれるでしょう。明日謝りますよ」

圓朝は書き物をしながら弟子たちの帰りを待つことにしたが、そのうちに上野の方角から、どおんともがぁんともつかぬ、異様な音が聞こえてきた。

——だいじょうぶかな。

常ならば皆すっかり寝入る頃になっても、弟子は誰一人姿を見せない。まさか巻き込まれたのではあるまいな、と案じつつ、うつらうつらしながら夜明けを迎えた。

……どんどん、どんどんどん。

戸を叩く音がする。

誰だろう。弟子の誰かならいいが、まさか何か嫌な知らせではあるまいな。

「ぽん太です。開けておくんねぃ」

圓朝は思わずはしご段を駆け下りた。

「ぽん太。おまえ、一人かい」

まずは中へ迎え入れて、いきさつを聞く。

「他の者は」

「勢朝《せいちょう》兄ィのところに」

「で、なぜおまえだけ」

「だって、お師匠さんが待ってると思って」

よくよく聞いてみると、やはり伊勢本から帰れなくなった弟子たちは、ひとまず兄弟子の勢朝が住んでいる柳橋裏へ転がりこんだらしい。

「なんか、朝見たら、赤い毛を生やして、刀とか槍とか持ってる人がいっぱい立ってんです。何のお祭りかなぁ、見に行きてぇな。それにいつまでも兄さんとこに押し込められているの、狭っ苦しいし。ここへ帰りたかったたし。で、出てきちゃったっす」

——なんてことを。

どうやら、兄弟子たちが「外へ出るな」としきりに制する意味が、ぽん太には分からなかったらしい。

「木戸へ歩ってったら、なんかほら、凧《たこ》に描いてあるみたいなおかしな格好のお侍がいて。面白いなぁって見てたけど、そうだ、とにかく帰らなきゃぁって。〝お師匠さんがお待ちなので通してください〟って言ったら、捕まっちゃった」

「捕まった？」

「はい。〝けしからん〟って。で、縛《しば》られて〝貴様はどこの某《なにがし》か〟って、怒鳴られました」

えらいことだ。いったいどうして帰ってこられたのか。

「おいらは噺家で、ぽん太ってえます。圓朝さんのお弟子さんですって大きな声で答えたんですけど、〝なんだそれは〟ってよけい怒られて」

——おいおい。

「そしたら、他の優しそうなお侍が、〝そいつの言ってるのは本当だ。圓朝のところのぽん太っていう与太郎に間違いないから、まあ放してやれ〟って」

「で、帰ってこられたのかい？」

「はい」

「そうか、そうか。ぽん太。いやさすがだ。おまえじゃなきゃ、そんな手柄はないよ。いやいや、大出来大出来」

　圓朝は思わずぽん太の背中をどんどんと叩いた。

「え、おいら褒められてんの。うれしいな」

「ああ。楠《くすのき》の泣き男もかくあろうかってもんだ。さ、ゆっくり休みな」

　楠木正成《くすのきまさしげ》は、他の者が「そんな者が何の役に立つものか」と呆れるような者でも、何か一つ他人に異なる能を持つ者は抱えたという。講釈にもよく出る南朝の武将の故事を思い浮かべつつ、我ながらよくぞこいつを弟子に持ったと、胸の内で膝を打った。

　官軍にも、江戸の噺家を、圓朝を知る者があるらしい。しかも、ぽん太のことも知っているとなると、そこそこ寄席に来ている者だろう。それも併せて愉快だった。

　――この分なら、他の者はみな勢朝の所に落ち着いて無事だろう。

　そう分かると、今度は圓朝自身が落ち着かなくなった。

「ちょっと、出かけて参ります」

「おまえ、どこへ行くんだ……いくさを見物しようってのか」

　――さすが親父殿だ。図星だな。

「だって、見たいじゃありませんか。この世の一大事を、この目で」

　しょうがねぇ、と吐き出しつつ、圓太郎は半纏《はんてん》を取ってくれた。背中に「圓朝」と染め抜いてある。

「これ着ていきな」

「え、これは」

この半纏は、高座を手伝ってくれる弟子や若い衆に着せるもので、本来圓朝自身が着るものではない。

「おまえの気取った装束《なり》じゃ、寺侍かなんかに間違えられて、間違いが起きるかもしれねえ。こういう時は真剣に身を窶《やつ》していくもんだ」

父の言葉に素直に従い、浅草見附へと歩み出した。

芝居で見る侍の集団とは違い、大勢いる官軍の兵たちの拵えはばらばらだ。具足も付けたりつけなかったり、陣羽織を着る者もある。また頭にはどういうものか、赤熊《しゃぐま》を被った者が大勢ある。まるで唐獅子の群れだ。

ただ、ばらばらな拵えに反して、刀や槍など、業物の扱いはみなしっかりしていて、中でもずらりと並んだ鉄砲が朝日を受けて鈍く輝くさまは、圓朝の目を引いた。

――うわっ、あれは。

生首だ。彰義隊の誰かのだろうか。青竹を組んだ上にざんばらになった頭を晒《さら》されて、斬られた首のあたりには、まだ紅を残した血がべっとりとついている。

日頃、人の首や腕や手指を斬ったり飛ばしたりする噺を平気で高座でかけているくせに、いざ本物を目の前にすると、膝が震えて堪らなかった。

――噺の肥やしにするんだ。

「見回り組、交替！　残党は見逃すな」

官軍が動きを見せたのと、圓朝の頬にぽたっと降り始めの滴《しずく》が落ちてきたのとが、同時だった。

見とがめられないようにそっと家に戻り、戸締まりをする。

――人の血、人の肌ってのは、ああなるのか。

芝居の血糊《ちのり》や拵え物にはない、濁《にご》り、少しずつ粘度を増していく人の血。色を失っていく肌。

悪酔いでもしたような心持ちで、篠突き始めた雨の音を聞いていると、なにやらほとほとと戸を叩くような音がする。

父と母は奥の座敷だ。ぽん太はおそらく、稽古場で眠りこけているだろう。

――落ち武者の幽霊ってこともあるまいが。

そんなのは噺の中だけで十分だ。戸を叩く音はまだ続いている。庭の枝折り戸《しお》だ。

圓朝は度胸を決めて下駄をつっかけると、庭へ降り、そっと枝折り戸を開けた。

「どなたです」

濡れた草を踏み拉《しだ》いたのだろう、青い匂いがする。脚は、あるようだ。

見れば、武家の奥方である。

「あの、金田《かねだ》と申します。こちらにすみという方は」

奥方の後ろに、小さな影が三つほど見える。御子たちだろうか。

——金田。そうか。

母おすみが、若い頃奉公していたという旗本の家だ。

「どうぞ。母もおります」

中へ引き入れ、母を呼び出す。

「まあ、お嬢さま」

おすみが「お嬢さま」と呼んだのは、奥方のことである。

ひそひそと続く身の上話によれば、奥方には連れている御子らの上にもう一人、金田の嫡子である若殿があるといい、その人が数日前から家に帰っていないという。

彰義隊の一員ではないものの、予て剣術に心を入れて道場通いを続けていたことから隊士に知己が多く、行動を共にしているかもしれぬと、奥方はその身を案じつつも、一方では、まだ幼い子らに何かあってはと、屋敷を出る決心をして、ここを頼ってきたらしい。

「できればしばらく、こちらでかくまってもらえませぬか」

——まるで噺の中へ入ったようだ。

母が若い頃世話になったというお屋敷の奥方と、若君、姫君。装束など目立たぬように拵えてはいるが、白い肌や黒目がちの瞳は、出自を隠しようもなく品が良い。

圓朝はふと、自分が金田の家の忠義な中間にでもなった気がした。せっかく頼ってきてくれたのだ。この方たちを、なんとしてもあの官軍の手から守りたい。

三人のうちの一番幼い若君は、物怖じもせず、初めて来た圓朝の家が面白いのか、あちこちと立って歩こうとし、その都度奥方が手を引いて座らせるので、母も奥方もゆっくり話もできない様子である。

「ねえどうだろう、次郎吉。幸い、二階には使ってない部屋も……」

「ええ、ええ、承知いたしました。よろしうございます。ただ、ちょいと無礼をお許しくださいよ」

そう言って鋏を取ると、幼い若君を手元に引き寄せた。

「おまえ、一体何を」

ちょきん。

髻《たぶさ》を斬られて童髪になった若君に、圓朝は例の印半纏を着せかけた。

「こうしておけば、うっかり若君が人の目に触れても、うちに出入りの誰かの子に見えるでしょう。どうぞ、お二階でゆっくりお過ごしを」

母も奥方も、こちらを拝むようにした。ちょっと芝居がかり過ぎたかな、と思ったが、この舞い込んできた人々をともかく安心させてやりたかったのだ。

「さ、お二階へ。おっ母さん、ご案内を」

それからしばらく、金田母子は圓朝の家の二階にかくまわれていた。その間も、官軍が彰義隊の残党を厳しく詮議している様子はうかがい知れた。圓朝は自分が供をして、知り人のあるという甲府まで送ることも考えたが、やがて騒ぎは収まり、また行き方知れずだったご長男も戻ったと知らせがあったので、ほどなく母子は元の屋敷へと戻っていった。

江戸が東京と改称されたのは、それからしばらく経った、七月十七日のことであった。

「おまえ、どうもこの頃お金の遣いようが荒くないかい？　あまりうるさく言うのも悪いが、世の中も変わったことだし、何があるか分からないから」

「ああ、すみません、だいじょうぶですよ。お客様にちょいの間ご用立てしたようなこともありまして」

「ならいいが。無茶をしておくれでないよ」

母親の目は聡《さと》く厳しい。いつまで隠しておけるだろうか。

九月になると、それまで慶応と言っていた年の名が改まり、明治とされた。徳川びいきの人たちは「治《おさ》まる明《めい》」ってんだろう、などと陰口をきいたが、圓朝たち芸人は、さまざま噂はありながらも、結局寄席が取り立てて変わりなく続いていることで、特段の不満も持たぬまま、「東京」と「明治」を受け入れるようになっていた。

一方で、お里には男子が生まれていた。圓朝は「朝太郎《あさたろう》」と名付けた。当然、生まれてみればやはり自分の血を引く子、つい足はそちらへ向く。当然、お里に渡す金も多くなり、おすみの怪しむところとなっていた。

こんな時頼りになるのは弟子たちだった。朝太郎が生まれる少し前に、お里の母親が病死した時も、結局弔いはほとんど弟子たちが仕切ってくれたが、子が生まれてからはさらにその手を借りねばならぬことが続いていた。寄席の出勤が続いて忙しい圓朝に代わり、誰か彼かが代わる代わる、お里と朝太郎の様子を見に行って、面倒を見てくれる。

とはいえ、その弟子たちも内心、さすがに「いつまでこのままにしておくのか」と思っている様子は、圓朝にも伝わってきていた。

「師匠。いつまで隠していなさるおつもりですかい」

古参の弟子で、今では芸人というより、一門の番頭のような役どころを引き受けてくれている圓之助が、とうとう一言告げた。

「……うん。折を、見て、なぁ」

「まあ、今言い出しにくいのは、重々承知しておりますが」

ごひいきや席亭たちの肝いりで持ち上がった縁談が一つ、先日破談になったばかりだった。

理由は、圓朝のいつまでもぐずぐずとはっきりしない物言いに、先方の娘の方が愛想を尽かしたからだ。実は女がいて、などと知れれば、誰がどう機嫌を損ねるか分からない。

傍らで気をもむ弟子たちとは裏腹に、当のお里は、もう圓朝に何を言うでもない。

この頃、徳松親方の周旋で、圓朝はまた引っ越しをした。今度の住まい、浅草大代地の周囲には、三題噺以来の知己である条野採菊や仮名垣魯文《かながきろぶん》、落合芳幾《おちあい》らも住んでいて、日々、圓朝を囲んで人の輪が出来る。

前の引っ越しの時には、さんざん当てこすりを言ったお里だが、今回は何の関心もないようだ。

関心がないと言えば、お里はせっかくお腹を痛めて産んだ子にもあまり興味がないように見えた。女というのは子を産めば母親らしくなるものと最初《はな》から決めてかかっていた圓朝は、相変わらず心根はお嬢のまま、しかし見た目は容赦なく子持ちの年増女に変わっていくお里を、どうしていいか分からなくなっていた。

ある日、久しぶりに訪ねてみると、お里はてろんとした顔で昼間から酒をあおっている。

「おいおい。坊におっぱいをやっている間くらいは、我慢しちゃあどうなんだ。お乳母さんの乳ばかりあてにしてちゃかわいそうだろう」

「我慢？　我慢すると、何か良いことあるのかえ」

そう言って火鉢の向こうから、上目遣いにこちらを見たお里を見て、圓朝は思わず目を背けた。

——なんて顔を。

白かった肌は赤茶色に変わり、目は黄色く濁っている。後れ毛があちらからもこちらからも漂いだして、おどろおどろしいことこの上ない。

——まるで山姥《やまんば》じゃないか。

胸の内に浮かんでしまった思いを、子まで生《な》した仲の女にあんまりひどい、と自分で打ち消そうとしていると、お里が朝太郎の方をちらっと見てから、ぼそっとつぶやいた。

「おまえ、本当にあの子がかわいいとお思いかえ」

なんてことを言うんだ。そう叱りつけたかったが、それはできなかった。

黙りこくっている圓朝をしばらく睨めつけていたお里は、徐《おもむろ》に火箸を取り上げると、火鉢の真ん中にぐさりと突き立てた。

——お里。

このままではいけない。それだけが、分かりすぎるほど、分かった。

それからしばらく経ったある日、圓朝が寄席から浅草の家に帰ってくると、子どもの泣き声がした。

「ただいま戻りました」

「お帰りなさい」

「お帰りなさい。師匠、あの」

圓之助だ。こいつがこう改まってきた時は、たいてい何かある。

「奥で、親父殿とお袋様がお待ちです。どうぞ」

「そう……か」

「それから」

「ん？　なんだ」

「出過ぎたまねをしました。どうぞ、お許しを」

床に頭をこすりつけている圓之助を見ながら、圓朝はおおよその事情を察した。

「お帰り。ともかく、こっちへお座り」

小さな布団の上に、赤子が寝かされていた。

「ほらほら、お父っつぁんのお帰りだよ」

「面目ありません」

「できちまったものは、仕方ないじゃないか。なぜもうちょっと早く言ってくれなかったんだい」

そう言われると、返答のしようがない。傍らで朝太郎がきゃっきゃっと笑った。

「小さい時のおまえにそっくりだ。これからこの子は、ここで育てる。いいね」

「あ、あの」

「しかしあのお里さんて人は」

おすみは苦い顔をした。

「この子のおっ母さんだから、悪く言いたくはないが。おまえもどうしてあんな女と」

「はぁ」

「子どもをこちらへ引き取りたいって言ったら、もっと泣いたり言い訳したりするだろうと思って、いろいろ心づもりして行ったのに。あんなにあっさりお金を受け取って、どうぞよろしく、って赤子を渡されると、ねえ。なんだか余計にこの子がかわいそうになっちまったよ」

おれのせいだ。お里がああなったのは、きっと。

「確かにあれでは、とてもこの家へ入ってもらうわけにはいかないね。おまえの女房になれば、そのままここの若い子たちの面倒だってみなきゃいけないんだし」

おすみはため息をついた。母が「おかみさん」の役目を早く他の者に譲りたがっているのも、よく分かっていた。

父は隣で黙りこくっている。ここは母の理詰めの独壇場だと、よくよく分かっているのだろう。

「申し訳ありません。どうか、よろしくお願いいいたします」

朝太郎がふえぇっと泣き声を上げた。

「ほらほら、お父っつぁんが情けない声を出すから、坊も泣くよ。本当に困ったねえ」

おすみは朝太郎を抱き上げて、窓の方へ連れて行った。

圓朝はずっと頭を下げていたが、心のどこかで、ほっと安堵している自分に気づいていた。

「ま、こんなこともあるさ。あとは、とにかくしっかり稼ぎな。それでなんとかなる」

父がそれだけ言って、やはり朝太郎をあやしに立っていった。圓朝はただただ、頭を下げるだけだった。


以来、朝太郎を迎えた暮らしが始まった。二階の自分の座敷で、新しい噺をまとめたりしていると、階下から時折、泣き声が聞こえたりするのに、はじめのうちはなかなか慣れなかった圓朝だが、次第に当たり前になっていった。

——どうも、うまくつながらないな。

着類ゆえに深い恨みを持つ女の噺は、「母と娘が婚礼衣装を整える」「呉服屋の不注意のせいで、恥をかかされる」「不縁になった娘が入水自殺を遂げる」くらいの場面を思いついたものの、なかなか長い続き物に至る思いつきを得られないまま、まだ頓挫《とんざ》中だった。

——ここに、仇討ちものの入る余地はあるだろうか。

来年は茅場町《かやばちょう》の宮松《みやまつ》亭に出ることになっている。せっかくだから、新しい噺をやりたい。

まとまらぬ頭を上げて、ぼんやりと外を眺めてみる。

饐《す》えた目でこちらを見る、お里の顔が文机の向こうの窓にふっと浮かぶ。階下から、母がでんでん太鼓を打って朝太郎をあやす声がする。

おれはずるい。どこかで、きっとこうなるんじゃないかと思っていたんだ。

かわいそうなことをしたとは思う。

だがおれはもう、お里に惚れていた頃の気持ちは、忘れてしまった。

——いつか、取り殺されるのかもしれないな。

四　乳房榎

「……しなれぬことですからおどおどしながら給仕をしておりますと、座っているお里の着物の裾を……」

茅場町の宮松亭で、圓朝は新しく拵えた〈鏡《かがみ》ヶ《が》池《いけ》操《みさおの》松影《まつかげ》〉を演じていた。

今日で五日目、客は毎日大入りである。

「……ハイと言って立とうとすると、お里の着物は帯際から下がずたずたに切れました。その頃はいかものと申して……」

名主の息子から嫁にと望まれた里という娘。急な話だったため、花嫁衣装を誂えではなく、古着屋の有り物で支度したのが運の尽きで、めでたい席で恥をかかされたのみならず、破談となって追い出され……という、女が深い恨みを抱く発端を、圓朝はじっくりと語っていた。

引き抜きの細工で人形の帯下から着物が裂け落ち、着古して色の抜けた湯文字が露わになると、客席の女たちからきゃぁという悲鳴やら、「かわいそう」のため息やらが聞こえた。

我が身の行く末をはかなんだ里は、いかものを売った古着商江島屋《えじま》への深い恨みを口にしながら、白波逆立つ利根川《とねがわ》の岸へ立ち尽くす。

「……おのれ江島屋、祟りをなさいでおくべきか」

例によって、からくりで髪を振り乱し、顔色の変わった人形が、浅黄幕の川へと身を沈める。三味線と太鼓がどんどんどんとおどろおどろしい音を立てた。

「これが祟りをいたします根本《もと》でございます」

そう言って頭を下げ、高座を下りようとすると、ふと思いがけぬ姿が目の端をよぎった。

——お里？

まさかと思いつつ、客席に横目をくれながらゆっくりと袖へ戻ってみたが、確かめることはできなかった。

——勘弁してくれよ。

まさかもう寄席へ来たりはすまいと、この噺の人物名には、お里にゆかりのある人の名前をそのまま借りている。恨みを呑んで入水する里だけではなく、江島屋の奉公人安次郎《やすじろう》から仇敵《きゅうてき》と狙われる倉岡元仲《げんちゅう》の父の名が元庵だ。こちらは里の父でもあって、極悪人の元仲は里の異母兄——という系図が、圓朝の拵えた手控えには書いてある。

里と、父倉岡元庵の名は、何度も変えようと思ったのだが、稽古してやってみるうち、どういうものか他の名ではうまく口が回らないので、まさかお里本人が寄席へ来ることはもうあるまいと、そのままにしてしまったのだ。

「やあ。新しい噺、いいね。明日も頼むよ」

席亭が声をかけてくれたのを機に、圓朝はもうお里のことは頭の隅に追いやり、早速、明日の手順を弟子たちと確かめ合った。

「ああ、そこで上手に煙を上げておくれよ」

「はい」

明日の道具では、障子の破れ目から漂う黒煙が、噺の色を一気に変える手はずだ。なにぶん火を使うので、手抜かりは許されない。周りには手桶の水もしっかり用意してある。他にもいくつか段取りを確かめ終えて、宮松亭を後にした。

浅草の家に帰ると、徳松親方が待っていた。

「親方。お知らせくだされぱこちらから……」

「いいんだ。おまえさん忙しかろうと思ってね。それより、例の件、どうにかかなりそうだ」

「そうですか……どうも、面目ない」

「まあいい。先方も玄人だから。ともかく、こうなったら高座だけはしっかりやんな」

ありがたい。

「……障子の穴から覗いて見ると驚いた、かの婆は片膝を立てまして骨と皮ばかりな手をまくりあげて縫い模様の着物をぴりぴりと……」

娘に先立たれた母は、江島屋への恨みを込めて、遺品となったいかものの花嫁衣装を細かく裂いては囲炉裏にくべ、火箸をぐっと突き立てる。

雪で道を踏み迷い、老婆に宿を借りた男は、あまりの鬼気迫る姿におびえつつも、老婆から事の次第を聞き、恨まれているのがよりによって現在自分の奉公する江島屋であることを知ってしまう。

「……これで娘さんの卒塔婆の一本も建ててあげてください」

有り金を置いて江島屋の番頭が逃げ出していくところまでが、今日の噺だ。

「みんな、うまくやってくれたね。ありがとうよ」

弟子や囃子方をねぎらっていると、ぽん太がにこにことそばへ寄ってきた。

「師匠。お里さん来てましたよ」

「こら、おまえ、なんてことを。すみません師匠」

居合わせた勢朝が慌ててぽん太を圓朝から引き離そうとした。

「勢朝、いいよ、いいよ。ぽん太。もしかして、お里、毎日来ているのかい」

「はい。ずっと来てます」

「こら……」

周りにいる他の者たちの様子から見ると、どうやらみな知っていて黙っていたようだ。

――しょうがない。

木戸銭を払って黙って見ていく分には、誰だってお客さまだ。

稽古に熱を入れることで雑念を払いつつ、なんとか、噺の幕引き、十五日まで勤め上げた。

――ようし。

新しい噺を最後まで語り終えた日は、格別の気分になる。用意しておいた祝儀を囃子方に配っていると、圓之助がそっと寄ってきた。

「師匠。実は……」

――なんだって。

火箸が自分に突きつけられた気がした。逃げだしたいが、それはそれで、いつまでも心に小骨が残りそうだ。

「分かった。行くって伝えてくれ」

「徳松親方の方は」

新作の千秋楽を祝って、宴の支度をしてくれているのは、もちろん分かっている。

「だいじょうぶだ。こっちを片付けたら、すぐに向かう」

「分かりました」

圓朝は宮松亭の楽屋口をそっと抜けると、圓之助から伝えられた料理屋の暖簾《のれん》をくぐった。

「あ、いらっしゃい。どうぞ、お二階の一番奥です」

物慣れた調子の女中の声を背に、狭い階段を上がる。

「開けますよ」

襖《ふすま》の向こうにいたのは、火箸を持った老婆ではなく、徳利と杯を前にしたお里である。

「楽、おめでと。さ、一杯」

「いや、そういうわけには」

「なんだい。口も濡らさずに話だけしようっていうのかい」

仕方なく一杯だけ受けた。

――なんなんだ。金が不足だっていうのか。

朝太郎を引き取ってからも、お里にはそれなりの金を毎月渡している。

――まさか全部飲んじまってるんじゃないだろうな。

改めてお里の顔を見る。こちらの思いなしかもしれないが、朝太郎を産んだ直後よりは、いくらかすっきりした顔になっていた。

「面白かったよ。新しい噺……おまえさん、あたしに池へ入ってほしかったんだろ。でも、そんならまずおまえが死なないとね」

どうやら、今回考えの基に使ったのが、吉原の采女塚《うねめづか》にまつわる話であることを、お里は見抜いていたようだ。

初めに思いついた「着類のせいで恨みを持つ女」の話を、どうしたら十五日口演できるように膨らますことができるか思案している時、圓朝は曲亭馬琴の『照子池浮名写絵《かがみがいけうきなのうつしえ》』を読んで、敵討ちのいきさつなんぞをいくつか使わせてもらおうとしていた。すると、それを知った条野採菊が、「采女ってのは実在した吉原の女郎で、自分のせいで自殺した坊さんに義理立てして、己も池に身を投げたのさ」と教えてくれたのだ。

「よく、知ってるな」

「本、読むのは好きだから」

お里は琴、胡弓《こきゅう》、三味線、踊りなど芸事一通り、どれも名取りになれるほどの腕だし、武家の出だからだろう、漢字の多い読本なんかも面白がってすらすらと読む。そういうところは本来、圓朝とは良い相性のはず、だったのだが。

「でもさ。江島屋があんなに立派な人だったら、そもそもいかものの着物なんぞ売らないでしょ。噺とはいえ、ちょっと無理筋なんじゃないかい」

——おっと。そう言われると。

痛いところを突いてきやがる。

「ま、良いけど。あたしはもう、寄席へ顔出したりしないから、安心おし」

そういうと、お里はふっと口元に薄い笑みを浮かべた。

「それから、もう月々のお手当はいりません」

きっぱりとした口調は、酔っ払いの口から出たものとは思えなかった。

「どうやって暮らしを」

ひどい装束でそこらをうろうろされでもしたら、こちらの評判にも関わるのだが。

「ご心配なく。どうぞかまわないでくださいな。お幸さんとお幸せに」

思いがけず出てきたお幸の名に、圓朝は慌てた。

徳松親方や両親の奔走で、今年中にはお幸を芸者から落籍《ひか》せ、圓朝と夫婦にする段取りが、だんだんできあがってはいるが、それは今のところごく内輪の者しか知らない。まだ披露目《ひろめ》前の話だ。

――なんでそれを。

お里が火箸を手にしたので、思わずぎょっとした。

「だいじょうぶだよ。おまえさんの目も、顔も、潰したりはしないから。……まあでも、あたしに腹違いの兄さんでもいて、元仲くらいワルだったら、面白かったのにね。残念だこと」

十五日、しっかり噺を聞いていたらしい。

「ともかく。もうあたしにはお構いなく。さ、どうぞお帰り」

お里が下谷で芸者になったことを知ったのは、それから半年ほど経った頃だった。すでにお幸との縁組みがごひいき筋に明らかにされた折でもあり、圓朝はただただ、芸者姿のお里に往来でうっかり会ったりしないよう気をつけながら、あとは知らぬ顔を決め込んだ。

九月、忘れがたい人の死が知らされた。

「可楽さん、亡くなったのか」

四代目三笑亭可楽は、ごひいきだか縁者だか、ともかく会津《あいづ》のご家中と関わり合って、事もあろうに江戸市中の寄席に爆弾を仕掛けたとかで、囚われの身になっていた。

幸い、さすがに世話になった寄席を本当に吹っ飛ばす度胸はなかったらしく、爆発する前に弟子を使って番屋に自訴に及んだので、寄席はどこも事なきを得た。上方へ逃げていたらしいのを、里心に絆《ほだ》されて、東京と名の変わった江戸へ舞い戻り、お縄になったと伝わっていた。

「夢輔《ゆめすけ》はいるかい」

圓朝に呼ばれて座敷へ入ってきたのは、可楽の弟子、夢輔である。

噺家仲間では「寄席に爆弾なんざとんでもねぇ」と悪く言う者もある。しかし、旗本の母子を匿《かくま》ったこともある圓朝には、官軍だとか威張って錦巾《きんぎれ》垂らした薩長に一矢報いたかったのか、ただただ義理あるお方のためだったのか、可楽の真意までは知らぬものの、その心情にいくらか共感するところもあった。

そんなこちらの思いが通じでもしたか、可楽から手紙が届いたのは、五月の初めのことだった。かろうじて読みとれるよれよれの文で、可楽は自分の弟子の夢輔を預かってくれるよう、圓朝に頼んでいた。

その後、可楽が石川島《いしかわじま》の寄場《よせば》送りになったと知り、「可楽が懲役を勤め上げて出てくるまで」との条件付きで、夢輔を自分のそばに置き、他の弟子たちと同様に扱っていた。

「おまえ、お師匠さんのこと聞いたかい」

夢輔は黙ってうなずいた。目にいっぱい涙をためている。

噺家稼業の身には、懲役暮らしが辛すぎたのか、それともその前のご吟味でよほど痛めつけられたのか、可楽は娑婆《しゃば》へ出てくることなく、寄場で命を終えてしまった。

「気の毒だったな。おまえさんさえ良ければ、このまま私のところにいて良いよ。どうする」

自分とは一門もまったく異なるし、生前さほど親しくつきあったというわけでもないのに、わざわざ自分に手紙をよこした可楽を思うと、ぜひこの夢輔は一人前にしてやりたい。

「よろしくお願いいたします」

「折を見て、名を決めて披露をするから。しばらくは、これまでどおり、みなとうまくやっておくれ」


可楽の死から二年が過ぎた。

夢輔は圓三郎《えんざぶろう》となり、晴れて寄席へ出られるようになった。

音曲や踊りに秀でていたので、圓朝の三遊亭ではなく、父の橘家を名乗らせた。狭い高座で座ったまま踊るという特技を持った圓三郎は次第に人気者になりつつある。

「面白ぇな」

圓三郎の活躍を喜んでくれた父の圓太郎は、冬の初め、機嫌の良い顔のまま、病で帰らぬ人となった。若い頃のふらふらが嘘のように、ここ数年は圓朝にとっても母のおすみにとっても、穏やかな父であり亭主だった。圓朝が拵えた〈菊模様皿山奇談《きくもようさらやまきだん》〉が、採菊の補筆を得て本となり、この春、世間へ出たことも、父には大いに自慢だったようだ。

一門には、他にも、圓橘《えんきつ》、圓遊《えんゆう》といった有望な弟子が育ちつつあり、圓朝は三十三歳にして、大一門を率いる頭領の立場にあった。

そんな圓朝に、麗々亭柳橋《れいれいていりゆうきよう》から「一度ゆっくり話したい」と人づてに申し入れがあったのは、翌明治五年（一八七二）の五月の末のことだった。

柳橋と言えば、当代は三代目。目下、芸、人望ともに一番とされる人物だ。圓朝より一回りほど年長で、弟子も多い。

――わざわざこんなふうに言ってよこすなんて、何事だろう。

柳橋は今、人形町《にんぎようちよう》の末広《すえひろ》亭で夜席に出ているというので使いをやってみると、近くの梅《うめ》廼《の》屋へ来てくれと言う。

梅廼屋なら圓朝も知らない店ではないので、見計らって入っていくと、「あちらです」と離れへ通された。

「よう、圓朝師匠」

「あれ、文治《ぶんじ》師匠じゃないですか」

「ふうん。おまえさんも柳橋師匠に呼び出されたのかい」

桂文治は圓朝とおおよそ同じ年格好、圓朝と同様に道具鳴物入りの噺が人気で、こちらとしては密かに張り合う気持ちが強い。

なんてこった、ここに柳橋が来れば、今の江戸、じゃない、東京の噺家の、主な一門の頭領がそろい踏みだ。

――いったいなんだってんだろう。

不審に思っていると、ようやく柳橋が姿を見せた。

「お呼び立てしてすまないね」

入ってきた柳橋の姿を見て、圓朝も文治も小さく「あっ」と悲鳴を上げた。

「師匠、髷、落としなすったんで」

「え、ああ。つい昨日だ。なんだか、頼りなくっていけねぇな」

去年の八月に散髪脱刀令《さんぱつだっとうれい》なるお触れが出た。髷と刀をやめよというのだ。決して強制ではないものの、髷のある者は日に日に少なくなっている。

圓朝も迷い迷い、周りの他の芸人の様子を見ているようなところがあった。

髷を落とすといっぺんに人の風情が変わる。散切《ざんぎ》り頭で高座がつとめられるかどうか、今のところ自信がない。

「実はな。二人に来てもらったのは他でもねえ、ちょいと助けてもらいたいことができてな」

「助ける？」

「手前どもが、師匠をですか」

驚く圓朝と文治を前に、柳橋は散髪に至ったいきさつを話し出した。

「お上にな、呼び出されたんだ」

「お上って、新政府ですか」

「ああ。その新政府に、さらに今年新しくできた、教部省《きょうぶしょう》っていうお役所があってな。そこから」

「で、なんて」

「ううん。おまえさんたち、『三教則』って知ってるか」

「聞いたことはありますよ。確か、敬神愛国、天理人道、皇上奉戴《こうじょうほうたい》、でしたっけ」

　簡単に言えば、朝廷を敬い、行儀良くせよ、ってことだと教えてくれたのは、近所に住んでいる漢学者、信夫恕軒《しのぶじょけん》である。新政府が下々の者に守らせようとしている事柄をまとめた、合い言葉みたいなものだそうだ。

「さすがだな。よく覚えてる」

　褒められて頭をかいた。

「でな。その三つをみんなに説いて回る役目ってのを、おれたち噺家にもやれってんだよ」

「え、なんですかそりゃあ」

「きょうどうしょく、とか言うんだそうだ」

「きょうどうしょく？」

「そうそう。ええっとな。教え、導く、職、だそうだ。坊主や神主が筆頭らしいんだが、芸人にも協力しろってさ」

「へぇえ」

文治と圓朝は顔を見合わせた。これまで、芸人風情と蔑《さげす》まれこそすれ、そんなご大層なお役目なんぞ、まるで縁のないことだ。

「ついちゃあ、噺家ってえのはどういう人がどこでどう始めて、どう伝わってきたもんか、よくよく調べて認《したた》めて出せっていうんだ」

「は？」

「それはなんですか、要するに、お寺の縁起とか、茶道具の由緒書みてぇなものを書けってんですか」

「ううん。多分、そうじゃねぇかなぁ。で、それを出さねぇと、今後寄席なんぞはまかりならねぇと」

胸の内でもう一度へぇえと唸った。文治の方は「しちめんどくせぇ」と吐き捨てたが、圓朝はいくらか違う心持ちだった。

「その由緒書を出せば、新政府が噺家ってのはちゃんとした生業だって、お墨付きをくれるってんですね？」

それなら、悪くないじゃないか。

「ああ、まあそういうことじゃねぇかなあ。圓朝の近所には、学者の先生やら戯作の先生やらが何人もおいでだろう？　どうだろう、加勢してもらえないかねぇ」

「そういうことなら、多分大丈夫だと思いますよ」

「頼めるかい。それなら助かる。おれの方でも、口伝えみたいなもので残っていることはいくつかあるから、どうご書面にすればいいか、先生方に聞いておくれ」

それから、三人は忙しい出番の合間を縫って、それぞれの一門に伝わる書き付けやら古い書物やらを持ち寄ったりして、「噺」の由来を拵えた。

「太閤秀吉《たいこうひでよし》に仕えた曽呂利新左衛門《そろりしんざえもん》だとばっかり思っていたが、そうか、安楽庵策伝《あんらくあんさくでん》……同じ太閤さんお気に入りで、こっちは坊さんか」

「『醒睡笑《せいすいしょう》』ね。確かに、こういう本が残っている人を祖だって方が、お上に得心してもらえそうだな」

「『元和九年』ってはっきり言えるところもありがたい」

「江戸の噺家の祖は、鹿野武左衛門《しかのぶざえもん》ってなると、この人はどうもお仕置きになって島流しにされたそうだから、あまり名を出さねぇ方が良いようだなぁ」

「うむ。烏亭焉馬《うていえんば》でいいだろう」

三人は、採菊や恕軒にも協力してもらってなんとか教部省への書面を作り上げた。

――これ、マクラに使ってみるか。

なんたって、お上がお墨付きをくれるってんだから。

圓朝は以来、折があると、噺の本筋に入る前に、「安楽庵策伝が太閤秀吉の前でした噺」という触れ込みで、『醒睡笑』の中の短い噺を披露したりして、この由緒書に書いたことをうまく使った。

ただし、お上のお墨付きをもらったことで、いささか気になってきたことがあった。

〝寄席は軍書講談、昔話などに限る〟

〝歌舞伎の真似や人形を使うことは禁ず〟

市中の寄席に対しては、「猥《みだ》りなこと」を禁ずとして、種々の禁制が頻繁に出されていた。これを額面通りに受け止めれば、圓朝の今口演している道具鳴物入りの芝居噺などは、すぐに止めなければならない。

とはいえ、こうした禁制は、徳川の世でもよく出されていたものと大して変わりがないように見える。どの芸人も「ああ、またなんか言ってきているな」くらいにしか思っていないだろう。

天保と言っていた、圓朝がまだ五つにもならない頃、一度市中の寄席の九割方が、お上からお取り潰しになったことがあって、亡き父らはたいそう困った時期があったという。しかし、それもほんの三年ほどで許され、またすぐに、もとあった以上の数に増えた。

圓朝が真打になった頃には、江戸にはおおよそ二百くらいの寄席があった。お席亭の懐具合によっては、閉めてしまう寄席も多いが、代わって新たに開く寄席も多いから、ご一新を迎えても、全体の数にさほどの変わりはない。よって、芸人も席亭も皆、徳川さまから お天子さまの世に変わったところで、噺や寄席にさほどの変化はあるまいとなんとなく思っている。

――しかし、由緒書やら、教導職やら、どうも。

新政府というのは、ひょっとしたら、徳川の世、公方さまとはかなり、やり口が違うのではないか。

其水から聞いたところでは、芝居の方も、いわゆる三座の代表が東京府庁に呼び出されて、「民衆の文化向上のため」になる運営をするよう、訓示を受けたという。

「面白ければ、それで良いじゃないか、なぁ。芝居見たり噺聞いたりして、お説ごもっとも、心がけ改め候なんていう客、いやしねぇだろうに」

其水はぼそっとそう言ったものの、「散切り頭の役者が出てくる狂言なんて、書けるかなぁ」とも言っていて、少なくとも、すべてこれまで通りというわけにはいかないだろうという見通しを持っているようだった。

――噺も、このままではいかないかもしれないが、そうかと言って……。

「師匠、そろそろ」

「あいよ、今行く」

考えを深める暇もなく、寄席の出番が迫ってくる。

宮松亭のトリは、気づけばもう四年だ。

そろそろ秋も深まる頃というので、昨日からまた得意の〈怪談牡丹灯籠〉を始めていた。

「……お嬢様、あのお方が出ていらっしゃったら、お水をかけてお上げあそばせ。御手ぬぐいはここにございます……」

お露と新三郎とが互いに一目惚れをする場面である。背景には、枝振りの良い梅があしらわれた武家の庭が描かれている。

「なんか。今日はあんまり面白い仕掛けはなかごたるな」

「しめじめ語り合うておしまいけ」

西国訛りで無遠慮にしゃべり合う、客の声がした。数人、そちらを振り向いて目配せをする客があったが、気づく様子もない。

「こげんでは、しょんなか。つまらんが」

「もっといろいろ面白か仕掛けのあるって聞いたが。あの梅が散ったり折れたりせんのか」

——やりづらいな。

地方から東京へ出てきて、初めて寄席へ来る客には、こうした客も珍しくない。ここで気持ちを切らせたらだめだ。

圓朝はつとめて丁寧に、新三郎とお露が手ぬぐい越しに指を触れるところを語った。

「……あなた、また来てくださらなければ、私は死んでしまいますよ、と」

三味線がチン、チン、チン……とか細い音をさせるのに乗せ、お露のあふれる想いのたけを台詞にたっぷり乗せた、つもりだった。

「なんだ。こんで終わりか」

「何も動かんかったぞ」


ひいき客からの酒席の誘いも断り、無言で自宅の二階に帰ってきた圓朝のもとに、ぽん太が顔を見せた。

「お師匠さん。お手紙来てる」

「お、ありがとうよ」

師匠が機嫌が悪いとみると、みな用事をぽん太に言いつける。ぽん太なら何かしくじっても、圓朝が決してきつく叱ったりしないのを知っているからだ。

「お師匠さん」

「ん？　まだ何か用かい？」

「あの。今日の客は、田舎もんで、困ったね」

「ああ？　いやいや、おまえさん、そういうこと言っちゃいけないよ」

「どうして？　兄さんたちみんな言ってたよ、近頃田舎もん増えて困るって」

「それはいけないね。どこのお方だって、木戸銭払ってくれればお客さまだ。そういうことを言ってはいけない。いいね」

「はぁい」

とん、とんとんと軽い足音が降りていくのを聞きながら、圓朝はため息を吐いた。

——師匠でいるってのは、たいへんだな。

自分が思っていることは、すぐに弟子たちに伝わってしまう。それも、怒りや不快といった嫌な心持ちの方が、よりそれが強い気がする。

手紙は、両国米沢町《よねざわちょう》の立花《たちばな》家からだった。

——紫朝《しちょう》のやつ……。

思わず舌打ちしてしまい、はっと回りを見回して、誰もいないことを確かめた。

立花家はこたび新しくできた寄席で、ぜひ圓朝にこけら落としの出演をと言ってきていた。今出ている宮松亭と掛け持ちになるので、圓朝は方々に遠慮し、出ることは出るが、トリは他の者にしてくれないかと持ちかけて、新内節《しんないぶし》の富士松《ふじまつ》紫朝につとめてもらうことでまとまりかけていたはずだったのだが。

何を邪推したのか、いったん引き受けたはずの出演を紫朝が断ってきたという。これまでにも、給金や食膳のことなどで細々とうるさく言ってきて面倒だと聞かされていたので、圓朝はその真意を測りかねていた。

結局、圓朝のあとへ出るのが怖いんだろう、と立花家の席亭は書いて、やはり圓朝にトリを取ってくれと懇願してきていた。宮松亭にはこちらから頭を下げるとも添え書きがある。

こう己を高く買ってもらえるのはありがたい。しかし、一方で、今日宮松亭にいたような客もいる。

実は前にも、今日ほどではないが、似たようなことがあった。夏、本水を使った時だ。

——いつおれが水に入るのか。そればっかり気にしていたっけな。

道具の仕掛けを工夫すればするほど、そればかりに目をとめて、肝心の筋、噺をおざなりにしか聞かない客もいる。

——そういえば前に、其水さんも言ってたな。

「外連《けれん》をやるとな。ひとまず人気が出る。役者が宙に浮いたり、水に入ったりすれば、分かりやすいからな。だけど、そればっかり喜ばれてると、どんどん外連ばっかり考案する羽目になる。芝居のための外連じゃなくて、外連のための芝居になっちまうんだ。どこで踏みとどまるか。勝負のしどころだ」

外連のための芝居。道具のための噺。

「おーい。誰かいるかい」

階下から、はーいと声がした。

「圓楽《えんらく》を、呼んできておくれ」

しばらくすると、圓楽が何事かという顔で現れた。

「おまえさんね。私のために、大きなことを二つ、引き受けておくれ」

「は、はい」

「絶対に、できませんと言っちゃいけないよ」

「え、あの……」

圓楽はもとは坂東のしんと名乗って、芝居の役者として修業をしていたのが、先々代の文治のもとへ入って噺に転じたものだ。ご一新直前、死期を予感した文治から頼まれて門下に迎え入れた者で、圓朝の門下としては浅いものの、芸はもう立派な真打だ。こたび、圓朝の考えを託すには、圓楽をおいて他になかろう。

「いいかい。おまえさん、急なことで悪いが、再来月から圓生を継ぎなさい。三代目だ。頼むよ」

圓楽が言葉を失っているのがよく分かるが、今はそれに構っている場合ではなかった。

「それでね。披露は宮松亭のトリだ。私が頼んであげるから」

「そ、そんなこと……」

「だいじょうぶだ。で、私から祝儀として、今うちにある噺の道具、全部おまえさんにあげよう」

「ど、道具を」

「心配しなさんな。私はもう、道具は使わないことにするから。いいね」

腰の抜けたようになっている圓楽を送り出して、圓朝は宮松亭と立花家、両方の席亭あてに手紙を書いた。

――羽、外してみよう。

己の足だけで、どれくらい歩けるか。

「へあんよを叩いてしっかりお歩き……」

口から思わず〈すててこ〉がこぼれだした。


圓朝は宮松亭に断りを入れて、翌月、まず立花家で自分がトリを取ったあと、次の月には三代目圓生の披露で仲入り前に出て、弟子をもり立てることにした。

さらに、はじめての素噺でのトリを、翌年正月、両国の山二《やまに》亭でと決めた。

圓朝が素噺で出る、というのは、あっという間に世に広まった。一方で圓楽が三代目圓生の名とともに、圓朝の道具一切を譲られたというのも、世間の評判を呼んだ。

三遊亭一門は、弟子の数は多く、有望な者も育ちつつあるが、何しろ頭領である圓朝が若いせいもあって、いわゆる看板になれる者がまだ圓朝自身以外に出ていない。

ここで圓楽改メ三代目圓生を売り出し、他の弟子たちにも大いに発憤してもらいたい。さらに言えば、もしかして万一、お上が本当に手を下して道具や鳴物を禁止してきても、扇子と手ぬぐいだけでやっていけるよう、己の芸ももう一段磨きたい。己が身につけておけば、後々、弟子たちにそれを伝えることもできよう。

由緒書を作った際に、柳橋の素噺を舞台袖で聞く機会があったことも、圓朝の意欲をかきたてていた。

ただこんな思案は、己の胸のうちだけにしまっておけばいい。今はとにかく、何もかも派手に評判にしてもらって、立花家も宮松亭も満員札止めにすること。それだけだ。

圓朝は改めて、語り口調と所作を鍛え直した。

道具や鳴物がなくなると、噺は当然短くなる。その分、人物の動きを細かく言葉で写すようにしたり、台詞を増やしたり、いろいろと工夫の仕甲斐がある。

——むしろ声色は、控えた方がいいな。

役者の真似なども得意な圓朝は、ついつい、女や子どもなど、声色を使ってわかりやすく器用にやってしまっていた。これまでの、道具や人形が出てくる形だとそれが合うのだが、素噺になると、なんだかちぐはぐに思えてくる。

——全体の色ってのが、わかりにくくなる。

甲高い音や裏返った声など使わずに、むしろ地声で通してやる方が、間が狂ったりしなくて良いようだ。

さらに、目の動かし方、手の動かし方、扇子の使い方なども、一つずつ点検していくと、それぞれの持つ意味が、道具入りでやるよりもぐっと研ぎ澄まされていく感覚があった。

――こう目を上げると。どうだ。

たとえば、遠くから走ってきた者に返事をする時と、さっきからすぐそばにいた者に返事をする時では、反応の仕方が違うはずだ。

自宅での稽古のみならず、ごひいきから酒宴に招かれた時も、人の話し方や動き方をじっと注視しては、噺に生かせるところを探した。

明日が山二亭の初日という日、出入りの呉服屋が仕立て上がった高座着を届けに来た。

「縫い上がったら、染めの良さがいっそう引き立ちましたよ」

「おお。深くて良い色だ」

袖を通してみる。絹の手触りが心地良い。

黒の紋付き。素噺のし初めは、ずっとこれで通そうと決めていた。

己は黒衣《くろご》、黒幕。そして、すべての人物を操るのだ。

圓朝の素噺。

せいぜい、世でもてはやしてもらおうじゃないか。

圓朝のもくろみはあたり、立花家にも宮松亭にも、そして山二亭にも、連日大勢の客が詰めかけた。

それ以後、圓朝は月に一度程度、弟子全員を柳島《やなぎしま》の料理屋橋本《はしもと》へ連れて行き、広座敷を一日借り切って、全員に何か一席ずつ披露させた後、思う存分飲み食いさせた。

「何もそんなに弟子にお金を使わなくても……」

お幸が渋い顔をしたが、圓朝は譲らなかった。

今ではすっかり家の中を仕切っているお幸は、母のおすみを上回るしっかり者だが、しっかりし過ぎて、いささか弟子には煙たがられている。

芸人になる者たちは、どうしても酒や女、博打《ばくち》などに泥《なず》み易いところがあり、金遣いの荒い者も多かったので、お幸は自分がきっちり締めなければと気負ってもいたのだろう。

料理もうまく、圓朝にはできた女房なのだが、たまには弟子を息抜きさせてやらないと、との心配りもあった。

一席ずつ師匠の前でやるというのは弟子には気の張ることだろうが、その分、演じ終えたあとの心持ちは解けて、それぞれの了見、地金が見える。そんなところにも、圓朝の狙いはあった。弟子たちの技量を見定めると同時に、弟子同士の気持ちのささくれの芽を、見逃さないようにしたいと思ったのだ。

——新朝。すまなかった。

小勇から圓太を経て、新たに出直した新朝は、昨年亡くなってしまった。

病に倒れる前に、実は朋輩弟子たちからあれこれと嫌がらせを受けていたことを圓朝が知ったのは、ずいぶん後になってからだった。他の弟子から見れば、一度師を裏切った者がまた許されて入ってきたのが、どうにも気に入らなかったのだろう。

——知っていたら、他の誰かに預けるなりなんなり、手を打てたものを。

十七歳の春、初代圓生の墓の前で誓った三遊亭一門の再興。

今こそ、本当に成し遂げるべき時が来たと、圓朝は思いを新たにしていた。

珍しく寄席への出勤もごひいきのお座敷もなかったある日、圓朝はふらっと散歩かたがた、柳橋まで出てきた。

——こんなところに書店なんて。気づかなかったな。

店構えからすると、どう見てもご一新前からあるとしか思えぬ。

この通りは頻繁に往来しているはずで、書店ならば見過ごすとは思えぬのだが、店に足を踏み入れた覚えはなかった。

——入ってみるか。

素噺も軌道に乗り始め、また新しい噺を拵えようと、このところ、材になりそうなものを求めて、あれこれと本を読みあさっていた。手持ちの本はほとんど読み尽くしてしまって、もうあまり新しい考えに出会えそうにない。ここで何か見つかれば儲けものである。絵双紙、読本、合巻《ごうかん》、重宝記、評判記……一見雑然と積んであるように見えるが、存外きちんと整理されている。客は圓朝一人で、店主は奥にひっこんでいるのか、店に人の気配がまるでない。

——不用心だな。

その分、思う存分本を眺めることができた。なまじ顔の知られた芸人だけに、こうしたところでゆっくりできる機会はなかなかない。

あれこれ手に取ってみるうち、とある外題に目が留まった。『深窓奇談《しんそうきだん》』とある。何か珍しい話があるだろうか。

「……天地の造化、怪物もまた勿れと云ふべからず、しかり、世に翫《もてあそ》ぶ機会の書亦少なからずとせず、ここに十返舎主人《じっぺんしゃ》が著すところの中《なか》……」

享和二年正月とある序を読んで、圓朝はおやっと思った。

——一九《いっく》の怪談なんて、珍しいな。

十返舎一九と言えば、『東海道中膝栗毛《とうかいどうちゅうひざくりげ》』。もっぱら滑稽なものを書いていた人と思っていたが、どうやらそればかりではないらしい。

……〝美景《よしかげ》琴を弾じて妖怪を降伏す〟〝婢女《ひじょ》が霊、魂を反して僧を導く〟……

全五巻、一つの巻に話が二つずつ入っている。

——面白そうだ。

買って帰ることにして、奥をのぞき込んだ。いつのまに出てきたのか、店主らしき男が狭い帳場に座り、開いた本に目を落としている。

——あ。

男の開いているのが、先年自分が採菊の補筆で出した、『今朝春三組杯《けさのはるみつぐみさかずき》』であることに気づいて、思わずにやっとした。

「これ、おくれ」

『深窓奇談』を出すと、男は「なかなか、お目が高いですな」と言いながら顔を上げた。

——まさか、そんな。

圓朝は男の顔をまじまじと見た。亡くなった新朝に瓜二つである。

「おや、手前の顔に何かついておりますか」

男は顔色一つ変えずに銭を受け取った。圓朝は慌てて懐から風呂敷を取り出して、本を包んだ。

——他人の空似ってやつか。

家に帰って早速開いて読むと、どれもとりどりに面白い。中でも圓朝が目をつけたのは、〝尾形《おがた》の霊奸曲《かんきょく》の智を斃《たお》す〟だった。もう一話、〝行綱鬼物《ゆきつなおにもの》と交媾《こうこう》の因を結ぶ〟も面白かったのだが、どこかで聞いたふうだと思って考え直したら、なんのことはない、二代目の林屋正蔵が拵えたとして伝わる、〈野《の》ざらし〉に、初めの半分くらいがそっくりである。

〝尾形の霊奸曲の智を斃す〟の方は、時は天正、舞台は信州。もとは真田幸隆《さなだゆきたか》の配下であった尾形主水《もんど》が、今川《いまがわ》の浪人、有渡野武虎《うどのたけとら》によって妻を寝取られ、自分は殺害されてしまう。その後、亡霊となった主水は、遺児である万代児《まよじ》を下男の又六《またろく》に育てさせる一方で、妻を死に至らしめ、さらには成長した万代児が武虎を討ち、父の敵討ちを果たせるよう見守るという筋書きだった。

途中、妻である岩越《いわこし》が、乳に瘡《かさ》を煩う。見かねた武虎がその膿《うみ》を出そうと刀で裂くと、乳房から黄色の雀が飛び出して武虎の頭を突くなど、見せ場として派手にできそうな場面もある。

――よし、これを噺に拵えよう。

思いついたものの、時代や人が天正のお武家というのでは、やはり演じにくい。徳川より前の世のお武家の話というと、芝居の方ならたいてい武張った丸本物《まるほんもの》の風情だが、噺にするには、もう少し、世話に落とした方が良いだろう。自分たちにも、客にも身近に思えるところへ移したい。

――場所も、できるだけ江戸に近いところがいい。

実はしばらく前、〈鏡ヶ池操松影〉をやった折、聞いていた大槻磐渓《おおつきばんけい》という老儒学者から、「下総《しもうさ》に、大雪で踏み惑うような山地がありますかな」と言われてしまった。以来、山中ではなく、「一面の野原」と変えて演じることにした。

磐渓は信夫恕軒の師にあたり、元は仙台藩士、戊辰戦争《ぼしんせんそう》では、ごくごく重要な役割を果たしていたと聞くが、圓朝の知るのは、日々ゆったりとした姿だけだ。日頃は誰よりも博識を誇る恕軒が、磐渓にだけは頭が上がらない様子も面白い。

ただ、そんな御仁から、噺の背景となる風土地理への疑問を持たれたことは、圓朝には一つ転機になった。

——自分の足で確かめられるか、そうでなきゃ、なんか証拠のあるものを。

道具入りでやっていた頃は、噺はただ面白ければ良いと思っていたが、近頃では、やはり何か、「実説」に拠れるものの方が良いという気がしている。

実際、その土地から来た客が聞いて「おかしい」と思われてしまえば、面白く聞いてもらえないだろう。

——この更級山《さらしなやま》の場をやりたいなぁ。

亡霊が初めて、下男の前に姿を現す場面だ。しかし江戸、いや、東京近辺に、こんな、一陣の風のもと、頭上から亡霊が降り立つにふさわしい場所があるだろうか。

圓朝は、書棚から『江戸名所図会《えどめいしょずえ》』を引っ張り出した。

——山深そうなのは、やはり中山道《なかせんどう》か。

暇ができたら、一度板橋へ行ってみよう。

そう思いついて、大聖寺へと引き上げていった出淵の本家のことを思い出した。

——どうしていなさることか。

幾之進はまだ、あのりりしい髷を結ったままだろうか。そんなことが気になったりしつつ、『江戸名所図会』をえんえんとめくり続けた。


明治七年、圓朝はまた引っ越しをした。今度は浜町《はまちょう》梅屋敷《うめやしき》で、近くには菊五郎《きくごろう》の妾が住んでいるというので、弟子たちはその住まいを見に行ったりして、圓朝に窘《たしな》められた。

その年も暮れに近づいた頃、浜町の家に珍客があった。

「おまえさん。なんか、報知新聞ですって名乗って、人が来てるけど」

「新聞?」

お幸に言われて出てみると、洋装の男が一人、立っていた。

「小西《こにし》と申します。圓朝さん、寄席で朝野《ちょうや》新聞を取り上げてますね」

「え、ええ」

ご一新の前後から出回るようになった新聞は、世情のあれこれを集めるにせよ広めるにせよ、以前にあった瓦版などと比べるとよほど力があるようで、圓朝も何かと注目していた。マクラなどで新聞に載っていた話を取り上げることも多い。身近なところでは、採菊と芳幾が、二年前から「東京日日《にちにち》新聞」を始めている。

「うちの記事も取り上げてもらえませんか。明日から、無料でこちらへ持ってこさせますから」

小西と名乗った男はそう言うと、圓朝に紙包みを差し出した。

――金？

なんだか嫌な気がして、圓朝はそれを押し返した。

「いや、困りますよ。手前は、自分が面白いと思った記事だけ、取り上げているだけですから」

「そう言わずにお願いしますよ」

「困ります」

押し問答していると、採菊が姿を見せた。

「おやおや、郵便《ゆうびん》報知の大幹部じゃないか」

「や、これは日日の……」

「こんなところで何してるんだ」

小西はばつが悪そうに、そそくさと立ち去っていった。

圓朝がことの次第を話すと、採菊はにやっと笑った。

それから数日後、東京日日新聞に、「報知社の連中、圓朝に談判に及ぶ」という記事が出たのを見て、圓朝は苦笑いするしかなかった。

——油断のならない人たちだ。

そんなことがあって、数日後のことだった。

どんどんどんどん、どんどんどんどん……。

「なんだ、ずいぶん乱暴だな、こんなに朝早く」

眠りを妨げられた圓朝は、寝間着の上にかい巻きを羽織って半身だけ起こし、弟子が応対に出た様子を窺っていた。

「お師匠さん、たいへん。巡査が来た」

そう言ってぽん太が駆け込んできたので、すでに身支度を終えていたお幸が顔色を変えてさっと立っていった。

——巡査?

「ね、師匠、こないだやったのと、本当に同じだ。面白いよ」

ぽん太はにこにこしているが、本当に巡査なら、面白いでは済まされない。

いやな予感がした圓朝は、自分もさっと身支度をし、ぽん太には大人しく稽古部屋に引っ込んでいるよう、促した。

「おまえさん。なんか、よく分からないけど、署まで来いって言ってるみたい」

案の定、お幸が青い顔をして戻ってきた。

「分かった。心配するな」

そういう自分が、いくらか手足が震えて、うまく帯を締められない。

「ちょっと、手伝ってくれるか」

お幸は黙ったまま、献上博多をきちんと締め、羽織を着せかけてくれた。

「三遊亭圓朝というのはおまんか」

どこの訛りだろう。黄色い警察の徽章《きしょう》のついた制服を窮屈そうに着た巡査が、赤黒い顔で玄関先に仁王立ちしている。もう一人は、ひょろっとしているが、やはり同じような装束だ。

「さようでございますが」

「おまん、わらのかんぷば、よせんちゃんもちいたいうは、ほんのこつか」

一度では聞き取れず、「すみませんが、もう一度おっしゃってください」と言ったが、二度目でも聞き取れない。困って黙っていると、巡査の顔がいっそう赤黒くなった。

「官服を、見世物に使うたであろう」

大声が響き渡り、起き抜けの耳と頭がびりびりした。

——あれか。

巡査が「我らの官服を、寄席の茶番に用いたというのは本当か」と聞いているのだと分かると、圓朝は思わず笑い出しそうになった。

先日立花家へ出ていた折、「朝野新聞」に掲載された記事をひとつ、マクラで取り上げてみた。一度やったところ客の反応が良かったので、翌日そのマクラにちょいと手を入れて、ぽん太に巡査の制服によく似た服を着せ、まだ十歳の朝太《ちょうた》を商家の小僧に仕立てて、ごく短い狂言を演じさせたのだ。もともと御家人の息子の朝太は、頭の回転も口の回りも図抜けて優れていて、ぽん太との対照が好一対だった。

「ないがおかしか。署までこ」

腕をぐっとつかまれて、圓朝は全身の毛が逆立ちそうになった。

――あんなことで、お咎めか。

お幸が滑り出てきて、引き立てられていく圓朝の懐に、平たい風呂敷包みを差し込んだ。寄席へ行く時、いつも持ち歩いているものだ。

――そうか。

「あの、どうぞこれを」

圓朝は丁寧に頭を下げてから、二人の巡査に一つずつ、風呂敷に包まれていたものを差し出した。

「なん?」

「どうぞ、お納めくださいませ」

二人は紙包みをのぞき込むと、ふんと鼻を鳴らした。

「うん……ま、とりあえず、話だけ聞くが」

袖の下の甲斐あってか、圓朝は一応、番屋――ではなく、今は屯所というらしい――で調べを受けたものの、「以後注意せよ」のみで済んだ。

ただ驚いたのは、圓朝が屯所へ連れて行かれたことが、「郵便報知」に大きく書かれてしまったことだった。おかげでこの件は多くの人の知るところとなり、しばらくあちこちで「巡査に牽《ひ》かれたんだってな」と言われる羽目になった。

――意趣返しか。

つくづく、油断のならない世の中になったらしい。

――新聞には、十分気をつけた方が良いようだ。


翌年になると、東京府から「芸人の名簿を作って提出せよ」とのお達しが来た。

「どうしたもんだろう、圓朝」

首をかしげる柳橋、文治に、圓朝は其水から聞いていた話を伝えた。

「役者も芸人も、税金を払わないとお上から認めてやらないってことでしょうね。払わない者は劇場や寄席には出られないという」

　其水によると、芝居の役者は、上中下の三段階に分けられ、上等は月に五円、下等は一円と決められたらしい。

　一方で、寄席の芸人の方は、上等は五十銭、下等は二十五銭。一見すると寄席の方がずいぶん安いようだが、木戸銭の差を思えば、芸人の金額だって断じて端金ではない。

「なんだってぇ。それじゃあまるっきり、お上が席亭の真似して、俺らの上がりを抜くってことじゃねぇか。まさか劇場《こや》を作ってくれるわけでもあるまいに、ひでぇな。言うことを聞かねぇとどうなるんだ」

　寄席の木戸銭の相場は四銭。ここにいる三人の誰かがトリだったりすれば、もう少し上がることもあるが、そこから、席亭の取り分を抜かれて、出演の芸人たちで分けられる金額は、たかが知れている。

　文治の憤りは分かるが、数年前に戸籍とかいうものが出来て以来、芸人に限らず、お上が何かと下々を見張るような気配は濃くなっている。

「どうなるかは分かりませんが……これを機に、芸人も」

「月に五十銭、お上に上納か……」

　柳橋は腕組みをした。

　言いたいことはおおよそ分かる。

芸人が、毎月五十銭なり二十五銭なりをこつこつ払っていく暮らしをずっと保つのが、いかに大変なことか。自分だけなら良いが、弟子たちのことを考えると、というのが、ここにいる三人、同じくする胸の内である。

「何か、こう、まとまって、助け合ったり、談合したりってことも、考えた方がいいかもしれませんね」

「まとまって、っていうと、あれかい、商人の旦那たちのやる、仲間とか組合みたいな」

「なんだか、似合わねぇなあ」

「ええ。まあ確かに芸人には似合わない話ですが、ご時世ですからね」

「そうだな……ちょっと、ごひいきたちにそれぞれ相談してみよう」

この件はこの件で、ごひいきやお席亭たちへの相談を少しずつ進めながら、圓朝は、ある計画を別に立てていた。

圓朝のもとには、幽霊を描いた絵がずいぶんたくさんあった。引っ越し祝いに芳幾に描いてもらったのがはじめだが、それ以来、何かというといろんな人から幽霊画をもらうようになった。当初は自ら集めようというつもりはなかったのだが、集まり始めるとだんだん面白くなって、つい欲が出た。

浜町の家の近所には、飯島光蛾《いいじまこうが》や松本楓湖《まつもとふうこ》ら、絵師が幾人も住んでいたので、彼らにも頼んで、幽霊画を描いてもらった。描かれた幽霊の色形や表情、動きなどから、噺を語る上でためになることに、気づいたりもする。

「すごいな。これだけのものを持っている者は、そうそうないぞ」

自分といっしょになって、あれこれと引っ張り出して眺めていた芳幾がそう言ったのを聞いて、得意に思うと同時に、あることを思いついた。

二月十一日、圓朝は弟子たちに命じて、柳橋の料理屋、柳屋《やなぎや》に幽霊画を全部運ばせ、借りておいた一番広い座敷にずらりと掛けさせた。

「おいおい、でたらめに掛けるなよ。順番があるんだから」

いわゆる狐狸妖怪の類と、人の幽霊、それぞれを分けて、広間のあちらとこちらの壁に並べる。

「やあ、なんだ今日は面白そうだな。柳橋の柳屋に幽霊が勢揃いか」

一番初めにやってきたのは採菊と芳幾である。

他にも、ひいきの客や席亭などを招いていたが、これまでとは少し違うのは、日日の採菊と芳幾だけでなく、報知や朝野、東京曙《あけぼの》新聞など、各新聞社に招待状を出しておいたことだった。

「これは……」

芳幾が見入っていたのは、柴田是真《しばたぜしん》の手になるもので、朽ちた桟橋に、ざんばら髪を垂らしたままの男が腰掛け、半分振り向いたところが描かれていた。

「恨めしいっていうよりは、さあてどうしようかなっていうふうに見えるな」

「こっちはなんだ。幽霊ってわけじゃないが」

採菊が菊池容斎《きくちようさい》の画の前で首をかしげている。

「ようくじっと見てみてくださいよ」

圓朝がそう言うと、採菊は「ふむ」と言いながら、さらに矯《た》めつ眇《すが》めつしていたが、やがて「なるほど」とつぶやいて、他の画の方へ動いていった。

この容斎の画は、単に、雨風にあおられて揺れる柳を描いたものだ。しかし、じっと見ればば見るほど、「何か」いるように見えてくるから面白い。

次第に、大勢人が集まってきた。そこここで、画を見ながらあれこれと話に興じる人の姿が見える。

「では皆さん、次の間に膳が支度してございます。どうぞ」

軽い食事と酒を振る舞った後、圓朝はここで、〈怪談牡丹灯籠〉のお露新三郎、お札はがしまでを素噺で演じた。

さらに、もう一人、今日は講釈の松林伯圓《しょうりんはくえん》を呼んでいた。新聞伯圓とも言われ、新聞記事を素材に次々と新しいことを話すので、今もっとも人気の講釈師だ。

「西洋には、ばんぱいあという妖怪がございます。見た目は人と全く同じ姿をしておりますが、実はこのばんぱいあ、人の生き血を吸って暮らしておりまして……」

頼んだ折、伯圓が「じゃあ自分は西洋の幽霊の話をしよう」と言ってきたのだが、このばんぱいあの話はずいぶん新奇で、客たちは、血を吸われた人が自分も化け物になり、血を求めてさまよう場を総毛立って聞いたようだ。

講釈が終わるといったんお開きだが、画を見たい方はご随意にと圓朝は告げ、帰る客の見送りをしながら、ちらっと広間を見やった。

各新聞の記者たちが、みなこぞって矢立を動かしている。圓朝は内心でにやりとした。

――せいぜい、書いておくんなさい。こういうことならね。

新聞で読んだ人が、大勢寄席へ来てくれれば、弟子たちをまだまだ食べさせてやれる。月々のお上への上納だって、弟子の分まで全部払ってやれる。

次は、画を百幅までに増やそう。その時はぜひ、弟子たちにも噺をさせたい。そうだ、一門で百物語をやるってのはどうだろう。

あれこれ今後のことを考えると、楽しくなってくる。

――しかし、どこからあんな話仕入れてくるんだろう。

伯圓の西洋怪談が、圓朝は気になっていた。西洋の読み物なんて、どうやったら読めるのか。伯圓に蘭語や英語の知識があるとは思えない。

あとで聞いてみよう。教えてくれるだろうか。

「いや面白かったな。ただな、圓朝。そろそろ、幽霊は時代遅れになるかもしれん。気をつけた方が良い」

——なんだって？

ほろ酔い機嫌の採菊の口から放たれた一言が、圓朝の耳を不意打ちした。

「時代遅れって、どういうことですか」

「あのな。開化先生方は、そういう目に見えない、存在を確かめることのできないものは、お嫌いらしい」

開化先生というのは、西洋の文化を日本に取り入れることに熱心な学者たちを指す。偉そうだとの揶揄《やゆ》ではあるものの、彼らから「時代遅れ」「無知蒙昧《もうまい》」などと名指しされると、やはり皆いい気はしない。

「前時代の遺物。目の前の現象をきちんと見る知識のない、下等の者がうかつに言うことだそうだ」

「前時代の遺物？」

「ああ。当世、幽霊だの狐狸妖怪だの、信じている者は、科学の知識を学んでおらんのだから哀れな者なのだそうだ」

——そんな。

圓朝が色を失っていると、春先だというのに汗をふきふき、伯圓が現れた。

「伯圓さん、どうもありがとうございました」

「いや、こちらこそ。一世一代の場をもらいましたよ。これで、心おきなく幽霊話をやめられます」

「やめる?」

「ええ。鉄道が通り、ガス灯が点《とも》ろうという世に、幽霊でもないでしょう。もっと開化的な話をしていこうと思っていますよ。では、某《それがし》はこれで」

伯圓が帰っていった後、圓朝はおそるおそる、採菊と芳幾に尋ねてみた。

「じゃあ、お二人は、なんですかその、幽霊っていうか、ちょっと不思議だなってな思いを、なさったことはないですか」

「なに、幽霊に出会ったことはないかっていうのか」

「ええ、まあ」

「ないよ」

採菊は即答した。芳幾はしばらく首をかしげていたが、「ないなあ」と言った。

「画ではよく描いているがね。実際にそんな覚えは」

そうなのか。

ほとんどの客が帰った後に一人、まだ残ってじっと画に見入っていたのは、其水だった。

其水こと河竹新七は、ご一新後の芝居でも人気の作者であることは変わりなく、今年に入っても、守田《もりた》座から新富《しんとみ》座と名を変えた劇場に、〈扇音々大岡政談《おうぎびょうしおおおかせいだん》〉との外題で大岡越前《えちぜん》、天一坊《てんいちぼう》の芝居をかけて大入りを取っていた。

菊池容斎の、蚊帳の前に座る幽霊の画にじっと見入る其水に、圓朝はおそるおそる問いかけた。

「其水さんは、どうですか」

「……どうって、何が」

「あの、幽霊とか、妖怪変化とか」

「出くわしたことがあるかって？」

其水はこちらを向いてにやっと笑った。まるでその顔が変化の者のようである。

「あるさ。芝居の劇場なんて、そんな気配がいっぱい溜まってる。それに、そうでなくちゃ、面白ぇ芝居なんて、できないよ」

胸の内でついた安堵の息を知ってか知らずか、其水はもう一度広間全体を眺め渡して言った。

「いやあ、今日は良いものを見せてもらった。ありがとうよ」

片付けを終える頃には夕刻になっていた。弟子たちに画を運ばせながら歩いて、柳橋にさしかかった。

――あの書店、この辺だったな。

自分の本を読んでいた、新朝によく似た男は、店主なのか番頭なのか知らないが、今度行ったら一度話をしてみたい。

しかし、どう見渡してみても、あの時の店と思しき構えは見つからなかった。

「妙だな、確かこの辺だが」

「師匠、何かお忘れ物でも」

「いや。そうじゃないんだが、このあたりに、書店がなかったかい？」

「本屋ですか？」

弟子たちは顔を見合わせた。

「このあたりに書店なんて、見たことありませんけど。なぁ」

「はい。よく通るところですから、間違いはないと思いますが」

「そうか。何か、勘違いかな」

その夜はそのまま帰ってきた圓朝だったが、どうしても気になって、翌日、一人で出かけてみた。

――ない。

「あの、一つお尋ねしますが」

明らかに近隣のお店者《たなもの》と思われる男に、圓朝は思い切って聞いてみた。

「この通りに、本屋はありませんか」

「本屋ですか。さあ……。そうそう、昔は一軒ありましたが、ずいぶん前、確かご一新になる前に閉めてしまいましたよ」

「ご一新の前、ですか」

「そうです。あそこに柳の木が一本あるでしょう。あの脇がそうだったんですが」

ちょうど店一軒分くらいが、空き地になっている。

「何か、そこにご用ですか。と言っても、このあたりも入れ替わりが激しいので、知っている人があるかどうか」

「あ、いえいえ。どうもお手数をかけました」

春風が柳を揺らした。

――新朝。

細い幹に手を触れながら、圓朝はしばし、空を眺めていた。

五　塩原多助

明治九年（一八七六）四月。

圓朝は瀬戸物町の伊勢本で、新しく工夫した一席ものの噺を高座にかけていた。

「……昔は、博打に負けると裸で歩いたもので。ただ今はお厳《やかま》しいから裸どころか股引も脱《と》ることができませんけれども……今、長兵衛《ちょうべえ》は着物まで取られてしまい、仕方なく十一になる女の子の半纏を借りて……」

腕は良いのに博打好きが高じてその日暮らしに落ち込んでいる左官の長兵衛。

ある晩、やはり博打で負け、子どもの半纏一つで長屋へ戻ってくると、娘のお久《ひさ》が行き方知れずだと、女房が半狂乱になっている。と、そこへ吉原の大見世、佐野槌《さのづち》から使いが来て、お久はそこにいると知れる。迎えに行った長兵衛は、両親の暮らしを全うに戻すため、お久が自ら身を売りに行ったことを聞かされる。

「……それでは二年経って身請に来ないと、気の毒だが店へ出すよ。店へ出して悪い病でも出ると、おまえこの娘の罰は当たらないでも、神様の罰が当たるよ……」

こんこんと女将《おかみ》から説教されたあと、娘の身の代である百両を手に歩き出した長兵衛。吾妻橋《あづまばし》にさしかかると、若いお店者が今にも身投げをしようとしている。

引き留めていきさつを聞くと、「店の金百両を紛失した、死ぬ以外に申し分は立たぬ」と深く思い詰めた様子。長兵衛はさんざん思案した挙げ句に、懐の百両をその者に投げつけて長屋へ帰っていく……。

「……さてこれから、文七《ぶんしち》とお久を夫婦にいたし、主人が暖簾を分けて、麴町《こうじまち》六丁目に元結《もっとい》の店を開いたという、おめでたいお噺でございます……」

高座を下りてくると、ぽん太が目を真っ赤に泣きはらして笑っている。

〈文七元結〉。これまでにも似たような噺はあったのだが、圓朝は自分の思う工夫をいくつか入れて、めでたい噺として作り直してみた。

主役の長兵衛を左官としたのは、亡くなった父が芸人になる前、左官だったことが、なんとなく頭にあったからだった。娘の身の代の百両を見知らぬ若い者にくれてしまうのも、父の圓太郎ならそういうことをしそうだ、と思いついたところもある。

そんな父の芸人らしい気まぐれはしかし、身内には迷惑以外の何物でもなかった。

こたび、噺の中で、それが報いられるように作ったのは、こんな気まぐれが、人のためなら許されることもある、そういう噺を拵えることで、なんとなく圓朝自身のこのところの気ぶっせいなもやもやが、いくらか晴れるような気がしたからだ。

「師匠。良い噺だなぁ」

「そうか、そう思うか。そりゃあ良かった。そう思うんなら、おまえさんは絶対、博打なんぞしちゃいけない。それから、困ったら何でも、隠さず正直に私に話すんだよ」

「うん」

——まあ、ぽん太はだいじょうぶだろうが。

ぽん太の楽しみは食べることだけだ。あとは、人から誘われるのでない限り、悪癖《あくへき》に染まる心配はなかった。噺の中から抜け出てきた与太郎そのもののぽん太を博打に誘ったりすれば、圓朝がたいそう怒るのを皆知っているので、まず誰もそういうことはない。

他方、他の弟子たちはどうかというと、これにはどうにも心細いところがあった。

酒、博打、女。人のためどころか、弟子たちの中には時々、こうした己の欲望のどれか——どうかするとどれにも——はまってしまい、もめ事や借金を抱えてしまう者が出る。

徳川の世の頃は、そうは言っても芸人なんてそんなものだと、世の人も思い、芸人の方でも我が身に高をくくって、それでなんとなく年月が暮れてしまったものだが、ご一新後の当世では、そうもいかなくなっていた。

——お上と新聞には、気をつけないと。

つい二月程前には、講釈師の桃井伯龍《ももいはくりゅう》が、弟子の女房に手を出したのを当の弟子に知られ、いったんは金で片をつけたものの、今度は仲間内に知られて「先生とか言われる人がそんなふしだらでは困る」と詰め寄られた挙げ句、「そんな金があるなら」と借金取りまで押し寄せたなどということが新聞に出た。おかげで伯龍は今、行き方知れずだ。

またつい最近新富町の近源亭《きんげんてい》で始まった女歌舞伎は、役者が夜、ひいき客の酒席に出たのが「猥《みだ》りがましい」というので、ほんの何日も興行しないうちにお上から差し止められてしまった。

——どっちも、お厳しいことだ。

もう少し鷹揚でも良さそうなものだとため息を吐いていた圓朝の耳に、何やら押し問答が聞こえてきた。

「小圓太さん。いい加減、金返してくださいよ」

「や、金《きん》さん、すまない。もう少し、待っておくれよ」

「そうはいきません。せめて利息だけでも払ってもらわないと」

「そう大きな声を出さないでくださいよ、師匠に聞こえるじゃありませんか」

楽屋の隣室からだ。

——またか。

「ぽん太。おまえ隣の楽屋に行ってね。金さんを呼んでおいで」

「金さん？　はぁい、分かりました」

金さんこと、囃子方の金太郎《きんたろう》は笛吹きだが、裏稼業で金貸しをしている。若い噺家には、金太郎に高利で金を借りている者が何人もあるようだ。

「これは師匠。何かご用で」

「ああ金さん。小圓太は、いったいおまえさんにいくら借りているんだね」

「え、こりゃあどうも。聞こえましたか」

聞こえるように言ったんだろうと言ってやりたかったが、圓朝はぐっとこらえ、声を荒らげないようにつとめた。

「えーっと、元金に利息、しめて三十七円でげす」

――ずいぶん借りたものだな。

自分の眉間がひくひくと動くのを感じつつ、財布から七円を出して金太郎に渡した。

「じゃあまずここに七円。あとは、明日の朝、うちへ取りにおいで。全部払ってあげる」

「そりゃあどうも」

「それでね、金さん。頼みがある」

「へぇ、なんでげしょう」

「もう金輪際、小圓太には金を貸さないでおくれ。小圓太だけじゃない、うちの弟子には誰も。でないと、おまえさんを今後一切使わないように、使うなら圓朝は出ないとここら一帯のお席亭に申し入れるが、いいかい」

金太郎はおっと、というように首をすくめた。

「承知でがす」

「それからね。もう一つ。私の前ではその、……でげす、だの、でがす、だの、言わないでおくれ」

「はあ？」

「そういう下卑た言い方はね、嫌いなんだよ。どうにも品下っていけない」

「はあ……そうでげ……あ、そうですか、わかりやした」

七円を財布に入れて、金太郎は楽屋から出て行った。

「なんでぃ、気取りやがって。ま、金さえくれりゃあ文句はねぇがよ」

金太郎の捨て台詞と入れ違いに、小圓太が転がり入ってきた。

「師匠。申し訳ありません……あ、あの、破門だけは、どうぞ、破門だけは」

「しょうがないね」

小圓太は、圓朝にとっては弟子であると同時に、実は兄弟子の息子でもある。

小圓太の父、三遊亭圓麗《えんれい》は二代目圓生の弟子で、圓朝が幼い頃、よく面倒を見てくれた人だ。今は圓朝一門の客分のような形になっている。圓朝の前名である小圓太を名乗らせているのは、行く末の期待を込めてのことだ。

「いいね。私にも、お父っつぁんにも、あんまり心配かけるんじゃないよ」

身を縮めて出て行く小圓太の背を見送ったあと、圓朝は人力車に乗った。

「師匠、今日はどちらへ」

「梅廼《うめの》屋へ行っておくれ。長谷川町《はせがわちょう》だ」

「へい」

――やはり伝吉《でんきち》の引く俥《くるま》は乗り心地が良い。

圓朝の抱えの車夫ははじめ、圓作《えんさく》と言って、もとは圓朝の弟子の一人だった。

上州《じょうしゅう》から出てきた者でなかなか訛りが抜けず、弟子たちにも溶け込めずにいたためか、ある時行方をくらましたと思ったら、車夫になっていた。ところが、朝野新聞の記者がたまたまその俥に乗り合わせたことで、「圓朝の弟子、渡世替え」と記事にされてしまったのだ。

それならばいっそ、自分のお抱えになれと言って、圓作を雇い入れた。お幸は「そんな俄か車夫を抱えるなんて」と嫌な顔をしたが、「新聞にあることないこと書かれるより良い。それに寄席のことを分かっている車夫が抱えなら願ったり叶ったりだ」と納得させた。

圓作のおかげで良いこともあった。

昨年作った〈後開榛名梅香《おくれざきはるなのうめがか》〉という噺は、上州が舞台になっている。安中草三《あんなかそうざ》という実在した盗賊が主役だが、圓朝はこの噺を拵えるために、本格的に「実地取材」ということを行った。

十返舎一九の読本に材を得て〈怪談乳房榎《ちぶさえのき》〉という噺を拵えた時も、ある程度の風土地理を確かめることはやったのだが、安中草三については、書物だけに頼らず、できる限り実地を辿った。

これを本格的に口演する際には、上州訛りを再現するのにもこだわり、それがまた評判にもなったのだが、それは、圓作の存在なしにはなしえなかったことだ。

ただ、やはり俄かは俄かでしかなかったのか、圓作はほどなく、体を壊してしまった。上州へ帰りたいというので、まとまった見舞金を渡して、帰れるようにしてやったのだ。

その後に、今度はしかるべき伝手《つて》を頼んで雇い入れたのが、今倅を引いている伝吉である。元は富山《とやま》の薬売りだったということの男は、圓作とは比べものにならぬ屈強の力自慢で、どこへ行くにも重宝していた。

梅廼屋へ着くと、柳橋がすでに先に来ていた。

「これは、お待たせを」

「いやいや。そうそう、三代目はなかなか評判が良いようだね」

「これはどうも。おかげさまで」

圓朝が道具を譲り、師匠の名を継がせた圓生は、見込み通り一門の看板になっている。

「そちらも小柳《こりゅう》さんが、お若いのにおめざましいじゃありませんか」

柳橋の弟子、小柳は実子でもある。柳橋には他にも男子が二人あって、圓朝はうらやましく思っていた。

柳橋はまんざらでもなさそうに相好を崩したが、すぐに真顔に戻った。

「しかし圓朝、互いに身内褒めをし合っている場合じゃない。ともかく、若い者が借財をこれ以上作らないよう、何か良い方法はないか」

「そうですね」

圓朝と柳橋。今、三遊と柳の大一門の頭領である二人は、ごひいきたちとも相談して前年に「睦連《むつみれん》」という噺家の組合を作った。

頭取は柳橋、圓朝ともう一人、桂文治が補佐となり、お上からのお触れお達しは、この睦連あてにちょうだいして、以下諄々《じゅんじゅん》と一門の者たちに伝えることになっている。また月々の税を取り集めてお上に収めるのも、睦連の仕事であった。

二年前、圓朝は弟子に巡査の格好をさせてお調べを受けたが、昨今ではさらにうるさくなっており、高座へちょっと派手な扮装をして出て、立ち上がって踊ったというだけで屯所へ引き立てられ、月々払っている税金の三倍もの罰金を取られるなどということも起きている。

とにかく何が「猥りがましき」とお咎めを受けるか分からない中で、なんとか、若い者たちにせめて、身持ち正しく暮らしを立てていってもらいたいというのが、柳橋も圓朝も願いを同じうするところだ。

「まずは、無用に金のかかることをやめさせましょうか」

「そうだな……と言うと、例えば、何があるだろう」

「羽織は二つ目にならないうちは着ないというのはどうでしょうね」

「それは良いね。着類は金がかかるから。それなら、倅も同じようにどうだろう」

「そうですね。あとは、助《すけ》を頼む時に、金品のやりとりをするのをやめては」

自分がトリの席の助に、人気のある者に出てもらいたいのは誰だってそうだ。だが、それを出演料以外の金品を積んで頼んでいては、互いに首を絞め合うばかりである。

「うん。これをそれぞれ、一門に徹底させるか」

「なんだか、噺家の中に身分隔てをことさら作って縛るようですが」

これならかえって徳川の世の方が気ままだった。

とは、思っても絶対口にはできぬことだ。

「確かにな。だが、これくらい言っておいた方が、これからの為だろう。文治にはこっちから伝えておくよ」

「よろしくお願いいたします」

あれをするな、これをするな。

どうにも弾まぬ思いのまま、伝吉の引く俥に無言で乗り込んだ。

この日二人が取り決めたことは、文治の同意も得て、一ヶ月ほど経ってから、睦連の規則として明確に定められた。圓朝はこれを新聞にも送って、記事にしてもらった。

――こういうもんだと、皆が思ってくれると良いが。

弟子は可愛いが、こう自分が説教じみてくると、面倒くさくなる。

圓朝は「書き物をする」と言って、自室に籠もった。

――時代遅れ、か。

採菊の言葉は小骨のように胸に刺さっていたが、それでも、「怪談百物語」の企てを捨てきれずにいた。

――だって、面白いじゃないか。

少なくとも、自分と其水は、不思議な目に遭ったことがある。幽霊がいたという以外に、どう理解せよというのだろう。

鳥山石燕《とりやませきえん》の「百鬼夜行《ひゃっきやこう》」の画なんぞを見つつ、考えを巡らせ始めた。

――動物が口をきいたりしたら面白かろう。

怪談に、主人の遺恨を猫が晴らす、いわゆる化け猫ものは数多いが、さすがに猫が人語を喋るというのはないようだ。古い噺には〈武助馬《ぶすけうま》〉なんてのがあるが、これは実際には人が喋っているので、馬が喋る噺というわけではない。

などとつらつら考えて、圓朝はこの噺が、元禄の頃の江戸の噺家、鹿野武左衛門の〈堺町馬《さかいちょううま》の顔見世《かおみせ》〉をもとにしていることを思い出した。

武左衛門はこの噺のせいで、お上にとがめられ、島流しに遭ったという。

――いかんいかん、縁起でもない。

思わず首を左右に傾げていると、お幸のただならぬ声が聞こえてきた。

「このお金はなんだい」

誰と話しているのか、相手の声は小さくて聞こえない。

「こんな大金、どうしたの。素直にお言い」

耳をそばだてるまでもなく、朝太郎のわっという泣き声が聞こえてきて、圓朝は思わず声のする方へ出て行った。

「どうしたんだ、大きな声を出して」

見れば、お幸の前で朝太郎が泣き、弟子の圓蔵《えんぞう》がしきりに頭を下げて謝っている。と、母のおすみが圓朝のあとから出てきて、孫を抱きかかえた。

「何を叱ってるの、そんな大きな声で。こんな頑是《がんぜ》無い子どもを、頭ごなしに怒る人がありますか」

お幸がおすみに向き直った。

「頭ごなしに叱ってなんぞおりません。こんな大金をいったいどうしたのかと聞いているのです」

おすみの怪訝な顔を尻目に、お幸は今度は、朝太郎と圓蔵を代わる代わる睨めつけながら、声を震わせた。

「二分金が三つなんて、七つ八つの子が懐に入れている金額じゃないでしょう。子細を聞いて、預かるのが親の役目です」

二分金が三つといえば、一両二分だ。ご一新後の言い方なら、一円五十銭になる。確かに子どもの持つ金額ではない。

「申し訳ありません、おかみさん。実は、その、坊ちゃんの産みのおっ母さんに」

傍から圓蔵がそう言うと、お幸の顔色がさっと変わった。

頭を下げ下げ、圓蔵がやっと話したところによると、今日たまたま、圓蔵が朝太郎の手を引いて歩いていて、お里に会ってしまい、お金を押しつけられたのだという。

「そんなら良いじゃないか。せっかく実のおっ母さんがくれたお金なら、坊が好きなもの買うと良い。ねえ、次郎吉」

「え、ええ……」

母のおすみに言われて、圓朝は曖昧にうなずいた。お幸はきっと口を引き結んだ。

「さ、じゃあ何を買おうか。この祖母《ばば》といっしょに縁日でも行くかえ」

おすみはそう言って、朝太郎を連れて部屋を出て行ってしまった。

お幸は黙ってそのもう見えなくなった後ろ姿を睨めつけている。圓朝はいたたまれず、圓蔵の袖を引くようにして、稽古場へ連れて行った。

「おまえ、いったいどこでお里に会ったんだ」

「それがその、梶田楼《かじたろう》でして」

「梶田楼……どういうことだ」

梶田楼と言えば、吉原の女郎屋だ。下谷で芸者をしていたのではなかったのか。

「申し訳ありません。しばらく前に、梶田楼で花魁になったんだそうです。二階から〝圓蔵さん、どちらへ〟って声かけられちまいまして」

吉原の中にも寄席があり、圓朝も一門の者も付き合いがあるから、大門を出入りするのは仕方ないが……。

「それで二分金三つもらったのか」

「はい」

「まさかおまえ、朝坊に〝あれがおっ母さんだよ〟なんて、言いはしなかったろうね」

「え、言っちゃいけませんでしたか」

「当たり前だ」

そんなことも思い至らないのか。

情けなくなったが、しょせんは身から出たサビ、弟子に小言を言えば言うほど、己がふがいない。

「いいな、これから朝太郎を連れている時は、絶対に梶田楼の前を通るんじゃない。いいね」

「は、はい」

「で、なんていうんだ」

「は？」

「お里だよ。なんて名で出ているんだ」

うっかり会わないように、気をつけなければならない。

「あいひと、だそうです」

「なに？　なんだそれ、珍しい名だな」

「はあ。なんでも、愛嬌の愛に、人と書くんだそうです」

――愛人……。

それ以上圓蔵と話をする気力がなくなってしまい、「ちょっと出てくる」と言って、散歩に出た。

お幸の目から逃れたかった。今面と向かえば十中八九、おすみがあんまり朝太郎を甘やかすと、愚痴《ぐち》をこぼしてくるに違いない。日頃、お里のことについては決して何も言わないお幸だけに、今何を考えているだろうかと思うと、いたたまれなかった。

「兄さん、どうしたものでしょうね」

つい、亡き人を頼りたい思いが口をついて出る。

昔、兄が住職をしていた頃は、よく、悩み事があると寺で静かに座らせてもらったものだ。

これと言って落ち着く場所も探せぬまま、結局、家へ戻るしかなかった。おすみもお幸も、どこか出かけたのか、姿がない。圓朝は今日の出勤の支度にかかった。


出番を終えて帰ってくると、おすみもお幸も何事もなかったような顔をしていたが、圓蔵がまた青い顔をして現れた。

――今度は何だ。

「師匠。小圓太が」

「小圓太がどうした」

「川竹《かわたけ》での出番中に、客席から女が上がってきて、小圓太につかみかかったんだそうです」

「なんだと」

「なんでも、夫婦約束を反故にするなら、あの金を返せ、とかなんとか叫んでいたそうで。小圓太、高座から逃げ出しちまったとか」

——だめだ。

破門。この二文字が胸に浮かんできた時、ぽん太が姿を見せた。

「師匠。これ、預かってきました」

「ん？　手紙か」

「はい」

……しばらく東京から離れて、修業してまいります。面目次第もございません。小圓太
しょうのないやつだ。

圓朝は黙って立ち上がった。

「師匠、どちらへ」

「神田に決まっているだろう。川竹に詫び入れてくる」


八月になると一月半ほど休みを取るのが、ここ数年の習慣だった。まとまった長い噺を拵えたり、あるいはそのための調べ物をしたりというのに使える貴重な長休みだ。

この年、圓朝はまた上州へ行くことになった。きっかけは、つい先日、絵師の柴田是真から聞かされた、商家の零落《れいらく》にまつわる怪異談である。

「圓朝さん、怪談の種を集めているそうだね」

「ええ」

其水の口添えもあって、圓朝は、團十郎《だんじゅうろう》や羽左衛門《うざえもん》、宗十郎《そうじゅうろう》など、役者たちの見聞きした怪異についてかなり聞き集めていた。

「実はここにもちょっとそんな種があるんだが、どうだい、聞いていかないか」

「それはぜひ」

「おまえさん、本所相生町《ほんじょあいおいちょう》に、塩原多助《しおばらたすけ》という炭屋があったらしいんだが、知ってるか」

「さあ、あいにく」

「そうか……まあいい。そこの初代というのがね、上州から出てきた人だというんだが……」

是真の話してくれたところによると、初代の塩原多助という人は、上州から江戸へ来て、一代でかなりの財を成した。ある日、多助を頼ってやはり上州から出てきた人が「自分も多助のようになりたいから元手を貸してくれ」と頼んできたが、多助はそれを断り、「商売をするのに他人から借りる金をあてにするようではだめだ。裏長屋に住まって小さな商いから始め、夜を日に継いで働き、死に物狂いで金を貯めなければ身代なぞ築けない」と諭《さと》したのだという。

——ああ、なんだか分かる気がするな。

芸と商いとの違いこそあれ、身につけるってのはそういうもんだ。本当は自分も、弟子にそれくらいこんこんと説教できたらいいのだろうが。

「で、それがどうして怪談になるんですか」

「そこだよ。で、その田舎者は多助の言葉に従って、こつこつと漬物を商った。存外にうまくいったので、利を多助に預けるようにしたんだな」

店構えのしっかりした大店が、知り合いの財を預かるというのは、まあよくある話だ。

「多助に預けた金が二百両ほどにもなったというので、その人は上州へ帰って田畑を買い、家屋敷を建て直す算段をして、手付けも打って、江戸へ戻ってきた。ところがだ」

是真はここでちょっと勿体をつけた。鼻をうごめかして、いささか得意そうである。自分の話に圓朝が身を乗り出してきたのが、うれしいらしい。

「塩原の店へ尋ねていくと、番頭が出てきて、主人は亡くなった、金を預かった覚えなどないと言ったんだそうだ」

是真がさらに続けたのは、確かに怪談になりそうな酷い話だった。

上州人は多助との間で交わした覚書なども見せて談判したが、番頭には知らぬ存ぜぬの一点張りで逃げられてしまう。

「挙げ句の果てに出入りの職人たちによってたかってうち打擲《ちょうちゃく》されて、追い出されてしまったんだそうだ、気の毒に」

「なるほど。それで」

圓朝は話の先を促した。

「訴えて出ようと思ったんだが、証拠になるような書状まで多助に預けていたものだから、どうしようもない。泣き寝入りで上州へ帰り、女房に理由を話すと、女房は慰めるどころか、〝そんな意気地なしとはこれ以上添えない〟と、亭主を家から追い出してしまう。な、酷い話じゃないか」

「そうですねぇ」

「進退維谷《これきわ》まった男は、江戸へ戻ってくると、塩原の家を恨んで吾妻橋から身を投げた。するとどうだ、圓朝さん」

酷い話を語りながら、どうにも是真は楽しそうだ。

「その亡骸は流れ流れて、塩原の家の前の桟橋へぴたりと止まった」

「ほう」

「見つけたのは小僧だ。〝土左衛門だ〟というので出入りの者たちが見てみると、いつぞやの田舎者。これは厄介だというので、よってたかって、手鉤や長竿で突き出そうとするんだが、何度突き出しても戻ってくる」

——よってたかってが二度出るとくどいな。

是真の噺もどきの口調に、胸中で苦笑しつつも、話そのものにはたいそう興味を惹かれた。

「三人がかりでやっとのことで突き出したとほっとしたのもつかの間、三人のうち二人までがその日のうちに即死、あとの一人はぎゃっと一言残して走り出したっきり、行き方知れずだ」

「ほう……それは恐ろしいですね」

「だろう？　しかも、まだ続きがあるんだ」

「まだあるんですか」

「そうだ。何しろ、そんなことだから、二代目の主人はその祟りを恐れて……ああいやいや、今で言うところの神経病になって、病みついた挙げ句、死んでしまう」

――ここでも神経病、か。

幽霊なんぞいない。すべては神経の災いだ、というのが、近頃よく言われるようになった。聞かされるたびに、不安になる言葉だ。

ご一新前の寺子屋や手習い所に代わって出来た小学校という所では、「幽霊などという迷信を信じてはいけません」と子どもたちに教えているらしい。

じゃあ自分はずっと神経病を生業にして、しかも自分で神経病を患っているんだろうか。自分だけじゃない、あの其水も、それから、話を聞かせてくれた何人もの名題役者たちも、皆が皆神経病だと言うのだろうか。

「おい、圓朝さん、聞いているかい」

「あ、ああ、もちろんです。それで、どうなりました」

「で、跡を取った三代目が嫁をもらった。これが旗本の娘だったんだが、家風に合わずというやつだったんだろうな、小姑《こじゅうと》と番頭とがよってたかって嫁をいじめた」

——またよってたかってか。

「で、嫁はあんまり辛いんで実家へ戻るんだが、父親は昔気質の武士、いったん嫁いだ者を迎えるわけにはいかんときつく叱ったものだから、とうとうこの旗本の娘、塩原の家にある井戸へ飛び込んだ。それが毎晩化けて出る」

井戸と言えば女の幽霊。皿屋敷を持ち出すまでもなく、お約束の取り合わせである。

なるほど。結末はほぼ皿屋敷に似ている。

「どうもそれ以降、塩原の家は急速に没落してしまったということだ」

「で、その塩原という炭屋は、本所に実際にあったんですね」

「ああ、たぶん、な」

——たぶん、か。

裏付けの取れる話であってほしい。何しろ、お上は近頃「噺家が寄席で話すべきは由緒のある〝昔話〟とせよ。低俗なもの、猥りがわしいものは排せ」とまで言ってきている。怪談とは言え、実説があれば、言い分も立つに違いない。

その日、圓朝は是真の家を辞すると、早速本所へ行ってみた。あれこれと聞き回って、塩原家の墓にたどり着くと、存外なことが知れた。

いつも柳橋や文治との会合で使っている梅廼屋の女将が、元は塩原の家の嫁だったという。勢い込んで梅廼屋に子細を聞いてみると、女将は塩原の過去帳を持っていた。

――間違いない。これは何かのお導きだ。

圓朝はその過去帳と、女将から聞き出した〝沼田《ぬまた》〟の地名だけを頼りに、伝吉を供にして、早速上州へと旅だった。

――まるで弥次喜多《やじきた》だな。

東京を発って十日。

途中、宿で蚤《のみ》や蚊に悩まされたり、甘渋い妙な味の酒を出されたり、お上の探索方と勘違いされたりと、散々な目に遭いながらも、圓朝の胸の内は案外愉快だった。

さっきも、宿の風呂場へ行って流しの板の間へ踏み込んだらずるりと足が滑って体が仰向けになった。腰をさすりながら起き上がり、なんだと思ってよくよく足下を見たら一面緑に苔《こけ》むしていて、これでは滑るのも道理と、うんざりして早々に退散したが、それでも思わず戯《ざ》れ歌が一首浮かんだりする。

　青苔に滑る沼田の旅籠屋《はたご》で　さて酷きめにおふ竹やなり

座敷に戻るとすぐに、茶代をはずんで宿の主人を呼び出した。

「このあたりに、塩原多助という人の家がありませんでしたか」

「さあて……どうでがんすか。ちょっくら女房に」

上州訛りも次第に耳に慣れて、だいたい相手が何を言っているかは分かるようになってきた。こちらの言うことも、ゆっくり、何度かやりとりを繰り返せば、まあまあ伝わる。

出てきた女房は、「はっきりは分からないが、原町《はらまち》というところに塩原という油屋がある。今晩は無理だが、明日で良ければ案内しよう」というほどのことを、丁寧な上州言葉で言ったようだ。

「どうぞ、こちらを」

茶代に恐縮したのか、頼んでもいない焼き松茸《まつたけ》が運ばれてきた。

「すみませんね。では、お酒もお願いします」

　松茸や　あとの肴は宿まかせ
一句浮かんだところで、鮎《あゆ》や鶉《うずら》など、心づくしの料理が運ばれて、圓朝も伝吉も舌鼓を打った。

「やあ、今日はまともなご膳がいただけてうれしい。ね、旦那」

旅に出てから、伝吉には自分のことを「師匠」と呼ばないようにと言い含めてある。何の師匠かと周りに聞き耳を立てられるのが面倒だった。

「そうだな」

塩の塊をごりごりかじっているような心持ちのする干物や、赤子の頭ほどの握り飯など、東京では出合わぬ食べ物に正直閉口したが、これも一興である。

旅に出る前は、己の度胸と健脚を誇っていた伝吉だが、険しい峠を越える時に圓朝より先に弱音を吐いたり、風呂場に蛇がいたと言っては顔を青くしたりで、ぶつぶつ文句の出ることも多い。まあまあとそれを宥《なだ》めながらの道中は、まさに十返舎一九の膝栗毛、弥次喜多の二人旅さながらで、圓朝は噺の中に自分が入っている気分であった。

「ぐわぁああ。すーっ、ぐわぁああ」

伝吉の鼾《いびき》に、虫の音が合いの手を入れている。蟋蟀《こおろぎ》のようだ。

――しかし、健気なものだったな。

おおよそ俥を乗り継ぐか、歩くかしながらの行程だったが、一カ所だけ、大沢村《おおさわむら》というところで、渋る伝吉を説き伏せて馬に乗った。

「帰り馬ですだで。お負けしましょ」

そう言ってくれた馬子が、背中に赤子を背負った若い女だったのに興味を惹かれたのだった。

道々、問わずがたりに女が漏らしたところでは、近々、馬子稼業は辞めにして、東京へ出るつもりなのだという。

「うちの人は、農家の三男坊で。馬の扱いが良ぐでここまでやっでぎだけど、このままここにいでも、うだつの上がる見込みはねぇし。それならいっそ、若いうちに東京さ行ごって」

一年前にそう言って土地を出て行った亭主から、つい昨日、どうにか家族で暮らせるめどがついたから、いったん帰る、いっしょに東京へ出ようと知らせがあったのだと、女はうれしそうに言った。

「だども、この馬っこさ連れでいがれないのだけが、切なぐで」

女の言葉を分かっているかのように、馬が首を軽く上げ下げした。

「この馬は、どうするのかね？」

途中、休みを取った時、馬の横顔を眺めながら女に問うた。

「そりゃあ、売るしかねぇでがしょ。ええ所に売れると良いけども」

女は馬の体を撫でながら言った。

――涙？

馬の目が濡れたように光って見えた。

「ね、おかみさん。馬ってのは、泣いたりするもんかい？」

「ええ。泣いだり、笑っだり。馬は、人の気持ちをよう知ってるだから。……なあ、あおや、おれらは東京で一旗揚げるだからな、許せや」

たったそれだけのやりとりで、つい圓朝はもらい泣きしそうになっていた。自分でも妙なものだが、旅で気持ちが高ぶってでもいたのだろうか。

しかし、今ふと思い出しても、不思議と胸がきゅっと摑まれるような心持ちがする。

「おっ」

ふいに首筋がぞわぞわした。手をやると、小さな羽虫である。

付きまとふ枕の元や茶立虫《ちゃたてむし》……そのままだな。

圓朝もいつしか、眠りに落ちていった。

翌日、朝飯を済ませると、女房が「塩原金右衛門《きんえもん》さんが来ました」と言う。

「これはこれは」

連れて行ってくれるのではなく、あちらから呼んでくれたらしい。

圓朝が恐縮していると、金右衛門なる人物が入ってきて座り、丁寧に挨拶をされてしまった。きちんと羽織を着て、富裕な商家の隠居といった風情である。

圓朝は「梅廼屋の親類」と名乗って、塩原家についてあれこれと尋ねてみた。

噺家と名乗らないには、実は理由がある。

先年の安中草三の時に味わったことだが、田舎の人には「噺家」が通じないことが多々ある。話をするだけで生業になるのか――と、妙なものに出合ったとでも言いたげに、じろじろと総身を値踏みされるのは、なかなか耐えがたい。まさかそこで一席始めるというわけにも行かない。

金右衛門は自分は初代の甥に当たると言った上で、一族について知るところを、ぼつりぼつりと語ってくれた。

——やはり、そうなのか。

話を聞きながら、それまで漠としていた思いが、少しずつ形を成していくのが分かった。

田舎の農家や商家に生まれた、次男や三男、あるいは妾腹の子らが、どこでどう生業を見つけ、続けるか。そして、それがどれほど困難か。

江戸に生まれ育ち、東京で暮らす自分には思いも寄らなかった、田舎の人々の事情が、今、圓朝の心を惹きつけていた。

圓朝自身も、幼い頃あちこちへ奉公にやられ、落ち着きどころのない思いはしているが、それでもどこかで、「いざとなったら自分には寄席がある」「寄席へ戻ればなんとかなる」と、甘えたところがあったように思う。

しかし、金右衛門から聞いた塩原家ゆかりの話には、よんどころないいきさつから生まれた土地を追われ、知り人もいない不案内な土地——たいていは江戸、あるいは東京だ——で、一から自分の居場所を築かなければならない、決して後戻りを許されず、泥の中を這い回ってでも身を立てようという人たちの、粘った気質が感じられた。

——東京で一旗揚げるだからな。

馬子の女の声が蘇る。

田舎の人たちが必死に身を立てようとするひたむきさは、むしろ今の圓朝にはしっくりくるところがあった。

現在、東京の噺家たちが演じる噺の中にも、田舎の人が江戸へ出てくる物語がないではない。しかし、それらの背景にある人々の事情や気持ちを深く考えたことはこれまでなかった。

人気の噺家、三遊亭の頭領であり続けるためには、一日たりとて、気を抜くということは許されない。後戻りはできないのだ。きっと周りからは、噺家なんてぱあぱあしゃべっているだけ、圓朝なんて妙に人気があって気楽にやっているだけと、思われているのだろうけれど。

――違う、気がする。

今の寄席には、「田舎から出てきた東京もの」がたくさんお客に来る。そういう人に、この塩原の物語を聞かせるならば、面白みがあるのはお家騒動に絡んだ怪談ではないのかもしれない。

――考えてみよう。

秋になった。

塩原家の噺の案をあれこれと考えつつも、そこここの席亭たちの求めに応じて、〈怪談牡丹灯籠〉や〈乳房榎〉などを口演する日々が続いた。相変わらず、どこも大入りなのはありがたい。

この秋、圓朝はまた引っ越しをした。

転居先は本所南二葉町《みなみふたばまち》。思い切って五百坪もの地所を求め、圓朝の希望どおりに新しく建てたもので、庭に池を拵えたり、茶の湯や座禅のできる庵室をもうけたりしてある。

ちょうどこの新居が出来た頃、朝野新聞に「三遊亭圓朝伝」という記事が出た。信夫恕軒が書いたもので、子どもの頃の話や、師である先代圓生との話など、圓朝本人だけでなく、周りの者たちからも聞いて、まとめたものだった。

――ずいぶん持ち上げてくだすったな。

親孝行、師匠孝行、芸熱心、博学、勉強家……恕軒は自分の文章だけでなく、朝野新聞社長の成島柳北《なるしまりゅうほく》、漢学者の塩谷青山《しおのやせいざん》らの言葉も加えて、圓朝を誉めちぎってくれていた。

「よう、圓朝、いや、圓朝先生。ずいぶん格を上げたもんだな」

「お偉くおなりで、お近づきにはあんまり、なりがたこうの師直《もろなお》様、ってな」

睦連の寄り合いに行くと、柳橋と文治がにやにやしている。

「いや、どうも……」

芸人同士。互いに腹の底の底は、分からない。文士さまや新聞社に取り入ってうまいこと名を売りやがって、お高くとまりやがってと、思われているかもしれなかった。

「新政府のお偉方のお邸にも呼ばれていくんだってな。まあせいぜい、芸人の暮らしが立つよう、取り入っておいてくれ」

文治から投げかけられた「取り入って」の言葉が、圓朝の癇《かん》にひどく障った。

——そっちが自分で、お招きがあるくらいになったらどうだ。

喉元まででかかった台詞を、なんとか引っ込める。

寄り合いの本題——毎度のことだが、若い者たちの行状とお上への納税、そして寄席へのさまざまなお触れお達しの確認である——が終わると、文治は「お先」と言い捨てて帰ってしまった。

「なあ、圓朝。文治を悪く思わないでやってくれ」

「はあ」

「あいつの親父、旗本の出だろう」

「ああ、確かそうでしたね」

当代の父、四代目文治が直参の鉄砲組の家の三男坊だったことは、圓朝も聞いていた。

「やっぱり良い気はしないんだろうさ。だからあいつ、〈上野戦争〉とか、やってるし」

上野の戦争は、芝居の世界でも其水が取り上げたりしているが、最近、文治も噺にしてしきりにかけているらしい。もともと、圓朝と文治とは、芸風に近いところがあるのだが、圓朝は時代の古き新しきを問わず、あまり戦噺が好きではないので、近頃では文治と素材が重ならないことに、正直いくらか安堵を覚えていた。

「だからおまえさんが、新政府のお偉いさんのごひいきを受けているの、なんとなく面白くないんだろうよ。ま、飲み込んでやってくれ」

圓朝だって、今でも心のどこかに徳川びいきの部分がなくはない。とはいえ、新政府の人々にもいろいろあるというのが、近頃の言い分だった。が、それはきっと、文治には言わぬ方が良いことなのだろう。


柳橋と別れて帰ってくると、くだんの「新政府のお偉いさん」の一人、陸奥宗光《むつむねみつ》からの書状が届いていた。

――新政府だって徳川だって、ひいきにしてくださるなら、お客様だ。

翌日、圓朝はもう何度か訪れたことのある、深川清住町《きよすみちょう》へと俥を向かわせた。

「やあ圓朝君。よく来たね」

「どうもお招き、ありがとうございます」

「さ、お入んなさい」

宗光は圓朝よりいくつか若いようだが、あちこちで切れ者と恐れられていると聞く。だが、圓朝に気さくに応対してくれる顔は、下がりがちの目尻がいっそう柔らかく、穏やかで、刃の閃光《せんこう》のちらつくことはまるでない。

「先日、君が口演してくれた、ええと、なんだったかね、そうだ、〈文七元結〉か。あれは教訓も含んで、良い噺だね。しかも、未だに江戸っ子を気取る者たちの心性も、よく表れている。良い所も、悪い所も」

「そう仰せくださいますと、恐れ入ります」

圓朝が頭を下げると、宗光はその背をぽんと叩いた。

「そんな君、僕に対して慇懃《いんぎん》にしなくて良いよ。もっとざっくばらんに話したまえ」

「は、はあ」

僕、君。新政府にゆかりの人に会うと、この言い方をよく耳にする。近頃では、採菊など、新聞社の者たちも使うようだ。

――新三郎と志丈《しじょう》のやりとりなどは、これで行くのも一案だな。

〈牡丹灯籠〉の萩原新三郎と医者の山本《やまもと》志丈の台詞などは、僕、君を用い、その呼称に合うように他の言い回しも変えてみると、当世風になって、新鮮味があるかもしれない。

そんなことを思いついてつい上の空になっていたが、宗光の方はまったく頓着せず、広間の方へ行くよう、にこにこと圓朝を促した。

「今日はまた父の元に人が集まって、何か話しているようだから。遠慮なく聞いていきたまえ」

宗光は圓朝を自邸に招いても、常に噺を要求してはこない。それでいて必ず「倖代だ」と言って祝儀を欠かさないあたりは、さすがに元新橋《しんばし》の人気芸者を妻に持つだけのことはある。

ただ、目下圓朝の心を、この宗光以上に惹きつけているのは、父親の伊達《だて》千広《ちひろ》であった。

「では、お言葉に甘えましして」

屋敷の広間に、何人かが腰をかけている。

「やあ、圓朝君も来たか。ゆっくりなさい」

集まっていた人から振り向いて見られて、いささか戸惑ったが、ここに集まる人々は、芸人をじろじろと値踏みするような無粋な人たちではない。圓朝はおっとり構えて、軽い会釈で人々の視線に応えた。

「さて、では今日は、美というものについて語ってみようか」

千広は和歌や禅に通じていた。以前、やはり宗光に招かれた折、千広が広間で人々に講話しているのを聞いて、圓朝はぜひ自分にも聞かせてほしいと頼んだのだ。千広は快く歓迎してくれて、以来たびたび陸奥家に足を運んでいる。

「では、本日の腰折れは……」

千広はそう言って口元を緩めた。腰折れなどとはもちろん謙遜で、ここで詠まれる歌を、いつも圓朝は懸命に覚えて帰る。本当は矢立を出して書き留めたいのだが、それをすると千広にやり込められるので、我慢していた。

「朝な朝な朝めよく見る朝顔は同じ花ともあかれざりけり」

――同じ花ともあかれざりけり……?

「さて、ここに、鉢植えの朝顔がある、とお思い召され。毎日、毎日、一つ咲いてはしぼみ、また一つ咲いてはしぼみ。こつこつ、よう咲く健気なものじゃ」

ひょうひょうと枯れた風貌の千広には、もし圓朝の兄、玄昌《げんしょう》が長生きしてくれたならば、こんなふうになったのではないかとふと思わされるところがあった。

「これを毎朝見て、美しいな、と思う。翌朝になると、また咲いて、またやはり、美しいなと思う。これは、人情の常であろうの」

ゆったりと不思議な間が、圓朝を穏やかな気持ちにしてくれる。

「さて、同じ鉢に咲くのだから、当然ながらこれは皆、同じような花。なのになぜ、毎日美しいと思うのだろう。みな、いかがかな」

居並ぶ人が皆一様に首を傾げた。圓朝もやはり首をひねった。

――そういえばそうだ。なぜだろう。

噺を高座で始める時、以前に聞いたことのある噺と分かって、客が「なんだ」というつまらなそうな顔をするのが見て取れる時がある。もちろん、筋は同じであっても、その都度飽きさせぬよう、精一杯の芸は見せているつもりだ。

しかしそれでも、手を替え品を替え、新しい噺、新しい趣向をしなければ、といつも追い立てられる気持ちになってしまうのは、素噺に変わってからも、道具入りで仕掛けを工夫していた頃と、あまり変わっていない。

噺を作るのは好きだし楽しいが、時に客の「なんだ」に出会って、どうにも憂鬱《ゆううつ》で面倒な気持ちから、抜けられなくなることもある。

「お分かりかな。実はこれは、〝忘却〟の効用じゃ」

千広はそう言ってにやっと笑った。

「昨日のことは今日忘れ、朝のことは夕べに忘る。だからこそ、同じ物を食べても日々に新しくうまく、同じことを聞いても初めての心地で楽しんで聞ける。どうも人間、我欲が強くなると、なんでもかでも覚えておこう、残しておこうとするが、それは存外、不幸のもとということじゃ。某《それがし》など、昨今ずいぶん幸せですぞ」

人々から少し笑いが漏れた。

――忘却か。

圓朝も思わず微笑んでしまう。

千広が人々の向こうから、こちらを見て笑っている。

こうして、陸奥の屋敷は圓朝にとって、ごひいきというよりは、自らが心楽しめる場所だったのだが、残念ながら、それは長くは続かなかった。

明治十年（一八七七）の五月、千広は深川で最期の時を迎えていた。

臨終の間際、千広は圓朝を呼び寄せるよう、宗光に告げた。その頃横浜《よこはま》の寄席に出ていた圓朝は大慌てで汽車と俥を乗り継いで、その枕元に駆けつけた。

「御前」

間に合ったのは本当に僥倖《ぎょうこう》だった。駆けつけた圓朝の手を取った千広は、しかしもう精一杯に見えた。口だけがぱくぱく動くのを、圓朝は必死で、千広が何を言っているのか、読み取ろうとした。

……た……き……。

もどかしいまま、千広の呼吸はどんどん弱っていく。なおも聞き取りたいとは思ったが、さすがに陸奥家の人々に遠慮されて、それ以上千広の言葉を受け取ることができなかった。

「父上。父上」

宗光と、その義兄の伊達宗興《むねおき》らが声をかける中、千広は静かにこの世を去った。

葬儀の日の夕刻、自宅に戻ってきた圓朝は、庭の池でぽちゃん、という音を聞いて思わず目をやった。

大きな尾と背びれのようなものが、沈んでいくのが見えた。

——鯉《こい》……？

池は作ったが、鯉を入れた覚えはない。

折から、日に日に長くなっている日脚が、水面を橙の光で照らしだした。

——まるで滝のようだ。

きらめく光が、細かな流れを作って、水面に降り注いでいく。

「えっ」

金色に輝く鯉が水面に顔を出し、光の滝を昇っていくのが見えて、圓朝は思わず声を上げた。

……た……き。

滝、だったのか。

そういえば、自分が陸奥の屋敷で披露した中に、とりわけ千広が気に入った噺があった。

噺と言ってもごく短い、小咄に類するものだ。

「これは昔の、とある大名家のお話でございます。将軍家へ鯉を献上しようと、両国橋を渡ろうといたしますと、鯉が跳ねて川へ飛び込んでしまいました。これはたいへんとみな大騒ぎしておりますところへ、冷や水売りが通りかかりまして、〝任せておけ〟と申します」

千広は、長講の怪談噺などより、こんなたわいのない小咄を喜んで、いくつも聞いてくれた。

「……さて冷や水売り、自分の商売ものの清水を橋の欄干《らんかん》からさらさらと川へ注ぎ入れまして〝さあ、滝だ滝だ滝だ〟」

このオチは、千広のいたく気に入ったようだった。

「登竜門か。それは良い」

鯉の滝登りの故事を踏まえたばかばかしい噺なのだが、千広はこの時、こう付け加えたのだ。

「滝が自分に落ちてきているな、この滝は今自分が昇るべき滝だな、と気づく鯉でなければならん。たとえ、冷や水売りの流す水であったとしても。それが、志を持つ者の道だよ」

千広の声が耳に蘇る。

金色の鯉はやがて、空高く消えていった。

「さっきはずいぶん夕焼けがきれいでしたねぇ。夕焼けの翌朝は晴れって言いますけど、きれいすぎる夕焼けは、かえって雨を呼ぶと聞いたことがあります、どうなんでしょう」

お幸が膳を整えてくれながら、そんなことを言った。

――お幸には、鯉は見えなかったんだな。

弟子も誰も、鯉を見たなぞと騒いでいるものはない。

「竜が昇ったからだよ。雨が降るのは」

「え？」

「ああいや、なに、ふとそんな気がしただけさ」

この翌年、陸奥宗光は、西南戦争《せいなんせんそう》に呼応して政府転覆を謀ろうとした土佐立志社《りっししゃ》の林《はやし》有造《ゆうぞう》、大江卓《おおえたく》らと通じていたことが発覚し、禁固五年を言い渡されて投獄されてしまった。宗光にとって、「昇るべき滝」がそこにあったのかどうか。むろんそれは圓朝には分からなかった。ただ、千広のために、宗光が無事戻ることだけを祈った。

六　真景累ヶ淵

「……師匠、じゃあ、本当に良いんですね」

「ああ。うまいことやっておくれ」

頭の上、髷にざっくり、刃物の入る手応えがする。床屋はそれから、頭全体に少しずつ、丁寧に鋏を入れ始めた。

鏡の中の変わっていく自分をまともに見る度胸がなくて、思わず目を閉じる。

——おっ母さん。

二月前、母のおすみが亡くなった。七十を三つ越えたところだった。

今年の四月には、圓朝の噺〈業平文治《なりひらぶんじ》〉が春木座《はるきざ》で芝居になるというので、一門総出で見物に行き、おすみも同行した。

「まあ、うれしいねぇ。おまえの噺が、ねえ」

おすみは何度も繰り返しそう言っては、目頭を押さえつつ桟敷《さじき》に座り、瞬きするのも惜しいとばかり、食い入るように舞台を見ていた。

春木座は、いわゆる三座のうちではないものの、片岡我童《かたおかがどう》や市川新十郎《しんじゅうろう》、岩井紫若《しじゃく》といった手堅い配役で、客の入りも良かった。

ずっと以前、其水こと河竹新七が〈お美代新助〉を芝居にした時は、それが圓朝の噺に材を得ていたことは、特に披露目もされず、こちらも喧伝できるような立場にはなかったのだが、こたびはそうではない。

春木座では大々的に「圓朝作」を謳い、こちらからは舞台にかかる引幕を贈って互いに盛り上げ、またゆかりの芸者衆がずらりと客席に並ぶ日ももうけられるなど、派手を競った。ただ、圓朝の胸の内では、おすみの喜びようが一番のごちそうだった。

「ただね、おまえ、良い気になっちゃいけないよ。今年は前厄だろう。気をつけないとね。こんな良いことがあったあとは、かえって何があるか分からないから」

おすみは芝居が終わると、今度はこう繰り返した。

――そういうおっ母さんが向こうへいっちまっちゃぁ。

七十と言えば古来希なり、七十三ならば確かに十分長生きだったと言えようが、息子にしてみればそんな他人様の物差しでは測れない、「もう少し」がある。

四十九日を終えた圓朝は、ずっと迷ってきたことを、とうとう決断した。

「髷、落としておくれ」

明治もはや十二年。「治まる明」と悪態を吐いていた江戸っ子たちも、今や開化開明の旗印にすっかり鳴りを潜めた格好だ。

柳橋がいち早く散切りにした頃には、まだまだ髷を頭にいただいている人が多かったのだが、さすがにあれから七年、髷付きはそろそろ少数派になっていて、圓朝は役者の中村芝翫《しかん》、本所のそろばん屋の主人と三人して「ちょん髷の三幅対」などと並び称せられ、その少数派の頭取のように言われていた。

早く切ってしまおうと思っていたのに、いざとなるとなかなかその踏ん切りがつかぬまま過ごしていた。この三年ほどは月代は剃らず、束ねて総髪にしていたのだが、ようやく散切りにする決心がついた。八月は寄席には出ないから、高座で騒がれる前に、あちこちでそおっと慣れておけるだろう。

「師匠。できましたよ」

「……ん」

いくらか縮れた己の毛が、髪油できれいになでつけられている。

「とうとう、師匠も、ですね。手前はちょっと寂しいような」

「いやいや。そう言っておくれでないよ。私のは言ってみれば、〝親の供養に出家のまねごと〟みたいなものだから」

芝居の台詞みたいな調子をつけて、圓朝は床屋の亭主の笑いを誘った。

――これが厄落としにでもなるといいんだが。

その年もそろそろ暮れようという頃だった。

「師匠。たいへんです」

圓之助が青い顔で現れた。

「どうしたんだ」

「それが……今浅草の並木《なみき》亭へ行ってきたんですが、圓遊が」

並木亭には弟子で真打の圓喬がトリで出ている。仲入り前の助に出ているのは、そろそろ真打になりたくてしかたないであろう圓遊だ。

「〈山号寺号《さんごうじごう》〉なんてのをずいぶん短くやったなと思ったら、あいつ、立ち上がって座布団外しちまったんです」

「座布団を外した？」

「はい。で、何するんだと思ったら、三味線が鳴ってきて。あいつ、着物の裾をぐいっと帯へ挟み込んで、〽向う横丁のお稲荷さんへ、って始めやがって、妙な踊りを」

「踊り？　立ち上がってかい」

「はい。〽アンヨをたたいてしっかりおやりよ、なんて、端唄《はうた》の〈すててこ〉歌いながら、丸見えになった猿股の足をぽかすか叩いてひょこひょこと」

圓之助はちょっと真似してみせたが、それが師匠の前であんまり品下ると思ったのか、すぐに止めると、「すいやせん」と小さくつぶやきながら頭を下げた。

「困ったやつだな。お咎め、罰金だぞ。……で、客は」

「それが、客は大受けでして。あんな拍手、久しぶりに聴きました」

そう言ってしまって、圓之助はしまったという顔をした。

――そんなことを。

芝居に類似の所作、仕掛けは厳禁。噺家の踊りは座ってのみ。これがくどくど、耳にタコ、目にはさしずめイカでも泳いできそうなほど、お上から言い渡されているお触れだ。

「今さら何を言っても仕方あるまい。本人だって罰金が来そうなことくらいは分かっているだろうからね」

「はい」

「他の者がうっかり真似しないように、おまえさんも気をつけといておくれ」

圓之助を下がらせて、圓朝は考え込んだ。

三味線鳴物がちゃんとついていたということは、初めからそれをやるつもりで、仕込んでいたということだ。はずみでやったわけではない。

〽まだまだそんなこっちゃ　真打にゃなれねぇ
ふと自分でも〈すててこ〉の一節を口ずさんでしまって、圓朝は苦い顔になった。

——罰金で並木亭に借金ができても、助けてはやらんぞ。

しかしここ数年、罰金よりももっと恐ろしいものが寄席界隈を襲っていた。

「これじゃあなぁ……」

帳面を眺めて頭を抱えているのは圓之助だった。近頃は自分が芸人として寄席へ出るより、一門の芸人たちの出番を調整する裏方仕事を主にやってくれている。

「やはり、だめかね」

「あ、師匠……はい。流行病には勝てません」

「そうだねぇ……コロリとは、よくぞ名付けたものだ」

コロリコロリと人が死ぬ。名前の響きが素っ頓狂な分、よっぽど不気味だ。本当はコレラと言うのが正しいのだと、条野採菊が自慢げに話していた。桜痴《おうち》から教わったらしい。

採菊の「東京日日新聞」には、しばらく前から福地《ふくち》桜痴という洋行帰りの文士が加わっていた。西洋事情に詳しい桜痴は、イギリスだのドイツだので作られた物語を、採菊を通してもたらしてくれるので、圓朝にとっては得がたい存在になっていた。

しかし、こと病に関しては、正しい名が分かったところで、病人が減らなければ何にもならない。

明治十二年（一八七九）の秋からはやりだしたコロリは、年が改まっても収まる気配を見せず、東京では多くの人死にが出ていた。

府内の寄席や劇場はどこも客が集まらず、長らく営業を見合わせたり、中には立ち行かなくなって閉めてしまったりといったところも増えてきている。勢い、芸人の出番はめっきり減っていた。

「私が二十歳くらいの頃にも一度はやったが、あの時よりずいぶんひどいようだねぇ」

圓朝は昔を振り返った。無我夢中で、ただひたすら売れたくて、売れたくて、あがいていた。噺を作って、稽古していた以外は、何にも覚えていない。

「ええ。まああの頃より、江戸、いや、東京の人が増えてますから、仕方ありませんねと言いたいところですが、これでは……」

圓之助が眉根に皺《しわ》を寄せた。

あの頃は、自分のことだけ考えていれば良かった。しかし、今は違う。

――このままでは、また借財を作ってしまう者が出る。

寄席の席亭たちの中には、金を貸すのと引き換えに、これから先の出番を縛ったり、木戸銭の上がりの取り分を削ったりと、芸人の今後を圧迫するようなやり口をする者もある。そういう者が増えると、本人だけでなく、他の者にも難儀がかかるから、「席亭から金を借りるな」と口を酸っぱくして言っているのだが、現状ではやはり難しいだろう。

「ちょっと、出かけてくる」

圓朝は俥を走らせて、両国の立花家へと出向いた。

「おやおや、圓朝さんじゃないか。そちらからわざわざお運びとは」

「お席亭、押しかけてすまないね。実は、一つ、相談がある」

「何でしょう」

立花家なら、付き合いも長いし、何より、無理な算段をしてこけら落としをつとめてやった義理もある。自分に向かってそうあこぎなことはするまい。

「お金を用立ててほしいんだ」

「お金ですか。師匠に。妙なことをおっしゃいますな。していかほど」

「百円。その代わり、質草は私だ。着類や道具もつけよう」

「え……」

席亭は絶句して圓朝の顔をまじまじと見た。

弟子がそこここで細々と金を借りて、蜘蛛の巣ばりに身動きが取れなくなるよりは、こうしておいた方がよっぽどましだ。思案の末の策だった。

「そりゃあまるで〈文七元結〉みてぇですが……わかりやした。他ならぬ師匠のことだ。ご用立ていたしましょう」

圓朝は圓之助に言いつけて、仕事がなくて困っている者に、立花家から借りた百円から、月々ある程度の額を渡してやるよう指図した。

「おまえさん、またそんなふうに弟子にお金を使って。大丈夫なんですか」

様子を知ったお幸が心配そうに、圓之助のつける帳面の手元をのぞき込んだ。

「それも、立花家さんから借りたりして。またおまえさんが体に無理をすることになりかねないじゃありませんか。なんなら井上《いのうえ》さまや山岡《やまおか》さまにお願いすれば良かったのに」

井上馨《かおる》に山岡鉄舟《てっしゅう》。投獄されてしまった陸奥宗光に代わり、圓朝をひいきにしてくれている新政府の要人たちである。

洋行帰りの井上は外務卿、剣の達人の鉄舟は天皇の側近として宮内省に勤めている。圓朝はそれぞれの屋敷に招かれることも多かった。

「いや、あのお方たちに頼むわけにはいかないよ。おまえだって分かるだろう」

そう言われると、お幸はちょっと考えて、「ああ、そうですね」、とうなずいた。

「そうでした、すみません。〝借りる〟って言葉は、お座敷では通用しませんものね。物ねだりになっちまう」

席亭はいわば商売仲間だが、ごひいきの旦那方はお客さまだ。さすがにお幸はもとが芸者だけあって、こういったけじめについてはよく分かってくれる。

芸を愛でて、下さる祝儀なら、金にせよ物にせよ、遠慮なくいただけば良い。しかし、こちらから物欲しげな様子を見せては、芸人の値打ちが下がるというものだ。

「ともかく、コロリが収まってくれるまで、なんとか皆をなだめて行こう。……ああ、圓之助」

「はい」

圓之助の帳面を見ながら、いくつかの名前を指で示した。

「手数だがね。この子たちには、金じゃなくて、できるだけ米や炭なんかを、物か切手でやっとくれ。せっかくの金を、博打に持ってっちまうといけない」

「あ、確かに。承知しやした」

圓之助が名前の下に小さく合点をつけた。

——弟子って字は、弟と子どもって書くんだよな。

手数がかかるのは、仕方ない。

圓朝は口の中で小さく「本厄、落としたいものだが」とつぶやいた。


一方、弟子といえば、圓朝の怒りと心配をよそに、圓遊にお咎めの来る様子はなかった。それどころか、師である圓朝は言い出さないのに、席亭たちの音頭取りで、真打昇進が決まりつつあった。しかも毎日圓遊を目当てに来る客が増えたというので、方々の寄席から「うちにもぜひ出て、〈すててこ〉をやってくれ」という申し出がわんさと届いて、出番を組む圓之助の頭を悩ませるようになった。

弟子たちの聞き込んで来たところでは、久々に客が呼べるというので、席亭たちが密かに結託、お上の探索方に前もってかなり渡しているのではないかという。

言い換えれば、それだけ払っても良いと席亭たちが考えるほど、圓遊の〈すててこ〉目当ての客が多くなったということだ。

次第に圓遊自身も意を強くしたのか、呼ばれる席すべてに顔を出そうと、本来若輩は遠慮すべき俥で堂々と乗り付け、どうかすると楽屋口からではなく、客席の後ろから入ってそのまま客の見ている中を舞台へ上がり、「〽すててこ、すててこ」と歌いつつ、自分の鼻を取って捨てる動作をしながら袖まで歩いて引っ込むだけして、さらにまた俥で次の寄席へ出向くという破天荒な振る舞いにまで及んだ。これがかえって一層、客の気持ちを惹いているという。

もともと、圓遊は鼻が顔全体の造作に比して大きく、それだけでも一見すると忘れないような風貌なのだが、この「〽すててこ、すててこ」を機に「鼻の圓遊」なるあだ名までついて、今やすっかり人気者、圓遊の俥が着くと、他の芸人は噺の途中だろうがなんだろうがいったん止めて、出番を譲るほどになってしまった。

そんな破格の扱い、三遊の頭領たる自分だって一度も受けたことがない。

圓朝はなんとなくむっとした。というか、むっとしている自分にさらにむっとした。

加えて、身を質に入れた百円では、本厄の疫病神は圓朝を許してくれなかったらしい。

明治十三年（一八八〇）の八月、恒例の夏の長休みを過ごそうと上州の伊香保へ赴いた。時節柄よそうかとも思ったのだが、「家にいたらおまえさんは休みにならないでしょう」とのお幸の勧めもあり、例年通り、定宿にしている掃雲楼《そううん》へ赴くことにした。亭主の永井喜八郎《ながいきはちろう》は、圓朝の宿での過ごし方を心得ていて、必要以上の殊更なもてなしはせず、その代わり、いつでも好きな時に読めるようにわざわざ数紙の新聞を宿に取り寄せてくれていた。

東京にいる時と違い、思案や書き物を中断されることのないこの長休みは、圓朝には貴重な時間だった。

掃雲楼での逗留もそろそろ二十日になろうかという頃、圓朝が手に取った中に、東京曙新聞があった。

——あれ、こんなところに名が。

圓朝は紙面を見直した。慌てて新聞を引き上げたせいで、茶托に載っていた湯飲みをうっかりひっくり返してしまった。中身を飲み干していたのが幸いだった。

己の名が新聞に出るのはよくあることなので、それだけならもう驚きもしないが、ここで見つけた記事にはとんでもないことが書かれていた。

——朝太郎が掏摸《すり》で捕まった？

「圓朝の長子浅太郎」が家出をして掏摸に弟子入りした。果ては、亀戸天神《かめいどてんじん》の縁日で参詣人の腰から煙草《たばこ》入れを盗み取ろうとして捕まった——そんな顛末にかなりの紙面が割かれている。

「……浅太郎というは先妻の遺子にて今の妻は柳橋の芸妓上がりの気随者《きずいもの》故、とかくに浅太郎をむごくあしらい……圓朝が家にある時は手荒きこともせざりしかど、此節圓朝は上州伊香保の……」

圓朝の留守中に、お幸から「口ぎたなく叱りて長煙管もて打ちすえなどし、或いは有合う物を投げつけて面部その他に生疵《なまきず》の絶え間もなく、三度の食事はろくろく与えぬ」等々の継子《ままこ》いじめを受けた挙げ句、家出をしたなどとある。

——よくもこんなでたらめばかり。

お幸がそんなことをする女でないことは、圓朝の周りの者なら皆よく知っている。

うかつに悪習に染まりやすい芸人の中にあって、万事自分が締めなければと気を張っているお幸は、確かに朝太郎だけでなく、弟子たちにも厳しくあたるので、煙たがられているのは否定しないが、何があろうと、手を上げるような「気随者」では決してない。むしろいくらか「気随」なところがうち交じってくれた方が、もう少し朝太郎も弟子たちもなつくかも知れぬと密かに圓朝は気をもんでいるほどだ。

まして、食事を与えぬなどとは言語道断だ。お幸は、あの井上侯から「東京の料理の一は八百善《やおぜん》、二がお幸」と過分なお褒めの言葉をいただくほどの料理上手、身内に対しても、日頃から腕を惜しむことはない。

——むしろ、あれの方が……。

あれ。すなわち、朝太郎はしかし、おすみに甘やかされて育ったせいか、偏食が激しく、どうしようもないところがある。これは嫌い、あれは食べたくないと、いつもお幸を困らせているのは事実だった。

記事では、行方不明の朝太郎を弟子たちが探し回り、三課に送られるところを弟子の圓《えん》馬《ば》が見つけたとなっている。

——本当だろうか。

でたらめばかりの記事。

だいたい、名まで「浅太郎」と間違っている上、朝太郎は「先妻の遺子」ではない。いっそ掏摸で捕まったことそのものが、間違いであってほしいと切に願った。

あくまで採菊らからの聞きかじりだが、東京曙新聞の編集長、末広鉄腸《すえひろてっちょう》という人は、何かというと今の政府を論難するような記事を書くらしい。政治に口出ししたがる文士たちの主義主張はよく分からないが、ひいきに政府要人が多い圓朝のことを、よく思っていないのは確かなようだ。

——もし本当なら、電報でも来そうなものだが。

とはいえ、お幸も弟子たちも、夫や師匠に気を遣いすぎて、圓朝が帰るまでに自分たちでなんとかしようと右往左往している、というのも、十分あり得ることだった。

いずれにしても、このままここに逗留し続けているわけにはいかない。

圓朝は帳場へ声をかけ、帰り支度を始めることにした。

慌ただしく本所に戻ってみると、弟子たちが驚いた顔で飛び出してきた。

「師匠、お早いお帰りで」

「お帰りなさい」

居合わせた者は皆平静な顔をしていたが、それがうわべだけであることは、圓朝にはすぐ見抜けた。やはり何かあったのには違いなさそうだ。

「圓馬はいるかい？」

「今はちょっと……」

そう答えた弟子の頰がひくひくと震えた。

「そうか。顔を出したら、私のところによこしておくれ」

「はい」

「お幸は？」

「お買い物に出てらっしゃいますが」

「そうか。分かった」

自室で旅装を解いていると、圓馬が姿を見せた。

「師匠、お早いお帰りで」

そう言って畳の上にきちんと手をついた圓馬は、こちらとまともに目を合わすどころか、顔も上げようとさえしない。

「おまえね。私に隠し事はいけないよ。なぜ電報なりなんなり、よこして知らせてくれなかった」

「師匠……面目ない」

圓馬が頭を畳にこすりつけた。

「面目ないのは、私の方だ。さ、顔を上げておくれ。で、朝太郎は今どうしている」

見栄を張っている場合ではない。まだ拘引されたままなら、どんな手づるでも金でも使って、連れ戻さなくては。どの人に頭を下げるのが一番良いかと、道中、ごひいきの顔を順々に思い浮かべてきたのだ。

「実は、僭越ながら手前のところで預からせていただいております。師匠がお帰りになるまで、と思い、皆交替でお見守りを……」

圓馬がおそるおそる話し出したところでは、窃盗が未遂であったこと、まだ十三歳と幼いことなどから、圓馬が身元引受人となって、拘引された翌日には放免になったのだという。

「ただ、この上お留守になんかあってはと。うちへおいでいただきました。申し訳ありません」

本所の圓朝の家では人の出入りも激しい。これ以上朝太郎のことが取り沙汰されてはと、圓馬は座敷牢の番人を買って出てくれたようだ。

「すまなかったね。手数をかけて」

「いいえ。すぐにこちらへお連れいたします」

そう言って立ち上がった圓馬と入れ違うように、お幸が帰ってきた。

「おまえさん、ずいぶんお帰りが早うございましたね」

風呂敷包みを手に微笑もうとしたらしいお幸だったが、まぶたが腫れ上がり、目の下にはくまができていて、とても笑顔には見えぬ顔になっていた。おそらく、曙新聞の記事のことは、お幸自身の耳にも入っていたのだろう。

「お幸、すまない」

「何も言わないでください。でないと私……」

くるりと向こうを向いてしまった背が、震えている。

「私、何を言い出すか分かりません」

圓朝はただ黙って、その背を見つめているより他、どうすることもできなかった。

伊香保と違い、まだ東京は残暑が厳しく、その夜、圓朝はなかなか寝付かれなかった。遅くまで行灯のそばでもくもくと針仕事をしていたお幸は、疲れたのだろう、圓朝より遅くそっと蚊帳に滑り入ってきたが、先に眠りに落ちていったようだ。

――どうしたものかな。

戻ってきた朝太郎は拍子抜けするほどけろっとしていた。

己のしでかしたことをまるで不始末とは思わず、それどころかちょっとした武勇伝くらいに考えている様子である。圓朝はえんえんと説教したが、肝心の息子は途中でこくりこくりと居眠りを始める始末だった。

――おっ母さん任せにしていた罰だろうか。

何度も寝返りを打っていると、ふいに温い風が首元に吹き込んだ。

ふと見ると、蚊帳の外に女が座り、こちらを団扇であおぎながらのぞき込んでいる。その姿は紛れもなく、圓朝が何度も奉公先から帰されてきた頃の、おすみだった。

――おっ母さん。すまない。

横になったまま手を合わせ、口の中で「南無阿弥陀仏」と唱え、目をつぶった。

目を開けると、おすみの姿はなかった。

もう一度目をつぶると、やがてとろとろとした眠りが、圓朝を包みこんでいった。

九月。圓朝は鉄舟の供をして、医師の千葉立造《ちばりつぞう》のもとへと向かっていた。

あれから朝太郎は圓馬になつき、その言うことはよく聞くのでしばらく預けていたのだが、悪いことはどこまでも続くのか、今度は圓馬が病で倒れてしまった。

倒れる前、圓馬が教えてくれたところでは、朝太郎の実母のお里が、しばらく前に女郎を止めて幇間《ほうかん》の松廼屋露八《まつのやろはち》の女房になっており、それを誰かから聞いたのが、家出を志願させたきっかけだったのではないかという。

圓朝は恥を忍んで鉄舟にすべてを打ち明け、息子の行く末について助言を請うた。

「そういうことか。東京曙の記事は読んだよ。家出した子どもを掏摸の手先に使う愚か者を、蜂須賀小六《はちすかころく》に見立てるなぞ、ずいぶん低俗な書き方をするもんだと呆れていたのだが」

記事には、朝太郎が豊臣《とよとみ》秀吉を気取り、自分を召し抱えてくれそうな盗賊を橋の上で物色していたなどと、悪洒落《わるじゃれ》たことも書かれていたのだった。

「どうだ。少し東京から離して、静かな寺にでも預けてみては。親としては辛いかもしれないが、可愛い子には旅をさせよの言もある」

「はあ。しかし、引き受けてくれるところがございましょうか」

「そうだな。三島《みしま》の星定元志師《せいじょうげんしし》のところが良かろう。円通山龍澤寺《えんつうざんりゅうたくじ》、落ち着いた修行道場だ。某が書状を書いてやる」

「ありがとうございます。ぜひ、よろしくお願いします」

「おまえさんにそれだけ禅の素養があるんだ。愛息にだってちゃんとその片鱗はあろうさ。ご老師に見いだしてもらうと良い」

「はい」

鉄舟の言葉にいくらか希望を持った圓朝を待っていたのは、鉄舟の義兄である高橋泥《たかはしでい》舟《しゅう》、嵯峨《さが》天龍寺《てんりゅうじ》住職の由利滴水《ゆりてきすい》らだった。

以前、伊達千広の屋敷で会った頃、鉄舟は圓朝を嫌っていたという。

「ちゃらちゃらした芸人風情に、禅など分かるものか。分不相応だ」と言っていたらしいのだが、その後、どう心変わりしたものか、ここ二年ほどは圓朝を弟分のように扱ってあちこちへ引き回してくれる。

「おとぎ話の桃太郎を自分の前で口演してみよ」などと、何を望まれているのか分からぬことをいきなり突きつけてくるので面食らうことも多いが、往々にしてそれは、かつての鉄舟自身と同じく、圓朝を「芸人風情」と侮るところのある人々に、圓朝を売り込んでくれる鉄舟流の「方便」であるらしいと、近頃ようやくわかってきた。

「皆さん、二階へどうぞ」

予て新造中であった千葉の自宅が、今日ようやく披露目となったものだ。二階を広間にして、禅の講座などに使おうとの意図があるようで、初回の講師として特に招かれたのが滴水というわけだった。

広間には、近隣から招かれた老若男女が百名ほど詰めかけており、滴水は一同を前に、不殺生、不偸盗《ちゅうとう》、不邪淫、不妄語、不綺語、不悪口《あっく》、不両舌《りょうぜつ》、不貪欲、不瞋恚《しんに》、不邪見《じゃけん》の十種の戒、すなわち十善について、わかりやすく、時に笑いも交えながら説いた。

——これが本当の教導職というものだろうな。

当たり前だが、噺家とはやはり格が違う。

法話が終わると、鉄舟がその横に立って何やら耳打ちをし、滴水がにっこりと笑った。

「さて、本日は噺家として著名な圓朝君も列座されておる」

——なんだ、出し抜けに。

人々が一斉にこちらを見る。人に見られるのは慣れているはずだが、こうした場では文字通り、場違いというものだ。

「圓朝君ほどの名人ならば、舌を動かさず口を結んだままで噺ができよう。いかがか」

場がざわついた。

——そんな無茶苦茶な。

「どうだ、圓朝。できるかい」

鉄舟が笑ってこっちへ近づいてきた。

「そう仰せられましても」

「何を言ってる。こんなこともできないようじゃ、前座より下だぞ」

――なんだ。いったい、何を求められている？

懸命に頭を動かしていると、鉄舟に腕をつかまれて、階下の小部屋へと連れ出された。

「何をしているんだ」

「何と言われましても……」

「和尚は、おまえさんが禅の心得があるというから、ああおっしゃっているんだ。それぐらいわからないいか」

禅問答。そうだろうとは思うものの、全く答えは見えてこない。

「いいか、わかるまでここで考えろ。でないと、圓朝の名が泣くぞ」

鉄舟は扉を閉めて出て行ってしまった。薄暗がりに、部屋には熊の皮が敷いてあるのが見えた。

しかたなく、圓朝はその熊の皮の上で足を組んだ。

――舌を動かさず、口を結んだままで。

訳がわからない。

噺。咄とも書くが、とにかく口を動かさないことには。

壁に真新しい西洋式の時計がかかっている。こつこつと動くその振り子はまるで、圓朝の思案を右に左に揺さぶってあざ笑っているようだった。

何か、何かあるんだ。鉄舟が自分に言わせたいことが。

それは、いったい何なのか。

出会ってからこれまでの鉄舟の言動をいくつも、頭に思い浮かべてみる。

勝海舟《かつかいしゅう》に信頼されて西郷隆盛《さいごうたかもり》と対面し、江戸城明け渡しの交渉の先鋒をつとめたという鉄舟。剣の達人として名高い豪傑だというが、鉄舟が剣を抜いたところを実は見たことがない。

「良いか圓朝。剣というのはな、抜かぬ、使わぬのが実は一番の勝ちなのだ」

「抜かぬのが勝ちですか。それはまたなぜ」

「抜くということは、すでに戦う体勢に入ってしまっているということだ。それはすなわち、相手に斬り込まれる隙も生じやすくなっていることと同じだ」

「斬り込まれる隙、ですか」

「そうだ。抜かずに済むのが最も良い勝ち方だ。一手も斬り込まれることなく、身をかわす。すりぬける」

「抜かずに済む、ですか」

「さよう。刀無くして勝つ。これが最善だ」

——刀無くして勝つ。

どこかで、似たようなことを聞いた気がした。

「昨日のことは今日忘れ、朝のことは夕べに忘る。だからこそ、同じ物を食べても日々に新しくうまく、同じことを聞いても初めての心地で楽しんで聞ける」

伊達の御前の声が、耳に蘇った。

「どうも人間、我欲が強くなると、なんでもかでも覚えておこう、残しておこうとするが、それは存外、不幸のもとということじゃ」

――忘却か。

刀を忘れるほどの境地に入れるのが最善の勝ちだというなら。

――舌を動かさず、口を結んだままで。

舌も口も忘れよ。噺をしているのを忘れるほど、噺の中に入ってしまえ。

そういえば、自分でも偉そうに、弟子に向かって説教したことがある。

「客のあくびや放言が気になるようではだめだ。噺の了見に芯から入ってないから、そういうことになる」

そう言っている自分が、何より客の反応を気にしている。いつも何か工夫していないと、不安にかられる。

己の芸が誰にどこでどう評価されているのかが、常に頭を離れぬところがある。

忘却。我欲を捨てよ。

こう考えてきて、圓朝にはふとひらめくものがあった。

こうした禅の有名な公案――修行者の心を練り鍛えるために考えさせる問題――のうちに「無字」というのがある。

――和尚は、無舌《むぜつ》を自分に与えると仰せなのだな。

無舌の境地を目指せと。

ふと目を上げて時計を見ると、すでに二時間が過ぎていた。

がたんと音がして、扉が開いた。

「どうだ。分かったか」

「はい……。のような気がします」

圓朝は懐紙に「無舌」と書いて、鉄舟に渡した。

「うむ。でかした」

懐紙の文字を見た滴水は、その余白に「無舌居士《こじ》」と書き入れてくれた。

無論、一朝一夕にその境地に入れるわけではない。それでも、以後この公案は圓朝にとって、一つの心の支えになった。

鉄舟の口添えのおかげで、三島の星定元志師は、朝太郎を快く預かってくれることになった。圓朝は自ら息子を連れて龍澤寺まで出かけ、つかの間、父子水入らずの時を過ごした。

親の欲目かもしれないが、物覚えは良いし、頭の回転も速い。

生さぬ仲の母、大勢の芸人たち……。

やはり、環境が悪いのだろうか。それとも。

「和尚さま。どうぞ、この子を」

「お任せなされ」

「お父っつぁん、行っちまうの？」

「だいじょうぶだ。おまえが良い子にしてれば、すぐ迎えに来る」

「そんなぁ」

泣きべそをかいているのを振り切って一人、帰途につく。

俥に乗ると、後から後から、滴が頰を伝い、風に飛ばされていった。

本所へ戻ってくると、弟子たちが稽古場で賑やかに音を立てていた。端唄の〈夜桜《よざくら》〉なんぞを踊ったりもしているようだが、ずいぶん声も歌も乱暴だ。

そんなふうに荒っぽくやってはいけない、と小言を言おうとして、圓朝は結局知らぬ顔をすることにした。

——皆、鬱憤《うっぷん》が溜まっているんだろう。

コロリで落ちた客足はなかなか戻らない。こんな時こそ、何か賑やかなこと、派手なことをしたいと考えたくなるのは弟子たちならずとも人情だ。

しかし先日も、神田の寄席で「芝居類似の所業」が咎められて、柳亭左龍《さりゅう》が七十五銭の罰金を取られたばかりだ。ちょっと前には麹町の万《まん》よしで柳橋がやはり同様の理由で五十銭、その前には浅草で「怪談を演じる際に真っ暗にしたのがけしからん」と林屋正鱗《しょうりん》がやはり二十五銭、取られている。

この罰金は、演じた芸人だけでなく席亭にも同額が科せられるが、席亭はたいていその後、自分が払った分を芸人の上がりから差し引くので、事実上芸人の負担は倍になり、借金がかさみがちだった。

そんな中では、高座で何か変わったことをやりたくても、なかなか手が出せるものではない。圓遊の〈すててこ〉はたまたま上手く転がっただけで、他の者がうかつに何かやれば、きっと痛い目に遭う方が多いだろう。

せめて稽古場でなりと賑やかにやりたくなるのを、圓朝は止める気になれなかった。

「かっぽれ、かっぽれ！」

今度はさらにやけくそに景気よく、かっぽれだ。

——討ちようのない仇討ちだな。

コロリで辛気くさくなったからなのか、寄席では今、かっぽれが大流行している。住吉踊《すみよしおど》りから形をちょっと変えたようなもので、いくらか踊りの素養のある噺家ならたいていできそうな気軽なものだが、肩書きを「噺家」と届けて鑑札をもらっている者は、高座で立って踊ってはならないことになっている。要はかっぽれ踊りの連中に、寄席の出番を奪われる形になっており、弟子たちはこの件でも皆、「クサってしょうがねぇ」という状況で、実はかっぽれの連を目の敵にしている。

「おまえさん、いい加減、止めさせませんか」

お幸が眉をひそめて言ってきた。

「まあ、いいさ。たまには大目に見てやろう」

それからしばらく経ったある日のことだった。

「師匠、あの」

「なんだ。また圓遊が何かしたかい」

思いがけぬほど不愉快な声が出てしまい、自分でもいささか狼狽《うろた》えた。

「いえ、それが、その」

圓之助の方はもっと狼狽えていて、なかなか次の言葉が出ない様子だった。

「なんか、ほおずきの化け物みてぇな格好で、なんかこう、〽へらへらへっ、とか言ってやがって」

「萬橋？」

萬橋は圓橋の弟子で、圓朝から見れば孫弟子に当たる。

「ま、萬橋《まんきつ》が」

「ほおずきのお化けでへらへらへ？」

訳が分からなかったが、よくよく聞いてみると、小咄をちょろっとやった後、圓遊のように立ち上がりはしないものの、赤い手ぬぐいで頬被りをし、長着を両肩脱ぎに外して、上半身鮮やかな緋縮緬の長襦袢姿で座り踊りをしながら「〽太鼓が鳴ったら賑やかダヨ。本当にそうならすまないね。へらへらへったら、へらへらへっ。はらはらはったら、はらはらはっ」などと歌い、合間に湯飲みの湯を飲んだりして見せたのだという。

「そんなことを……まさか、そんなことで客が」

「それが、大笑いで、やんややんやでして」

——ばかな。

「そんなもの、芸じゃないだろう。ただの馬鹿じゃないか」

「はあ」

「そんなもので笑いだけ取ったって、ほんの一時だ。長続きしやしない。噺をなんだと思ってる」

圓朝の怒りをよそに、しかしこうした刹那的な「珍芸」を披露する者は他にも現れた。桂文治門下の立川談志《たてかわだんし》は、羽織を後ろ前に着て座布団を折って抱え、「アジャラカモクレン、キンチャンカーマル、セキテイ喜ぶ、テケレッツのパー」などとよろよろ声で唱えて、埋まっている金の釜を掘り出すという「郭巨《かっきょ》の釜掘り」と称した芸を披露し始めた。いちおう、古くからある〈二十四孝《にじゅうしこう》〉という滑稽噺にちなむとは言うものの、芸としてはあまりにお粗末で、師である文治もよく思っていないらしい。

さらにもう一人、圓朝の門下で、橘家圓太郎が、高座でラッパを吹きながら物売りの声を真似るというのをやりだした。橘家を継ぐのは、圓朝の父の芸風を継ぐ音曲系の芸を持つ者たちで、本当なら都々逸や端唄などを粋に披露すべきところだ。それが、「ぱぁー、ぷぅー」とラッパをひょろひょろ鳴らしては「納豆、納豆ー、おっと婆さん危ないよ」などと愚にもつかないことをしてお茶を濁している。

――そんなものでなぜ客が喜ぶのだ。

圓朝がトリで出る寄席では、これまでとさして変わらず客が入り、ごく普通にしみじみと聞いていく。時には退屈そうにして、居眠りをする客もいるが、高座の妨げになるほどのことはない上に、近頃例の「無舌」の精神を心がけていることもあり、以前ほどは動揺しなくなっている。

自分の見ている世界と、圓遊たちの見ている世界は違うのか。

「珍芸をやめさせてくれ」との声が他の噺家たちからも次々と届く中、圓朝は考え込んでいた。


明治十四年（一八八一）の二月。

昨年、折からの不況で、寄席が三十以上も閉場してしまったという中、京橋の金沢亭が、圓遊、萬橋、談志、圓太郎を「四天王」と呼んで勢揃いさせ、連日大入り満員を出して評判になるに当たり、とうとう圓朝はある決断をした。

「圓之助。今度、私がトリの席で、仲入り前に圓遊を出しておくれ」

「え、圓遊をですか」

師である自分の前でも、堂々と〈すててこ〉をやるのか。圓朝はそれを見てみたいと思った。

程なく、その日はやってきた。席は日本橋の伊勢本だ。

「圓遊。少し延びても良いから、好きにおやり」

通常ならば、トリを取る者はまだ来るはずのない刻限だったが、圓朝はわざわざ楽屋に陣取って、出番前の圓遊にそう声をかけた。

「ありがとうございます」

大きな鼻が少しだけピクッと動いたが、圓朝の視線を正面から受けとめて、圓遊はやがて高座へと出て行った。

「……ええ、お堅いお話の間へ挟まり、私はごくお若輩な滑稽のお話を一席伺います」

圓遊は殊更に「滑稽」を強調し、いくらか間を取った。

「……昔はあまりご放蕩《ほうとう》が過ぎますとご勘当ということになりまして。今日では廃嫡《はいちゃく》などと申すようで……もし、若旦那……」

――〈お初徳兵衛《はつとくべえ》〉じゃないか。

滑稽噺と言っているが、この発端は、もうずいぶん前に亡くなった初代の古今亭志ん生が作った、男女の心中を扱う、続き物の人情噺だ。どういうことかと圓朝は思わず袖から身を乗り出した。

「屋形、屋根船は申すに及ばず、五十馬力百馬力二百馬力の蒸気の船長になって洋航をしようと考えておりやす。……あの軍艦のバッテイラを十人くらいでやっているのをどうかして手前一人で漕ぎてぇね……」

しかし、似ていたのは頭の所だけで、噺の中身は志ん生の描いた男女の恋物語ではなかった。放蕩の挙げ句に転がりこんだ船宿で、船頭になると言い出す若旦那が次々に引き起こすドタバタ噺で、おそらく圓遊が自分で拵えたのだろう、確かに滑稽この上ない。

――洋航に軍艦か。

それにとどまらず、噺の中には、ご一新の頃から今に至って現れるようになった新しい景物、景色がふんだんに盛り込まれ、それと噺の中身とのちぐはぐさが、かえって面白みを生んでいた。客席が笑いで揺れている。

——おれには、思いも付かないやり口だ。

大きな鼻をうごめかし、大仰な身振り手振りで、情けない若旦那の醜態を演じてみせる圓遊の横顔を、圓朝はじいっと見つめ続けた。

「……そのうちに助け船が来ましょう。お後がよろしいようで」

今のがオチらしい。客は十分大喜びしているが、一方で「よっ、すててこ！」という声もかかっている。

圓遊が下座の方をちらっと見た。三味線が鳴り出す。

「〽向う横丁のお稲荷さんへ……」

さっと座布団を外して踊り出す。「〽まだまだそんなこっちゃ　真打にゃなれねぇ」のくだりまで来ると、客が一斉に手や足を動かして拍子を取り始めた。

——ふうむ。

踊りの所作のまま、圓遊は袖へ引っ込んできた。

「お先に、勉強させていただきました」

「うむ。今日はおまえさん、この後何かあるのかい。先に帰るなら構わないよ」

できるだけ穏やかに言ってみた。

――あんなふうに使いやがって。

思わず叱りつけたくなる。

今見て分かったことだが、圓遊が踊っていた所作は、そもそも圓朝が吉原の幇間から端唄の〈夜桜〉の振りとして教わってきたものを基にしているに違いない。ずいぶん派手にやり替えてはいるものの、基本となる手足の動きは、間違いない。

確かに、あの踊りも教えてやった。しかし、ああめちゃめちゃにしてよいでは、決してない。

――帰るなら、帰りやがれ。

「師匠の番まで、ここにいとう存じます」

「そうか。分かった」

やがてトリに上がった圓朝は、ようよう形になってきた〈塩原多助一代記《いちだいき》〉を始めた。圓遊の時とは打って変わって、客席は静まりかえり、やがてのどかな田舎の風景から、一転、刃物を閃《ひらめ》かせての強盗沙汰、さらに鉄砲の引き金に手がかかるまで、息も吐かせぬ一場を語り、「本日はこれまで」と下りてきた。

「圓遊」

袖で声をかける。

「話がある。ついておいで」

「はい」

圓朝は梅廼屋へ圓遊を連れていくと、「しばらく二人で話をしたいから」と女将に因果を含めた。簡単な膳と酒が運ばれてくると、あとはすっと静かになった。

「今日の噺は、自分で拵えたのかい」

「あ、はい」

「そうか」

交わされた言葉はこれだけ、あとは黙ったまま、圓朝と圓遊はただただ、杯だけを繰り返しやりとりし続けた。

胸のうちが片付かない。

何を言って良いか分からない。

飲んでも飲んでも酔わない圓朝の横で、圓遊は次第に顔が真っ赤になっていく。中央に陣取った鼻が、いっそう鮮やかな紅に膨れ上がっている。圓朝はやっとこでも使ってその鼻を力一杯ねじ上げてやりたくなるのを、必死になって堪えていた。

――そうか。きっと、師匠も、あの頃。

近頃、寝床へ入る時など、目をつぶるとふっと、亡き師圓生の顔が浮かぶことが多い。自分の教えたことを勝手に変え、工夫して新しいことを始め、どんどん人気者になっていく弟子。やり口は違えど、圓遊が今やろうとしていることは、かつて自分も通ってきた道だ。

――こんなに、嫌な心持ちになるものなんだ。

きれいごとでは、片付きそうもない。

「じゃ、私は帰る。あとのもの、全部おまえさん、片付けてな」

膳の上にはまだ手つかずの菜が二人分、そのまま残っている。

「えっ。あ……はい」

その後、何人かの真打が、同門、他門そろって圓朝のもとへ大勢で「すててこをやめさせてくれ」と直談判に押しかけてくるようなこともあった。また、睦連の古なじみで、この頃すでに名を息子に譲って柳叟《りゅうそう》と名を変えていた柳橋や、文治、さらに、このところ柳橋に代わって柳一門を率いるようになった柳亭燕枝《えんし》といった、いわば圓朝にとっての盟友たちも、「あれはやっぱりまずい」と会合のたびに言ってきたりもした。

しかし、圓朝は圓遊に何も言わなかった。

「師匠。圓遊兄ィのやつ、高座で師匠の陰口をいってやがって」

弟子のうちには、そんなことを耳に入れてくる者もあった。

「ほう。どんなことを言っていたんだ」

「はい。それが……〝真打というのはどうも人情噺とやらで長くて難しい噺をしないといけないなどとなっておりますが。しかし、どういうもんでしょう。手前のような者が〈業平文治〉をやっても、〈塩原多助〉をやっても、どうにも様になりそうにありません。きっと青《あお》だって手前の多助じゃあ、ああ言うことを聞いちゃあくれない、定めし馬の耳に念仏でしょう〟なんて言ってます」

青というのは、〈塩原多助〉に出てくる、多助の愛馬の名である。

——馬の耳に念仏か。うまいこと言いやがる。

馬だけにな、などと、こちらもつい圓遊の口ぶりに引きずられるのか、どうしようもない駄洒落を思い浮かべてしまったりする。

「そうか。まあしかし、それは別に、私の悪口ってわけじゃあないようにも聞こえるがね。ともかく、放っておきなさい」

「でも、師匠」

「それより、そんなことを私に聞かせる暇があったら、おまえたち、自分が稽古をなさい。自分たちこそ、人の陰口を言っているのじゃないか」

圓朝の機嫌がみるみる悪くなったのを見て、何人か居合わせた弟子は蜘蛛の子を散らすようにいなくなった。

——まあ、あいつは……しばらく放っておこう。

実は今、圓朝には、圓遊の〈すててこ〉をひとまずおいて、気にかかっていることがあった。

一門の看板の一人、三代目の圓生が病みついてしまった。しかも夫婦そろってだった。弟子に言いつけて見舞いを欠かさぬようにしていたが、二人とも日に日に弱るばかりだという。

「俺、今日見ちまった、例の蝶々」

「おまえも見たのかい？　気味が悪いよなあ。妙な粉、ぱらぱらさせやがって」

「圓生師匠が弱々しい手で払うだろ。そうすると、隣の部屋で寝てるお内儀さんの枕元へひらひらぁっと行くんだ。で、お内儀さんにぱらってやると、今度は……」

「師匠のところへまた来るんだろう。おっかねぇよなあ。やっぱりあれ、師匠の」

「なあ。おっ義母さんがきっと蝶に生まれ変わって……」

弟子たちがしきりに噂話をするのを小耳に挟む限りでは、圓生の女房の母親というのが、どういう事情だったのか、晩年、たびたび金をせびりに来ており、それがあまりに度重なったため、閉口した圓生が、夫婦して母親に義絶を申し渡したらしい。それからしばらくしてその母親が某寺の境内で行き倒れて亡くなり、二人が体調を崩しがちになったのは、それ以後のことだというのだ。

は分からない。

——まるで怪談だな。

圓朝の知っている圓生は、至って芸熱心で人柄も良かった。義絶したというなら、よほどその姑に、そうされてしかるべき訳があったに違いないと思いたいが、一方で、人の裏は分からない。

——蝶の幽霊か。

誰の恨みも買わずに、人の世を渡るのは難しい。圓生夫婦とその姑との間に何があったのか、今となってはもう当人たちにしか分かるまい。

ともあれ、圓朝にとって大事な弟子であることは間違いなかった。弟子といっても、年もさして変わらず、一門を率いるための右腕でもある。

しかし、快復してほしいとの願いは叶わず、明治十四年（一八八一）の八月、とうとう、帰らぬ人となってしまった。

圓朝は葬儀一切を手配し、また残された女房の面倒も見てやることにした。三代目圓生、それもまだ四十三歳の若さでの死去ということで、新聞などにも取り上げられたが、その中の朝野新聞の記事を見て、圓朝は深くため息を吐いた。

「一羽の蝶が舞い込み、圓生にとりつくを……、例の疑心暗鬼にて、さては養母の怨念ならんと、それより圓生は神経病を発し、終に黄泉の客となり、その後、妻も同病にて……」

同じ記事の中で、義母といったり養母といったり。言葉が不徹底で、この母と圓生夫婦との関係も不明瞭なのは、きっと取材も不徹底なのだろう。そのくせ、どこで聞きかじってきたのか、弟子たちが言っていた蝶々の逸話だけは、妙に詳しく面白おかしく取り上げている。それが、圓生という一人の芸人の死に様をひどく汚しているように思われて、圓朝は不快になった。

――で、ここでも、神経病か。

しかも、その怪異は怪異ではなく、「神経病」だというのだ。

――こういうものか、しょせん世の人の興味というのは。

怪しいこと、不思議なことは、人の死を弄んででも噂したいくせに、一方では幽霊などいない、それは神経だと。

お上がどう〝勧善懲悪〟で〝風紀正しく〟人々を感化したいと考えたところで、噺なんてものは、結局面白ければそれが一番良いのだろう。噺家や講釈師を、僧侶や教師、神主を生半可に見習わせて教導職にしようなんて、やはり無理があるに決まっているのだ。

しばらくして、夏の長休み明け、圓朝は久しぶりの寄席への出勤となった。

「で、師匠、こたびのネタは」

「うん、まあおなじみの累なんだが……」

圓朝は自ら筆を執って、新しく考えてきた本外題を書いた。もちろん、外題だけでなく、中身もしっかり練り直してある。

〝真景《しんけい》累ヶ淵〟

「へぇえ、こんな字で、しんけい、ってんですか」

「そうだよ。じゃ、頼む」

幽霊で、神経で。なら、自分の噺は――真景だ。

信夫恕軒の助力で考え出したこの文字遣いを、圓朝はかなり気に入っていた。

「……幽霊というものはない、全く神経病だと、開化先生方はおっしゃって、怪談をお嫌いなさることでございます。一方で、やあやはり悪いことをする者には幽霊が出るんだと引き続き申す方もあるようで。私などはどちらへでも、お偉い方の申す方へ随っていくだけでございます……」

懐には、由利滴水の授けてくれた「無舌居士」の名のもと、己で詠んだ歌を書いた懐紙が畳まれて入っていた。

閻王に舌を抜かれてこれからは　心のままに偽《うそ》も言わるる

この年の暮れに、圓朝はある決断をしようとしていた。

圓生の四代目は、圓喬に継がせる心づもりで、今ひいき筋とも話を進めつつある。

——できれば、もう師匠の幽霊には会いたくない。成仏していてもらいたい。

「圓遊に、明日の晩、うちへ顔を出すよう言っておくれ」

そう言うと、圓之助はいくらかぎょっとした顔をした。

「承知いたしやした」

翌日になると、呼びもしないのに大勢の弟子たちが稽古場に集まっている。圓遊が師匠に呼ばれたというので、皆何が起きるのか、興味津々というところなのだろう。

やってきた圓遊を、圓朝は自分の私室へと招き入れ、襖をぴたっと締めた。

——今日は、真剣勝負だ。圓遊とも、己自身とも。

「よく来たね。さ、ふとんをあてなさい」

「いえ、このままで、いさせていただきます」

座布団も敷かないまま、圓遊は目の前にかしこまって正座をした。

——鼻はあぐらのままだがな。

そう思ってしまって、「なんでこいつが来ると、こんな馬鹿なことばかり思いつくんだろう」と、つい苦笑いが出る。

「さて。もって回ってもしょうがない。今日はまっすぐに聞こうじゃないか。おまえさん、方々の高座で私をあてこすっているようだが、何を考えている？　もう何を聞いても驚きゃしないから、全部喋ってご覧」

圓遊はまじまじとこちらの顔を見てから、しばらく黙って考え込んでいたが、やがて覚悟を決めたようだった。

「では、では、申します。手前は、師匠が目白にお出になっていた頃から、師匠を存じております。その時分、毎日、手前の家の前を、師匠のお乗りになった駕籠が通ったんでございます。手前はその頃、まだ十二歳の餓鬼でございましたが、この世にこんな素敵なお方があるものかと、よくあとをついて歩いておりました」

圓遊はもとは、小石川の紺屋の倅《せがれ》だ。

「寄席へ通うようになって、天狗《てんぐ》連に入って。両親はそんな手前に、芸人のまねごとなんぞ止めて、ちゃんと店を継いでくれと言って、よその店へ奉公に行かせましたが、結局、どうしても、師匠みたいになりてぇという望みは捨てきれなかった」

天狗連。芸人、とりわけ噺家のまねごとをする素人の旦那衆。

たいていは芸人の誰かのひいきになってくれる人たちだからありがたいが、あんまり病膏肓《やまいこうこう》に入ると、お店の身上を潰すから厄介である。

「ちょうどご一新の頃、師匠に弟子にしてくれとお願いにあがりやしたら、今弟子が多すぎて取れないと言われやした。悔しくて悔しくて」

そういえば、そうだった。

その後、いったん五明楼玉輔《ごめいろうたますけ》に入門して志《し》う雀《じゃく》の名をもらったのだが、ほどなく玉輔は廃業してしまった。それで結局圓朝が引き受けてやったのだ。明治五年（一八七二）のことだ。

あの頃は、弟子でもないのに、口調が圓朝によく似ていると言われていたようだ。玉輔からそう聞かされて、内心誇らしく思ったことも、思い出した。

――おれも昔、師匠に似ていると言われていたっけ。

「師匠のあの、昔の派手な道具入りの噺が好きで好きで。いつかは自分もあれがやりたい、きっとやってみせると。でも、そうしたら師匠は素噺に変わっちまって。もちろん、師匠の素噺も、好きでござんすよ。でも、でもね」

暮れだというのに、圓遊の額には汗が噴き出していた。

「師匠の今なさる噺は、もう手前なんぞが真似できるような噺じゃない。昔のと違って、いつかは自分もなんて、思えるようなものじゃあないんです。真似したって、絶対できっこないんだ。手前には絶対向いてねえって。分かるんですよ、ずっと師匠のことを見てきましたから。師匠だって分かるでしょう。芸は腕だけじゃない、ニンやガラってもんもある。逆立ちしたって無理なものってのもあるんだと、段々修業してきたからこそ、思い知る、諦めることだってあるんです」

常は軽くふざけてばかりの態度を見せている者が、こう真に迫ってくると、とても簡単に言葉を挟めない。

――ニンやガラか。

そういえば、昔、自分もずいぶん悩んだ。己には華がないんじゃなかろうか、と。

「だから手前はもう誰からどう言われても良い。お咎め罰金も覚悟で、自分ができるものをやりたい。人情噺ができねぇとだめだって今は言われてますが、そのうち、滑稽噺も良い、そんなものばっかりやるやつがいても良いって、皆に言わせたいんだ」

そこまで言って、圓遊はまるで肩から重荷でも下ろしたような顔になった。

「言いたいことは、それだけかい？」

「えっ……」

「まあ良い。ちょっと、聞いていきなさい」

圓朝はそう言うと、一度立ち上がり、自分で座布団を裏返すと、おもむろに座り直した。

「……徳川の世も瓦解と相成りましたので、士族さん方がみなそれぞれご商法をお始めなすったが、お慣れなさらぬから上手くは参りませぬ……さるお屋敷の前を通行すると、ご門の潜り戸へ貼り札が下がってあって筆太に〝この内に汁粉《しるこ》あり〟と……」

禄を失った侍が、家族で始めた汁粉屋。しかし万事武家言葉に武家もてなし、作っている殿様が「くれろというならやるが良い」と言うやら、膳を出す姫君が「少々控えておじゃ」と言うやら、うっかり入った客は到底ゆったり味わうという気にもなれず、這々《ほうほう》の体《てい》で逃げ出していく……。

己の実体験をもとに拵えた滑稽な落とし噺を、圓朝は圓遊の目の前で演じてみせた。

圓遊はぽかんとしていたが、やがて食い入るように体を前のめりにさせてきた。

「……粗忽《そこつ》だの。以後気を付けや。……どっちがお客だか訳が分かりませぬ。まるでやんごとなき方の御前で御膳《ごぜん》をいただくような。というわけでここから始まりましたのが、〈御膳汁粉《ごぜんしるこ》〉でございます」

ここまで演じて、圓朝はゆっくりと頭を下げて、改めて圓遊の方を見た。

圓遊が畳に頭をこすりつけている。

「私だとせいぜいこれくらいだ。きっとおまえさんなら、もっと今時の、開化風の噺に作り替えたりできるだろう。好きにおやり」

「ありがとう、存じます」

絞り出すような声がした。

「それからね。もう一つ。今度、おまえさんがトリの時にね。仲入り前に私を出しておくれ。いいね」

弟子の肩が震えているのは、笑っているのか、泣いているのか。

圓朝の厄年は、ようやく終わりを迎えようとしていた。

七　名人長二

明治二十三年（一八九〇）の秋。

五十二歳になった圓朝はひとり、向島の木母寺《もくぼじ》を訪れていた。

今や、圓朝一門は真打を二十余名も擁する大一門となり、東京中の寄席に「三遊亭」の名があふれかえっている。己が小圓太から圓朝に名前を変えた頃には、一門はわずか四名だったことを思うと、まさに隔世の感がある。

——先生。

高さ一丈（約三メートル）もあろうかという石碑には、懐かしい大きく豊かな字で「三遊塚」とある。明治二十二年（一八八九）の三月二十一日、初代圓生の追善のために、一門で建立した石碑だった。

——あの世の居心地はいかがですか。

この字を書いてくれた鉄舟は、塚の披露目の一年前に、彼岸の人となっていた。

臨終の間際、名だたる人々が見舞いに訪れる中で、圓朝は急に枕元に呼び寄せられた。もしや何かご遺言でもと思って畏まると「皆様がご退屈なさるだろう。おれも聞きたいから何か面白いのをここで一席やれ」と命じられて、実に弱った。別れのそのぎりぎりまで大いに引っ張り回された形だったが、今となっては、その時、「不謹慎だ」と見舞客の一人から咎められたことも含めてすべて、懐かしく思い出される。

一方で、同じくこの碑の建立には居合わせなかった何人かの弟子たちのことも、密かにここで偲《しの》んでいた。

新朝、圓馬、三代目の圓生。そして、ぽん太。

――ぽん太。

私があんな話をしてやったのが、いけなかったか。

あれは確か、圓生が亡くなったのと同じ頃だ。

その頃、圓朝は福地桜痴から教わった西洋の様々な事件や物語を、舞台を日本に置き換えて噺を拵えることをしきりにやっていた。

桜痴の見せてくれる英語やドイツ語の印刷物には、一見しただけではなんだか分からない写真や絵がついていることがあったが、ある日、大きな鞠《まり》にたくさん糸がついて垂れ下がっていて、そこに人がとりついているというおかしな絵があった。委細を尋ねると桜痴や採菊は代わる代わる「それは気球というんだ」「風船と呼ばれることもある」などと教えてくれて、さらには「そうやってぶら下がると人の体が宙へ浮くのだ」という。

不思議な妖《あや》かしものが西洋にはあるらしいと思いつつ、しかし噺に拵えるようなものではなさそうだと思って、そのままにしていた頃のことだった。

「ぽん太。なんだねその格好は」

稽古場の壁に体を預けて、苦しそうに腹を撫でていた。

「へっへ。賭けをしたんでぇす。おいらの勝ち」

「おやおや、また蕎麦《そば》かい。そんなに食べちゃぁ」

ぽん太は他のことには至って無欲だが、ただ食欲だけは人一倍で、とりわけ蕎麦には目がなかった。それを他の弟子が嬲《なぶ》って「何杯食べられるか賭けよう」などと誘っては金を巻き上げるようなことがあったので、時折小言を言っていた。

「腹も身の内というだろう。そんなに腹、膨らまして。風船のお化けになっちまうぞ」

「風船のお化け？　風船って、何？」

「人の体を空へ浮かしちまうんだとさ」

「え？　浮くの？　空に？」

ぽん太は膨らんだ腹を撫でながら、目をきらきらさせた。

それからしばらくのことだった。ぽん太の大きな体が、水天宮《すいてんぐう》の石段下に横たわっていたのは。どう見ても、石段から落ちたとしか思われなかった。

自殺をするような場所とも思われず、無論そんな心性の持ち主とも見えず、かといって他人から害された跡もないということで、誤って踏み外したのだろうと、事故として扱われた。

――まさか、あそこから飛びはしないとは、思うが。

水天宮の近くには、ぽん太が好きな蕎麦屋があった。

もしかして、圓朝がうかつに口にした小言の戯れ言が、あのいつもご陽気で気の良い弟子を死なせてしまったのではと思うと、申し訳ない気持ちで一杯になる。

身寄りのなかったぽん太を、自分の身内として全生庵《ぜんしょうあん》へ葬ってやった。鉄舟が建立した寺である。

先立っていった弟子たちに、圓朝はついこぼれてしまう愚痴を聞かせていた。

――皆、あの世から、力を貸してくれないか。

この世にとどまっている大勢の弟子たち、せっかくの大一門が、今まとまれずにいるのだった。

四代目圓生、圓遊、圓橘、二代目圓馬……それぞれに看板を張れるようになった弟子たちは、今度は互いに自分の勢力を伸ばそうと角突き合うようになってしまっていた。

――本当に悪いのは、席亭たちの方なんだが。

芸人が互いにお上から身を守ろうと作った睦連だったが、気づけば席亭たちが入り込み牛耳って、寄席出勤の仕組みをすっかり握られている。珍芸の流行も災いした。今はどこの寄席も、噺に交ぜて、踊りやら軽業《かるわざ》やら種々大勢の芸人を顔付けし、ずらりと並べて出したがる。

勢い、それぞれの出番は短くなり、一人ずつがもらえる寄席からの上がりの取り分も少なくなる。年季の浅い者は生計《たずき》の途が立たなくなって借金が増えるし、有力な看板たちが、席亭たちに取り入って、少しでも良い待遇で出ようと考えるのは無理もないことだった。

こうした風潮は、噺の形、芸のありようにも良くない影響を与えつつあった。

一人ずつにオチまで語るほどの間が与えられないことも多いので、噺が妙な形に刈り込まれてしまったりする。そうなると、じっくり語る芸を磨こうとする者は少なくなって、その場その場ではかない笑いだけを取ろうとする者ばかりが増えることになる。

――もっと、芸を磨く者が報われるようにしなければ。

座組はもっと小人数で、一人ずつの出番をもっと長く。きちんと一人ずつが、噺を練り上げて出せるように。

そう思って圓朝が提案することは、「それは名人の師匠だからできることで」と、弟子からも席亭からも遠ざけられるようになっている。

「圓朝さんは、速記でずいぶん儲けていなさるんでしょう。弟子を面倒みるぐらい、造作もないはずだ」

どこの席亭も、近頃はそんなふうに言う。金で暮らしの面倒を見るのではなく、個々が芸で身の立つようにしてやりたいのだが、そんな圓朝の心がけは、とりあえず金儲けを先とする席亭たちには、お題目ぐらいにしか受け止めてもらえない。

——速記か。

ちっちゃな○やら棒やら何やら、妙ちきりんだがさっと一筆に書ける記号を使って、人のしゃべることをそのまま聞き書きする技術だ。

六年ほど前、人形町の末広亭に出勤していた時のことだ。どうしてもこたびは大入りにしてもらいたいからぜひ〈牡丹灯籠〉をかけてくれと言われたのだが、ここへ毎日通ってきては、満員の客席の中でひたすら鉛筆を動かしている二人連れの男があった。

妙な者だ、また何かお上からおかしなことを言ってくるのではあるまいなと一同で警戒をしていたら、やがて二人して圓朝宅に現れ、速記というものの仕組みを説明して、これで〈牡丹灯籠〉を記録して、ぜひ出版させてほしいと言う。

若林玵蔵《わかばやしかんぞう》、酒井昇造《さかいしょうぞう》と名乗った二人の提案を聞き入れ、圓朝は出版を承諾し、次にやはり〈牡丹灯籠〉をかける予定になっていた池之端の吹ぬき亭では、彼らが楽屋に入ることを許した。

以前に、採菊の補筆を得て、読本の体で自作の噺が世に出たことは幾度かあったが、自分の喋るとおりに書かれた本というのは初めてで、圓朝も大いに興味はあった。「面白そうだ」が半分と、「そんなものを出して、弟子にも取らない見ず知らずの者に自分の噺を真似されたりしては不愉快だ」が半分だったのだが、実際に書かれたものを読んでみて、その思いは両方とも外れであった気がした。

――こんなものか。

これが、正直な感想だった。

「お気に入りませんか」

若林と酒井は圓朝の渋面を見て慌てた。

「いや、別に構いません。ただ、できれば、次からはもっと立派な作りのものにしてください。こんなぺらぺらで貧相なもの、ごひいきに配れませんから」

表向きは、本としての装丁、紙質などへの不満として取り繕っておいたが、圓朝の気持ちは別のところにあった。

――こんなものか。自分の噺は。

いや、そうじゃないはずだ。

噺を拵え、覚える時の自分の手控えと見比べると、その違いは歴然だった。

圓朝は、舞台となる場所や登場人物には、語りや台詞に出てこないところにも、年齢や来し方などに事細かな決めごとをしていて、それが反映されるように、ごく細かいこと、例えば、女の台詞の語尾の「ね」や「よ」をどんな高さや長さの音と間で発音するかまで考えて話している。

当たり前のことだが、速記でそこまで写せるはずはなかった。

――影絵みたいなもんだな。

噺の影絵。それなりには面白いだろうが、噺そのものではない。

こんなもの、大して売れまいと思った予想とは裏腹に、速記本『怪談牡丹灯籠』は飛ぶように売れた。田舎の人が、速記本で読んで、東京見物に来た折に圓朝の出る寄席を探してやってくるといったこともあったようで、圓朝はまあそれならと納得して、〈塩原多助一代記〉や〈鏡ヶ池操松影〉なんかも、次々と速記に提供した。今では、あちこちの新聞に、速記で採られた圓朝の噺が連載されている。

ただ、やっぱりしょせん影絵だ、という心持ちは今でも変わっていない。だから、どれほど売れても、なんとなく他人事のようにしか思えぬところがあった。

ぐわぁあ、ぐわぁあ、ぐわぁあ……。

烏の影がいくつも川を渡っていく。圓朝の姿はいつしか、石碑の影に包まれていた。

――今日の代演は、圓喬だったたな。

近頃圓朝は時折、自分の出番を休んで弟子に代演させる。圓朝出演でもうけようとする席亭へのちょっとした意趣返しと、弟子を成長させたいという、両方の思いを兼ねてのことだ。圓朝目当てに来た客をがっかりさせるのは申し訳ないが、そこは、丸札――次に来た時には無料で木戸を通れるという約束手形のことだ――でどうにか勘弁してもらいたい。

――あいつは、芸は良いんだが。

当代の圓喬は四代目で、以前には朝太を名乗っていた。まだ二十歳をやっといくつか越えたばかりだが、堂々とした真打ぶりだ。

三代目圓喬は四代目の圓生を継いでいて、今や一門の柱だ。せっかくだから圓喬の四代目も、それ相応に見込みのある者に名乗らせたいという圓朝の期待を込めた襲名だった。

ただ、どういうものかこの四代目は、性格にいささか剣呑なところや、気まぐれなところが交じっており、芸人仲間での評判があまり良くないのが、心配ではある。

「さて、帰るか」

石碑に改めて頭を下げると、仲間に遅れた烏が一羽、「ぐわぁあ」と頭上を行きすぎていった。


翌明治二十四年（一八九一）の正月、圓朝は尾上《おのえ》菊五郎から、「ぜひ歌舞伎《かぶき》座の芝居を見物に来てほしい」との知らせを受けた。

これまでにも、春木座では圓朝の噺が何度も芝居になっていたから、もしかして菊五郎が〈牡丹灯籠〉か〈塩原多助一代記〉でも演じるつもりなのかと思ったのだが、どうやらそうではないという。

　せっかくなので一門で華々しく総見することにして、二十七日、皆で歌舞伎座へ陣取った。二年前に福地桜痴の肝いりでできたこの新しい劇場は、天井が高く、他の劇場にはない新奇で豪華、開化風な拵えが売りである。

　初幕は〈鼠小僧〉が出て、中幕は〈金閣寺〉で雪姫がつま先でネズミを描いたので、弟子たちは皆「なんだ、今回はずいぶんネズミが出るんだな」などと戯れ言を言っていた。仕舞いの切り狂言は、〈風船乗評判高楼《ふうせんのりうわさのたかどの》〉とあって、新作らしい。噂では、この幕で、菊五郎が圓朝を演じるというのだ。

　――私を演じるって、どういうことだ。

　菊五郎が噺でもするというのだろうか。

　自分が何をするわけでもないのに、日頃高座へ上がるよりも気が高ぶって、圓朝は額の汗を拭いた。

　台本を書いたのは、其水こと河竹新七だが、今は名を変えて古河黙阿弥《ふるかわもくあみ》と名乗っている。いつだったか、「黙阿弥なんて名になさるから、もうお書きにならないのかと思ったら、ずいぶんお盛んに書いてらっしゃるではありませんか」と冷やかしたら、「おまえさんだって無舌のはずがずいぶんしゃべっているじゃないか」と返された。

　緞帳が開くと、一面の浅黄幕で、明るい空の趣である。高らかに響き渡ってきたのはいろいろのラッパの音で、数年前にできた東京市中音楽隊《とうきょうしちゅうおんがくたい》による洋楽だった。

――ほう。

洋楽の音が少し小さくなってくると、今度は入れ替わり、三味線に乗って常磐津《ときわづ》である。

〽むら立つ雲も晴れ渡り、小春日和のうららかに、

そよ吹く風も中空へ、やがてぞ上る軽気球……

黒い背広に縞《しま》のズボン、頭には山高帽をいただき、顎《あご》には髭を蓄えた菊五郎が登場すると、客席はやんやの声援で割れんばかりである。

――さすがだな。よくあんなにうまく西洋人風に歩けるものだ。

同じように洋服を着ていても、西洋人と日本人とでは歩き方が違う。腰や背中の位置や歩幅、腕の使い方がきっと違うのだろうが、今歩いてくる菊五郎は、菊五郎と分かっているのに、どう見ても西洋人だった。

――スペンサーだったか、ボールドウィンだったか。

昨年の十月頃から、西洋人の軽業が来て、圓朝には悔いの残る因縁の風船乗りを日本で実演し始めていた。それまでは、チャリネの曲馬団が人気だったが、あっという間にこの風船軽業が取って代わっている。そういえば菊五郎はチャリネも芝居で演じていたはずだ。

西洋人の菊五郎は、山高帽を取って西洋風のお辞儀をすると、今度はどこに持っていたのか、鳥打ち帽をぎゅっと頭に被せた。

浅黄幕がざっと引かれた。

「おお……」

客がざわめいた。舞台には何本もの綱で結わえられた大きな風船がふわふわ浮いていて、人が一人やっと乗れるほどの小さな駕籠がついている。

へ呼吸をはかり一声の、合図の声に押さえたる、綱を放てばたちまちに、虚空はるかに菊五郎が思い入れたっぷりに縄を解き、風船がゆらぁあっと浮かび上がった。

「きゃあ！」

ひらひらと、紙がたくさん落ちてきた。菊五郎が上から撒いたらしい。

「なんだ。広告か」

一門のいる席にも落ちてきたので、拾ってみると「平尾《ひらお》のダイヤモンド歯磨」なんて書いてある。良い宣伝だ。

——平尾の旦那に、よほど大金を出させたな。

やがて菊五郎の姿が見えなくなると、それまで建物の屋根なんかが一面に書いてあった書き割りがくるりと返り、今度はまるで最初の幕と同じ、浅黄色の背景になった。と思ったら、今度は小さな風船が浮いている。

——遠見《とおみ》か。

芝居ではよくある仕掛けで、例えば舟や駕籠が遠くにあることを表すのに、小さい作り物なんかを舞台の奥の方に出して見せる。

「ぽん太」

その作り物の風船に、人の姿が見えた。にいっと嬉しそうに笑う顔が一瞬ぽん太に見えて、圓朝はもう一度目をこらした。

——そんなはずはないか。

よくよく見れば、菊五郎と同じ服を着て浮いているのは、菊五郎の長男で今年六歳になる幸三《こうぞう》だった。遠見に子役を使うというのも、芝居の常套《じょうとう》手段である。

やがて幸三が風船から落下傘に乗り移った、という体で姿を消すと、もう一度菊五郎が姿を見せた。

「れでぃす、えん、じぇんとるまん、あはびぃなっぷあり、すりーさうさんふぃ……」

誰に仕込んでもらったのか、菊五郎は英語で得々と台詞を言って、満面の笑みを浮かべて花道を引っ込んでいった。

「なぁんだ、うちの師匠が出てくるんじゃないのか」

「いや、まだ終わってないだろ」

弟子たちがそんなことを言っていると、もう一度書き割りが開いて、背景が変わった。どうやら場所は浅草十二階こと、凌雲閣《りょううんかく》である。去年できたばかりで、今人気の物見台があった。ここから風船乗りを人々が見物しているという体らしい。

——あ！

着物姿で、少し猫背に歩いてきて、時折うつむいてくすっと笑う男——どう見ても、自分に間違いなかった。

「師匠だ、師匠だ」

弟子たちが横で大喜びしている。

菊五郎の脇に、弟子の誰かに扮してという趣向なのだろう、若い男が付き添っていた。

「師匠、今日はこの梅朝《ばいちょう》がお供に」なんて台詞を言っているが、そんな名は実際の圓朝一門にはないので、この芝居のために拵えた人物だろう。

「おや、圓朝さん、そちらの若い衆は誰だい」

凌雲閣の客の一人に扮した役者が、菊五郎に声を掛けた。

「はい。実は久しく上方へ修業に行っておりました、私の倅でございます」

——そうか、息子さんを披露する口上か。

だから実際の弟子の名を使わなかったのだ。

梅朝を演じているのは、菊五郎の養子で菊之助《きくのすけ》。表向きは養子となっているが、本当は実子らしいとの噂の絶えない二代目の菊之助は、諸事情あってしばらく上方へやられていたが、このほど帰京が許されたと聞く。

「どうぞ皆々さま、幾久しく、ごひいきお引き立てのほどを……」

朗々と聞こえる菊五郎の声を聞きながら、本物の圓朝は複雑な思いを抱えていた。弟子たちでも、事情を知っている何人かは、いくらか苦い顔をしているに違いない。

——うらやましいことだ。

幸三に菊之助。二人の息子と一緒に舞台を務める菊五郎の体は、役者としても父親としても日々を充実して送る、男の輝きにあふれている。

——どうしているか。

二十三歳になった朝太郎は今、遥か海の向こう、小笠原《おがさわら》の父島《ちちじま》にいる。

三島の寺から戻った朝太郎が物覚えも耳も良いのを見込んで、神田錦町《にしきちょう》の英語学校に入れたが、二年と続かず、退学になった。その後、圓朝の反対を押し切って、どうしても噺家になりたいというので、不承不承、試しに圓生に預けてみたものの、やはり一年も続かなかった。

身を固めさせてはと思って嫁をもらい、商売をさせてもみた。始めた煙草屋は存外うまく行き、孫も生まれて喜んだのもつかの間、その子が二月足らずで亡くなってしまうと、商売の方も朝太郎の手から離れていってしまい、さらにはせっかくもらった嫁も不縁となって、独り無頼の身に戻ってしまった。その後、細々と担ぎの貸本屋などもやってみたりしていたが、結局どれも長続きしない。

理由の一番大きなところは、酒だった。

世渡りがうまく行かないから大酒を飲むのか、大酒を飲むから世渡りがうまく行かないのか、そこはもうよく分からないが、朝太郎は酒があればあるだけ飲んでしまい、別れた頃のお里そっくりの充血した虚ろな目で「お父っつぁん。おれのこと厄介ものだと思ってんだろ」などと絡んでくる。

ともかく酒から遠ざけようと、圓朝はあれこれと伝手を辿って、朝太郎を小笠原に行かせることにしたのだ。東京から遠く離れた島の入植地ならば、酒を手に入れるのは難しいだろう。

本人もいくらか思うところがあったのか、父の辛い提案を素直に受け入れて、遠洋に漕ぎ出す船に乗っていった。もうかれこれ一年以上が経つ。

今は時折葉書が届く。葉書には、珍しい南国の景色や食べ物などがなかなかの筆遣いで描かれている。一度は絵師を志したこともある自分の血を、確かに引いているのが感じられて、圓朝はその葉書をいつも楽しみに、こちらからは絵の具やら筆やらを幾種類もそろえて送ってやっていた。

――絵の修業に出しているのだ。そう思えば。

酒毒がすっかり抜けて帰ってきたら、本格的に絵の道へ進めてやろうか。幸い、絵師になら知り合いは多い。

――そういえば、採菊の息子の健一君も、絵の道に進みたいと言っていたな。

あちらはまだ十二、三歳だが、しっかりした少年だ。どこかへ一緒に弟子入りしてもらったら良いかもしれない。

舞台で役者たちが入れ替わり立ち替わり踊っているのをぼんやり見ながら、客席の圓朝がそんなことを考えていると、舞台上の圓朝がひときわ陽気な声を上げた。

「ああ、昔へ帰って踊りましょう」

そう言っておかめの面を付けた菊五郎が踊り出すと、他の役者も皆いっしょになって踊り出した。

――ああ、なんだか。

書き割りは十二階のままなのに、なぜかその総踊りは、ご一新前の景色のように淡く遠く、ふわふわと浮かび上がって見えた。

昔へ帰って、か。それも良い。

では、帰りたい昔があるかと言われれば。

かき鳴らされる三味線の音が、なぜか遥か遠くに聞こえた。

二月。圓朝は日本橋の大《おお》ろじで〈真景累ヶ淵〉を演じていた。

「……それから私も心得違いをして、表向きは師匠と居候ですが、内所は夫婦同様でただぶらぶらといっしょにおりました。そうするとここへ稽古に参ります……、ね、根津の惣《そう》門《もん》内の羽生《はにゅう》屋と申す小間物屋の……」

豊志賀《とよしが》との因縁を語る新吉《しんきち》の台詞を言っている時に、それは起こった。

――土地の名が出てこなくなるとは。

新吉と深間になる娘、お久の出自を語るところで、自分の語りが淀んだのに、圓朝はぎょっとしていた。

言い淀んだだけではない。一瞬、次が出てこない感覚が、確かにあった。

――今年に入ってから、どうも。

以前のようにすんなりと、噺が口から出てこないせいで、ちょくちょく間が狂ってきている。今のところは、客の方でもよほど耳の肥えた人でなければ気づかないだろうとは思うのだが、圓朝は恐怖を覚えていた。

誰にでも、老いはやってくる。

五十三歳、まだまだやれる。やれるはずだ。

そう思う一方、自分の衰えは自分が一番よく分かる。自分だけが分かるくらいのうちなら良いが、きっとそのうち、それでは済まなくなるだろう。

見苦しい高座を客に見せるくらいなら、さっさと身を引いた方が良い。

睦連で苦労を共にした麗々亭柳橋はそう言って、八年前に引退してしまった。今は高座には一切上がらず、弟子に稽古をつけてやりながら、時々読本――とは今は言わず、小説というのだそうだが――なんぞ書いているらしい。

――引退。隠居。

気づけば、そんな暮らしも良いかもしれない、と思っている自分がいた。

速記本は次々と出ている。寄席には出なくても、速記に協力して噺を世に出すことはできる。速記になら、間の狂いや言葉の淀みまでは表れない。

それに、正月に圓朝を演じた菊五郎は、気をよくしたのか、これからは圓朝の噺を芝居にさせてほしいとも言ってよこしてきている。

まったく何もしないのは寂しいが、弟子に稽古をしてやったり、速記や芝居に協力したりするくらいに、自分の出番を減らした方が、そろそろちょうど良いのかも知れない。もう十分、自分のやりたいことはやった。気がかりなのは、弟子たちと朝太郎の今後だけだ。

いや、むしろ朝太郎のことは、自分が引退した方が、まめに面倒みてやれるかもしれない。

問題はやはり、弟子たちだ。

席亭たちの都合に振り回されることなく芸を磨けるよう、今は圓朝がいわば堤防のような役割を果たしているが、それが無くなったらどうなるだろう。また、同じ一門のくせに貶め合うような真似を、どうすればさせずに済むだろう。

そんなことをつい、圓朝は井上馨にこぼしてしまった。

井上はもと長州《ちょうしゅう》藩士で周防《すおう》——今は山口県《やまぐちけん》というのだが——の生まれだと聞くが、義理人情に厚い一方で、何か言い出したら容易に引っ込めないところや、いきなり人に怒声を浴びせるような気短なところもあって、どこか古《いにしえ》の江戸っ子を思わせるような人物だった。

役者や芸人には、そんな井上を頼りに思っている者が少なくない。自分の屋敷に今上陛下の御幸を仰ぎ、渋る宮内省の役人たちを説得して、團十郎の〈勧進帳《かんじんちょう》〉、菊五郎の〈三番叟《さんばそう》〉を余興としてご覧に入れるなど、役者や芸人の「品位を上げる」ことに、熱心になってくれたりもする。

いくつか年下の圓朝については、まるで弟分のように扱って、北海道《ほっかいどう》と新たな名のついた蝦夷《えぞ》地まで、旅行に連れて行ってくれたこともある。

「引き際か。もうおまえさん、そんなことを考えているのか」

「はあ。あまり見苦しいのもどうかと」

明治二十二年（一八八九）に農商務大臣を辞めてから、悠々自適に暮らす井上は、無駄のない手つきで茶を点《た》て、圓朝の前に押しだした。ふわりと漂う茶の香気が心地良い。

「まるで出家を志すごとき物言いだな。……まあ、それもいいかもしれん。で、弟子が絆《ほだ》しというわけか」

井上はしばらく考えていたが、やがて自慢の口ひげをひねりながらにやっと笑った。

「よし。なんとかしてやる」


井上との茶会から一ヶ月ほど経ったある日の午後、圓朝は一門の真打二十七人全員を自邸に集めた。

本所にいた頃とは違い、新宿《しんじゅく》の今の住まいの周りは一面の畑で、ごく静かである。

「やあ、皆揃ったかい。歌舞伎座以来だね」

四代目圓生、圓橋、圓喬、圓遊、二代目圓馬、小圓太……一同、いったい何事だろうという顔である。

「実は今日来てもらったのは他でもない。おまえさんたちに、どうしても頼みたいことがあるんだ」

全員の顔がこっちをじっと見ている。

「どうか、理由は聞かずに、私が良いというまで、寄席を休んでもらいたい」

ざわざわとどよめきが上がった。

「あの、しばらくってどのくらいですか」

圓生の声だ。

「まあ、はっきりとは言えないが、そうさな、まずは一ヶ月くらいだ」

誰からともなく「そんなに」と戸惑いのつぶやきが聞こえる。

「もちろん、その間の暮らしの費用《かかり》は私が面倒を見る。おまえさんたちを路頭に迷わすようなことはしないよ。約束する。どうかね、聞き入れてもらえるかい」

皆しばらく顔を見合わせて、互いの意向を探り合っていたようだったが、やがて「分かりました」「承知です」などとばらばら、返事が聞こえた。

「どうだろう。正直に言っておくれ。不承知だという者は、本当にいないかい」

皆黙っている。と、「起請文でも書きやしょうか」などと混ぜっ返した者がある。圓遊だった。

「そんなことまでしなくて良いが……よし、じゃあ必ず、守っておくれよ」

圓朝は全員に「当座のしのぎだ。無駄遣いしちゃいけないよ」と言い含めながら、一円札を入れた封筒を渡した。

後から思えば、この一円が仇になったのだが、この時の圓朝には知るよしもなかった。

翌日、予定通り井上の屋敷へ参上し、「仰せのとおりにいたしました」と報告した。

「よし。じゃあこれを持って、おまえさんごひいきを回りなさい。私の知り合いの方は、こっちでまとめといてあげよう」

「ありがとうございます」

「くれぐれも、席亭たちに気づかれないようにな」

「はい」

いよいよ、井上の授けてくれた策を実行する。圓朝は心が躍った。

一門の真打を皆、一斉に休ませる。そうして困った席亭たちの中から、これぞと思った者を選び、井上から手を回して、何軒かの寄席を買い取ってしまい、圓朝が席亭を務めるというのだ。今圓朝の手にあるのは、寄付を募るために井上が書いてくれた趣意書、いわば勧進帳である。

俥を走らせて方々回ってみると、ありがたいことにかなりの額が集まりそうだった。

「ほう、圓朝さんが席亭になって、一門を育てるのかい。それは楽しみだ。いいよ、一口乗ろうじゃないか」

「ありがとうございます」

「こういうことなら、きっと他にも賛同者があるだろう。そうだ、ここへ行ってごらん。紹介状を書いてあげよう」

数寄者としても知られる井上の人脈は圓朝の思い描いていたよりもずっと豊かで、寄付は着々と金額を伸ばした。

圓朝は集まった金をせっせと井上邸に預けた。

――男の花道だ。

もちろんそれは、寄付し、応援してくれた人々への、恩返しの道でもある。

――一門が切磋琢磨できる場を作るのだ。

二つ目だけをずらっと並べて、安い木戸銭でお客を集めるのも良いだろう。ただの稽古より、やはり客の前でやる方が身につく。お客の方も、どんな若手が育ってきているのか、知れば楽しめるのではないか。自分たちが育ててやっているという気持ちを持ってもらえれば、長いごひいきになってくれるにちがいない。

――自分が四六時中いては、弟子も窮屈かもしれないな。

のびのびと思う存分好きなことを試みられる場所にしてやりたい。そうして、たまにそこへ顔を出して、教えられることは教えてやり、時には助演くらいに出てやれば、客にも弟子にも、喜んでもらえるのではないか。

これまで、これから伸ばしてやりたい弟子に良い出番をやってくれと席亭に言うとすぐに「その代わり、じゃあ圓朝さんはいつ出てくれますか」と言われて、なかなか体の休まる暇もなかった。もっと手間暇かけて、弟子や孫弟子が伸びていく、三遊亭や橘家の亭号を持った者たちが栄えていくのを、見守っていきたい。

そんなありがたい日々が、もうすぐきっと実現する。

「おまえさん、なんだか楽しそうだね」

お幸がにこにこと言った。

「おまえにも、苦労ばかりかけた。すまなかったね」

「いやですよ、改まって」

涙ぐみつつも、お幸も近頃の夫の様子を、喜んでくれているようだった。

そろそろ弟子たちにも打ち明けよう。圓朝はもう一度招集をかけることにした。

「おはようございます。圓馬でございます」

「圓遊でございます。おはようございます」

次々と、弟子たちの集まってくる気配がある。

「そろそろ、みんなそろったんじゃないですか」

「ああ。そうだね」

お幸が用意してくれた、高崎扇の紋のついた黒羽二重に手を通し、献上の帯をぎゅっと締める。

躍る胸のあたりに軽く手を当てながら、圓朝は弟子たちの集まる広座敷の襖を開けた。

――あれ。

ざっと見ると、頭数は二十人ほどだった。

――なんか、少なくないか。

歯の抜けた集まりようを見て、嫌な予感がした。

「師匠、申し訳ありやせん」

圓遊と圓太郎が圓朝の前に進み出てきて、手をついて頭を下げた。

「なんだい、藪から棒に雁首《がんくび》そろえて、申し訳ないとは」

「それが……その」

「手前たちが悪いんで……」

代わる代わる、項垂《うなだ》れた二人が話す。二人とも、高座での弾むような調子はかき消えて、ぼとりぼとりと、雨だれが落ちて地面にたたきつけられて潰れていくような、しょぼしょぼとした話しぶりである。

「申し訳ありやせん」

散切りの頭が二つ、畳にこすりつけられている。

返す言葉は、胸の内のどこを探しても出てこない。鉛玉でも飲まされたら、こんな心持ちになるだろうか。

——魂が身から抜けるってのは。

きっとこんな時にでも起きることなんだろう。

前に集まった後、圓遊と圓太郎は、もらった一円を手に早速一杯やってしまったらしい。寄り合いの席で「もう本日この晩から早速出勤しないこと」と申し合わせたのに、二人はうっかり、ほろ酔い機嫌のまま、出る予定だった両国の立花家の方へ脚を向けてしまった。そうして、「そうだ、今日はもう出ないんだった」、と思い返して踵を返そうとしたところを、立花家の席亭に捕まってしまったのだという。

「今日師匠のところで寄り合いがあったって言うじゃないか。圓朝さん、なんだって」

「いや、別に」

「別にじゃないだろう。ずいぶんご機嫌じゃないか。どうだ、何ならもうちょっと飲まねぇか。おごるぜ」

「へぇえ、お席亭のおごりたぁ、珍しいこともあるもんだ」

そんなやりとりの後、「一門皆でしばらく休むことになった」と白状させられてしまったのだという。

――だめだ。

皆で一斉にやればこそ、叶うはずの策だ。七人も欠けてしまって、しかも席亭に知れてしまっては、おしまいである。

機を見るには、芸人たちより遥かに敏な席亭たちだ。きっと、圓朝が弟子を休ませようとした理由も、弟子たちよりもずっと見通しているに違いない。もうどう井上が手を回したところで、寄席を買い取るようなことはできまい。

いない七人は、日頃からあちこちの席亭に借金の多い者ばかりだ。きっと脅したりすかしたりの目に遭って、席亭の言うことを聞くしかなかったに違いない。

――こんなものか。

立ち上がろうとして、足下が軽くふらつく。

「ちょっと、待っていておくれ。用足しに言ってくるから」

なんとか歩き出すと、圓朝は雪隠《せっちん》へ行くふりをした。

目の下に滲むものを、弟子たちに見られたくなかった。

涙があとからあとから止めどなく流れて、顎を伝って滴り落ち、着物の襟を濡らしていく。

——しょせん、この程度なのか。

情けない。

芸も人物器量も、それなりに育ててきたと、心底密かに誇ってきたのに。この程度なのか。

師匠と呼ばれ、人を育てている気になっていた自分がちゃんちゃらおかしい。肝心な時に、密事《みつじ》の一つも守らせることができないとは。

この程度なのだ。そう思うと、怒る気力さえもなかった。

圓遊と圓太郎が逃げずに出頭してきて、自らことを打ち明けたのだけが、せめてもの、わずかな救いなのかもしれない。そう思うより他、なかった。

——これが、私の引き際か。そういうことか。

なかなか止まってくれない涙をようやく抑えると、弟子たちに向かって言った。

「こたびの件はご破算だ。皆はこれまでどおり、各自ちゃんと出勤しなさい。休んだところへは、よく詫びを入れて」

圓遊と圓太郎が俯いている。

「ただ、私はもう寄席には出ないから、そのつもりで」

ざわざわしていた二十人が、水を打ったように静まりかえった。

「じゃあもう、皆今日はお帰り。私は疲れたから、先に引っ込ませてもらう」

これ以後、圓朝は本当に寄席へ出るのをやめてしまった。ごひいきが出してくれた金を一軒一軒、返しながら、「寄席へはもう出ないことになりました」と挨拶して回った。

圓遊と圓太郎が破門になるのではとの噂がしばらく続き、またそうしてはどうだと意見するごひいきもあったが、そういったことを差配する気にはもうなれなくなっていた。

「圓馬。どうしても行くかい」

「はい。師匠。せめて手前だけでも、師匠のお気持ちを継ぐつもりです」

「申し訳ないね。巻き込んでしまって」

ただ一人、圓馬だけは、圓朝の無念さに殉じたいと志願してくれて、自分も東京の寄席にはもう出ないと宣言した。先の見込み十分な者だったので圓朝は惜しく思い、自分に遠慮することはないと止めたのだが、志は固かった。

――圓馬という名は、どうやら私に添ってくれる巡り合わせらしい。

忘れもしない、初代の圓馬は、朝太郎が警察に拘引された時に奔走してくれた弟子だった。

まだ二つ目だった弟の圓治《えんじ》とともに、新天地を大阪へ求めて、東京を去って行く二代目の圓馬を、圓朝は拝む思いで見送った。

「馬のはなむけだ。せめてこれを」

祝儀袋を圓馬に渡した。

「師匠、こんなにしていただいては」

多めに入れた札の厚みを見て取った圓馬が戸惑っているのを見て、圓朝はもう一度祝儀袋を手に取り、圓馬の懐に押し込んだ。

「良いんだ。上方は言葉も違う。なかなかすぐには水も合うまい。どうか達者でな」

しほばら多助は、すみやにほーこーして、ゐましたとき、きをつけて、あつめておきました、ふるぞーりを、主人のいりよーのときに、たくさん、だしてあげました。

――ほーこーに、ふるぞーり……ああ、奉公に古草履《ふるぞうり》か。

仮名の中にこんな棒を混ぜられると、圓朝にはかえって読みにくい。

多助　は、十年あまり、ほーこー　して　をる　うち　に、あつめ　た　すみくづをもらうて、みせをひらきました。

——この隙間はなんだ……そうか、言葉を一番細かく区切るとこうなると。しかしこんなに区切ったら、なんの意味やら分からないだろう。

多助は、しょーじきにして、せいだしたゆゑ、その　みせ　が大そーはんじょーして、名だかい商人　に　なりました。

——なんだか、私の作った噺の世界ではないみたいだ。

明治二十五年（一八九二）五月。

圓朝の手元に『新編修身教典　尋常小学校用巻二』が届けられた。塩原多助が「じんむてんのーさま」や「二のみや先生」らに交じって、「国民ノ規範タルベキ人物」として取り上げられたのだ。

――今度は修身の教科書か。

神武《じんむ》天皇や二宮尊徳《にのみやそんとく》と並ばされては、きっとあの世の本物の多助はさぞ驚いていることだろう。

芝居の方では、今年の正月、ついに菊五郎が〈塩原多助〉を演じた。昨年の〈錦《にしき》の舞《まい》衣《ぎぬ》〉に続いての、圓朝の噺の劇化であった。

速記本で読まれ、芝居になり、教科書に載り。

多助の名とともに、圓朝の名も、常日頃寄席に縁のないような人々にまで広く知れ渡ることになった。いわば、多助が「立派な人」と讃えられれば讃えられるほど、圓朝の方は「名人」と名が上がっていくことになったのだが、その「名人」の口演は、もはや、一般の人が聴きたいと思い立っても叶わぬものになっている。

こうした状況を残念に思う人は多かった。かつて圓朝に無念を味わわせた席亭たちも、本当に圓朝がここまですっかり寄席から身を引いてしまうとは思っておらず、「どうか復帰を」と促す声は多くあった。

しかし、圓朝自身は、そうした声においそれと応える気にはなれなかった。唯一例外だったのは、大阪へ行った圓馬を通じて、浪花《なにわ》座から「ぜひ出てほしい」と頼まれた時だけであった。

――まだ、なんとかやれるようだ。

浪花座では、演者の声がより後ろの方まで聞こえるようにと、天井に銅線を張り巡らすなどの新奇な工夫がされていたのが、圓朝には気に入った。

ただ、同じ座組になった講釈師の放牛舎桃林《ほうぎゅうしゃとうりん》が、楽屋で切腹《せっぷく》を図ったには驚かされた。幸い、見つけたのが早くて命を取り留めたが、「受けなかった上に、声を潰すなどという失態を演じたから」死のうとしたという桃林の激しい、古武士のような態度に心を揺さぶられる思いがあった。

――ああいう古い気質は尊いものだ。

大阪での口演のあと、上方をあちこち旅行して、久方ぶりに東京へ戻ってくると、また新たな噺を拵えてみようという気になっていた。

――しかし、侍を主役にすると、話が古くなってしまうな。

あれこれ考えるうち、桃林の行儀の良い武家風のたたずまいが、もう一人、別の知り合いの男と重なった。

――そういえば、あれもそんな男だ。

簞笥や鏡台など、指物を作る職人で、本所割下水《わりげすい》に住む、長二《ちょうじ》という。圓朝はこの職人がひいきで、自分の身の回りの道具をいくつも長二に作らせていた。

己の技や芸に命をかける、自尊心の強さ、激しさ。しかし、それは往々にして、周囲には分かってもらえないものかもしれない。

桃林のことも、他の芸人や浪花座の人々は少なからず迷惑そうにしていた。「なんでそんなことで、そこまで」と思うのも、まあ無理はないのかもしれない。

改めて何か作るにあたり、圓朝の頭には、ずっと以前に教わった西洋の小説が浮かんでいた。

薩摩《さつま》出身のお役人で、横浜税関の長を務めていた有島武《ありしまたけし》という人があった。この人の奥方は、圓朝が横浜の寄席に出ると必ず来てくれて、楽屋にも何くれと差し入れてくれたのだが、ある時、「フランスの新聞小説にちょっと面白い話がありましてよ」と教えてくれたことがあったのだ。なんでも、主人の有島にフランス語を教授していた人から聞いて、書き取った話だという。

――モーパッサン、というのだな。

作者は、フランスではたいそう有名な文士であるらしい。

小説の題は「親殺《おやごろ》し」。とある腕の良い、人格も正しい職人が親を殺した。その本当の理由を裁判官が追及する話だ。

「私があの男と女を殺したのは、彼らが私の両親だったからです」

こう言って職人が敢然《かんぜん》と本心を打ち明けるあたりがとても面白いと思ったのだが、もうずいぶん前に教えてもらったまま、噺に拵えることなく今日まで来てしまったのだ。

――しかし、拵えても、どうなるものでも。

新しい長い続き物を作っても、それをかつて寄席でしていたように、毎日口演して十五日間、などという機会は、今の圓朝にはない。

もちろん、やりたいと頭を下げれば、やらせてくれる寄席は多いだろうが、それをこちらからどこかの席亭に申し入れるという気には到底なれない。

――まあ、良い。

口演するあてはなくても、噺は拵えよう。誰かごひいきのお座敷でなら、やらせてもらえるかもしれないし。

何より、噺を作るのは、楽しい。作っている間は、憂き世のことは忘れていられる。

裁判　不義密通　里子　名人気質

……親殺し　実の親　養い親

圓朝は改めて、自分で書き並べた言葉をじいっと眺め続けた。

新しい噺を作ることに没頭するようになった圓朝のもとに、案じていた知らせが届いたのは、明治二十六年（一八九三）の正月のことだった。

――とうとう、逝ってしまったか。

其水こと古河黙阿弥が、七十八歳でこの世を去った。

何の因果か、同じ日に浅草の鳥越座《とりごえ》が火事で焼け落ちた。鳥越座は中村座の流れを引く由緒のある劇場だったから、巷では密かに「黙阿弥さんがあの世へ劇場《こや》を持ってっちまった」などと囁かれた。

圓朝が寄席から退いた時、「なんだ、本当の無舌になるつもりか」と惜しんでくれたのが、まるで昨日のことのようである。

――其水さん。

本当にあの世に劇場を持って行ったなら、そこでそのうち、私に噺をさせてくれないか。あの世の劇場なら、あれをやるなこれをやるなとか、うるさくないだろう？　芝居の劇場で噺をやったって、かまうまい。其水さんが席亭なら、どんな注文だって聞こうじゃないか。

遺言に「本葬をしてくれるな」と書いていたという其水を、圓朝はそんな言葉で偲んだ。

明治二十七年（一八九四）暮れ。

「何か速記用の口演、お願いできませんか」

そう頼んできた中央新聞の編集者に、圓朝は予て考えていたことを提案してみた。

「どうでしょう。今度は速記ではなくて、私が自分で書いたものを載せてもらえませんか」

「ご自身でお書きになったもの、ですか？　それは面白そうですね」

自分の口演速記は、今風の小説とやらを書きたい文士の人たちに、何かと重宝がられていると聞いている。「言文一致」などと言うらしい。

だからと言って、自分が小説を書こうというつもりはないけれど、速記者によるもどかしい記録ではなく、自分の肉声や思い入れがもっと反映した噺を自分の手で書いてみたいと、〈名人《めいじん》長二〉を拵えながら、思うようになったのだ。

ただ、古い噺にしたくないと思って始めたのに、できあがってみると、噺の舞台がどうしても、ご一新前のことになってしまったのには、自分でもいくらか戸惑った。

親殺しの大罪を犯す長二の気持ちを深く推し量り、なんとか裁きに工夫をつけようとする人物は、当世風の判事ではどうしても描けなかった。お白州を見下ろす、町奉行になってしまう。

「……私はもとより重いお仕置きになるのを覚悟でお訴え申しましたのでまたこのまま生き延びては天道様へすみません。現在親を殺して狂人だと言われるを幸いに助かろうなぞという了見は毛頭ございません……」

初めに心惹かれた職人の台詞は、噺の中ではこんなふうに始まる。ただ、もとのフランスの話はいきなり裁判から始まっているが、圓朝は、この職人、指物師の長二の生い立ちや職人として高い矜持を持つに至るいきさつを丁寧に描いてから、殺しや裁きなどの場面を作っていった。

明治二十八年（一八九五）の四月から始まった連載は幸い好評で、直後に単行本としても出版された。それを見た一門の者たちは「まだまだ師匠は衰えていないらしい」と思ったようだった。

圓朝が一門の長の座を降りてしまってから、東京の寄席では、人数、人気ともども、三遊派は柳に一歩譲るような形になっていた。

加えて、西欧から次々に入ってくる目新しい見世物に、寄席の演芸そのものが押されがちでもあった。

今も速記本が売れ続け、また芝居でも次々とその噺が上演され続けている圓朝に、もう一度寄席に出てほしい。「幻の名人圓朝」を、自分たちの座組の助演に呼びたい——一門の者たちがそう望んだのは自然の成り行きと言えた。

明治三十年（一八九七）十一月。

「師匠。いかがでしょう。再来年には還暦をお迎えになります。それまで、皆の助に、順にお出ましをお願いできませんか。そうして、六十の賀も本卦《ほんけ》還りも、皆で盛大にお祝いさせていただきとうございます」

弟子、孫弟子、揃っての懇願に、心で何かがことん、と動いた。

——もう一度、寄席へ。

互いに知った顔ばかりのお座敷ではなく、その日によって、どこの誰が客席にいるか、どんな顔をされるか知れない、寄席。

拍手喝采をくれるか、そっぽを向くか分からない気まぐれな客。芸人を、有頂天にも、切腹して死にたいほどの気持ちにもさせる、寄席。

もう出ないと言ったろう。今さら。

そう答えるつもりだったはずが、口をついて出てきたのは、違う台詞だった。

「そうか。還暦ね」

還暦、本卦還り、六十の賀。

たぶん、口実は、何でも良かったのだ。

圓朝は、頼まれるまま、弟子たちが出ている寄席で順番に助演を務めることにした。

芝の恵智十《ちえじゅう》、玉《たま》の井《い》、浅草の大金亭《だいきん》、新福井《しんふくい》、日本橋の伊勢本、大ろじ、神田の川竹、日本亭……。

久しぶりの圓朝出演というので、どの寄席も畳の総替えは当たり前、中には楽屋や手洗所を建て直したというところもあった。客も、名人と名高い圓朝が見られるというので、どこも満席になった。

「あれ、また止まったよ。青、どうした。……今汝《われ》ェ歩いたじゃねえか」

何度となく高座でかけているはずの〈塩原多助一代記〉。しかし、自分では変わらぬつもりでも、どこかなにか、ほころびがあるらしいのは、客席から伝わってくる。

後ろの方で、客があくびをしたのが目に入ってきた。客の拍手が、昨夜の圓喬の時よりおざなりな気がする。

――だめだ。圓次郎《えんじろう》の台詞が遅れた。

そんな思いが過ぎって、いっそう噺が崩れる。

――いかん、いかん。

鉄舟先生に、そんなことが気になるようでは、斬り込まれているのと同じだと言われたではないか。人物の了見に入れていないのだ。

体と声とは、思っていた以上に、自分の思い通りになってはくれない。思うに任せぬ疵だらけの高座は、圓朝の心を毎日痛めつけたが、その痛みはかえって、高座にまた上がりたいという気持ちに火を点けた。

「……これ青よ。汝とは長いなじみであったなぁ。汝は大原村《おおはらむら》の九兵衛《くへえ》どんが、南部《なんぶ》の盛岡《もりおか》の市から買ってきたのを、おらの父っさまに買われてきたんで。その時……」

稽古場の壁に向かって、圓朝は繰り返し繰り返し、噺をさらった。

「おまえさん、もう夜中だよ、そろそろ」

「……おまえさん、そろそろ……おい、なんだ。途中で声なんぞかけるやつがあるか。噺が狂っちまったじゃないか」

「だって、ほら、こんなに手も冷えちまって」

お幸が半纏を圓朝の肩にかけ、両の手を自分の手に包み込んだ。

「ね、ちゃんと寝ようよ。風邪でも引いたら困るだろ。高座、上がれないよ」

あやすように言われて、圓朝もやっと我に返った。

「そうだな。風邪引いちまったら、出られないな」

「そうだよ」


〈塩原多助一代記〉〈真景累ケ淵〉〈怪談乳房榎〉〈鏡ケ池操松影〉……速記本で読んだことしかないという客が「名人圓朝」を追いかけて、各所の寄席に詰めかけた。中でも菊五郎が芝居にして当たったこともあって、やはり〈怪談牡丹灯籠〉を聞きたいという客は多かった。

菊五郎は、悪党の伴蔵と忠義な孝助とを二役で演じて評判を取ったが、圓朝はむしろ、お露と新三郎の悲恋と怪異の方を頻繁にかけた。

「……今日しも……。盆の十三日なれば精霊棚の支度などをいたして……」

言い淀み、必要以上の間が空いた。客が怪訝そうな顔をするのが分かる。

——くそ。せっかく、これからからんころん、なのに。

亡き師の褒めてくれた、幽霊の下駄の音。

「盆の十三日」と後に出てくる「十三日の月」が一瞬、頭の中で混乱したのだ。暦が明治五年（一八七二）に改まって以降、盆の十三日に十三日の月が出るとは限らないんだなぁ、などと昨夜稽古しながら考えてしまったのが、仇になったのかもしれなかった。

「……あなたより他に夫はないと存じておりますから、たといこのことがお父っさまに知れて手打ちになりましても、あなたのことは思い切れません。お見捨てなさると聞きませんよ、と膝にもたれかかりて睦ましく話をするは……」

なんとか仕舞いまでたどり着くと、客席からも舞台袖からも、「ふう」っと誰かのため息が聞こえる。

ゆっくりと、高座を下りる。

「お疲れさまでございます」

着替えを手伝ってくれるのは、もはや何度尋ねても名前も顔も覚えられない、若い孫弟子たちだった。

――もう止めようか。

いや。

次、やれば、きっと。もう一度稽古したら、きっと、できる。できないはずがない。

頭の中にはこんなにはっきり、情景も台詞も語りも浮かんでいる。できないのはきっと、まだ調子が出ていないだけだ。

おれは本来、こんなものじゃない。

「お茶、お持ちしました」

乾いた口中を湿らせようと湯飲みを慌てて口に運び、予期せぬ熱さに顔をしかめる。

「なんだ、この熱い茶は。茶の淹れ方も教わっていないのか。誰の弟子だ」

「すみません」

つい怒りに任せて大声を出してしまい、若い孫弟子がびくびくしているのが分かる。昔はこんなふうにいきなり若い者を叱りつけたりしなかったのにと、自分でやってしまって、情けない。

「や、大声を出してすまなかった。悪かったね……。つい」

ともかく、帰ったら稽古だ。もう一度。そうすれば、できないはずはない。

ふうっと息を吐いて立ち上がろうとすると、足下がふらつき、孫弟子に脇から支えられた。

「おい、早く俥を。師匠をお送りするんだ」

弟子の背中から這うように俥に乗り移る。

「おまえさん……」

家に戻ると、お幸が不安そうな顔をして床を取ってくれた。

何やらひそひそ、付き添ってきた弟子と話し合っているようだ。寝床にいる身には、声は聞こえるが、何を言っているかまでは分からない。

——あれは圓遊か。それとも萬橘……いやいや、そんなはずはないか。

へらへらの萬橘は、五年前にこの世を去ったはずだ。弟子の萬橘だけではない、かつて芸を競い合った、四代目の桂文楽や麗々亭柳橋も、すでに不帰《ふき》の客となっている。

「圓朝」

仰向けになっていると、耳元で其水の声がした。

「もう良いんじゃないのか、そろそろ」

「なんだ、其水さんか」

「なんだとは、ずいぶんご挨拶だな」

「邪魔しないでおくんなさいよ。さっきうまくいかなかったところを、今頭の中でさらっているんだから」

「まだやろうってのか。相変わらず欲が深いな。我欲を忘れるって、どっかの偉いさんに教わったんじゃなかったのか」

「何言ってるんだ。もともと、芸だの芝居だの、人の生き死にと関わりないことで身を立てようなんて、結局我欲の塊じゃないか。其水さんだって覚えがあろう」

「ふふん。そう来たか。しょうのない男だな」

ふと目を開けると、枕元に座っている其水の姿が見えた。

──死神《しにがみ》みたいだな。枕元に座られちゃあ、寿命ってことだが。

其水は、圓朝の拵えた〈死神〉を、座興に演じてでもいるつもりなのだろうか。それとも、本物の死神が、其水に化けているのか。

「ほどほどにしておけよ。こっちにだって寄席はある。待っててやるから。燕枝もそろそろいっしょに来るはずだ」

「まさか」

柳亭燕枝。近頃じゃあ、談洲楼《だんしゅうろう》なんて乙な号を使ったりしているらしい。昨日往来で、乗った俥同士がすれ違ったばかりだ。悔しいことに、向こうの方がずっと元気そうだった。

「じゃあな」

そう言って其水の消えたあとの天井をぼんやり見やりながら、口の中で〈牡丹灯籠〉のお露と新三郎のやりとりをさらい続けた。

「おまえさん、目が覚めたかい。薬、煎じてあるけど」

どれほど眠ったのか。目を覚ますと、お幸がこっちをのぞき込んでいる。なんだか目が赤いようだ。

──なんだ、泣き顔なんかしやがって。

これから寄席へ出ようってのに、験《げん》が悪いじゃないか。

「もう今日は行かないだろう。代演、頼んでこよう」

「いや。行くよ。行く」

「行くって……もう」

「うるさいな。おれが自分で行くと言っているんだ。止めるやつがあるか。さ、支度しておくれ」

結

「……白翁堂《はくおうどう》も手伝ってそのお札をうちの四方八方へ貼り、萩原は蚊帳をつってその中へ入り、かの陀羅尼経を読もうとしたがなかなか読めない……」

客席がいつになく前のめりだ。今日はこの頃では一番、思うように語れている。

——やれるじゃないか。

休まなくて良かった。まだまだやれる。よし。

新三郎が陀羅尼を唱える。恐怖におびえながら、慣れない、意味も分からない呪文を唱える、若い男。自分が夜な夜な抱いて寝ていたのが、恋しい女ではなく幽霊で、このままだと女にあの世へ連れて行かれるぞと告げられてしまった男。

初心な初恋に打ち込んでいただけに、その恐怖は深いはずだ。

「……の、の、曩謨婆誐嚩帝嚩囉駄囉《のうぼばぎゃばていばざらだら》。娑誐囉《さぎゃら》、捏具灑耶《にりぐしゃや》。怛陀孽多野《たたぎゃたや》……なんだか外国人のうわごとのようで訳が分からない」

ここは一瞬だけ、客の緊張が緩むところだ。英語だのドイツ語だのがあふれる昨今、「外国人のうわごと」みたいなものに悩まされている者も多いのだろう。

——あれ、其水さん？

なんでそこに座っているんだ。

「……上野の夜の八つの鐘がボーンと忍《しのぶ》ヶ岡《おか》の池に響き」

ここの鐘の音は、速記じゃあ「ボーン」と書いてあるんだが、まあそう書くしかないんだろうが、実際にはそう発音してはだめだ。「ぼ」と言った後、喉の奥に「あ」と「ん」の間くらいの音をじわあっと響かせて陰に籠もらせる。そうでないとこれから幽霊が出ようっていう感じが出ない。

——お里。

何しに来たんだ。あれ、なんでお幸とそんなふうに隣に座ってる。二人して聞いているなんて、おかしいじゃないか。

「……いつにも変わらず根津の清水《しみず》の下から駒下駄の音高くからんころん、からんころんとするから新三郎は心の内でそら来たと小さく固まり……」

——あれ、あんな所に子どもが立ってる。

寄席の客に子どもがいないわけではないが、近頃圓朝が出る席では珍しい。

——朝太郎？　いやいや、そんなはずはない。

朝太郎はもう三十歳を越えたいい大人だ。

どこの子だろう。あんな、当世もう見かけない、角大師《つのだいし》に頭を結って。

——あれ、そこにいるの、兄ちゃんじゃないか。

子どもが若い僧侶を見上げて何か話している。

「幽霊ってのはな、人の心を映す鏡なんだ」

「鏡？」

「ああ。だから、自分に疚しいことがなければ、夜、幽霊を見ても、怖いことはひとつも起きず、ちゃんと明るくなって、朝が来る」

——そんな話していないで、こっち向いて噺を聞いておくれよ。

おれの噺を。

「……新三郎は何も言わずに南無阿弥陀仏……」

幕が下り、袖から何人もの足音がした。

——なんだ。おれがまだ噺をやってるってのに。

「師匠、師匠しっかりしてください」

「おい、圓右《えんう》、おまえ次に上がれ。いいな」

「そおっと運べよ、そおっと」

「早く客席に誰か行け。ちゃんとこの後もありますって言ってこい」

ばたばたと数人、駆けだしていくようだ。
——何騒いでいる。おれの噺、まだ、終わってないぞ。
まだ、終わってないんだ。

明治三十三年（一九〇〇）八月十一日、圓朝は六十二歳でこの世を去った。最後となった、日本橋木原《きわら》亭での高座から、およそ十ヶ月後のことだった。
父の死の半年前に廃嫡の処分を受けていた朝太郎は、葬儀に参列はしたものの、その後の動向は知られていない。

参考文献

倉田喜弘・清水康行・十川信介・延広真治編『円朝全集』岩波書店
倉田喜弘編『明治の演芸』国立劇場芸能調査室
鈴木行三編『定本円朝全集』春陽堂
永井啓夫『新版三遊亭圓朝』青蛙房
橘左近『東都噺家系図』筑摩書房
三遊亭圓生『明治の寄席芸人』青蛙房
三遊亭圓生『寄席切絵図』青蛙房
暉峻康隆『落語の年輪　江戸・明治篇』河出書房新社
暉峻康隆『落語の年輪　大正・昭和・資料篇』河出書房新社
石井明『円朝　牡丹燈籠　怪談噺の深淵をさぐる』東京堂出版
横山泰子ほか『江戸怪談を読む　牡丹灯籠』白澤社
矢内賢二『明治キワモノ歌舞伎　空飛ぶ五代目菊五郎』白水社
朝日ジャーナル編『大江戸曼荼羅』朝日新聞社
須永朝彦訳『復讐奇談安積沼／桜姫全伝曙草紙』現代語訳江戸の伝奇小説1　国書刊行会
『モーパッサン全集』第9巻　春陽堂

河竹登志夫『黙阿弥』文藝春秋
今尾哲也『河竹黙阿弥』ミネルヴァ書房
興津要編『古典落語』講談社学術文庫
延広真治『江戸落語』講談社学術文庫
山本進編『落語ハンドブック』三省堂
東大落語会編『増補落語事典』青蛙房
瀧口雅仁『古典・新作落語事典』丸善出版
武藤禎夫編『江戸小咄辞典』東京堂出版
矢野誠一『三遊亭圓朝の明治』文藝春秋
森まゆみ『円朝ざんまい』文春文庫
小島政二郎『円朝』河出文庫
藤浦敦『三遊亭円朝の遺言』新人物往来社
松田修ほか校注『伽婢子』岩波書店
『全生庵蔵・三遊亭円朝コレクション　幽霊画集』全生庵
関根黙庵『講談落語今昔譚』平凡社

一部史料の理解につきましては、大橋崇行氏（成蹊大学）よりご教示を賜りました。記して御礼申し上げます。

解説

中江有里

日本で一番古い物語と聞いて、何を思い浮かべるだろう。一般的には『源氏物語』かもしれない。

まだ印刷技術がなかった時代に書かれた物語はすべて手書きの一点ものだった。紙は時間とともに退化し、原書はやがて失われる。現在に古典と呼ばれる古い物語が残っているのは、誰かに書き写されてきたからだ。

同じく一点もので、写本されずに消えてしまった物語もあっただろう。

そもそも日本は口伝のみで残ってきた民話や説話が各地にある。日本人の妻からそれらを聞いて作品化したのがイギリス人の作家・小泉八雲だ。

どんなにすばらしい芸術、貴重な物語だったとしても現代に残るにはなんらかの「現物」が要る。

「演技は残らない」

知り合いの俳優がそう言っていた。今は映像が残る時代であるけれど、舞台の演技やパフォーマンスはその場で観たのと、収録されたものでは違う。前者が強烈な「記憶」とするなら、後者は単なる「記録」。

圓朝が生きた江戸時代末期から明治時代は『源氏物語』の生まれた平安に比べれば十分に新しい時代。実際に知る人はいないが、あらゆる記録が残り、語り継がれ、物語化されてきたおかげでかなりのことがわかっている。

落語に詳しいとは言えない私でも、圓朝の名はなんとなく知っていた。

「牡丹灯籠」「真景累ヶ淵」は、物語として記憶に刻まれていて、圓朝の創作落語から生まれた噺が現代に残ってきた理由は本書にも記されている。

それが魅力的な噺であったからには違いないがもうひとつ、拵えた圓朝自身の人生もまた誰かに語りたくなるほど波瀾万丈だったからだ。

そんな圓朝の実人生を小説化した本書の冒頭は「まさか」の連続だ。

師匠の圓生からの「仕打ち」、弟子の裏切り、圓朝は噺家をやめようと考えるほど思いつめている。

師弟関係にあり、同じ「三遊亭」を名乗るからには「家族」同然。日本の古典芸能では実の親子が師弟になったり、芸の「養子」に入ったり、師弟とは疑似親子のような関係だ。

しかし新しい才能を発掘することは、自身の危機にも繋がる。いずれ立場を脅かすかもしれないのだから。

文学賞の選考委員を務める先輩作家がこんなことを言っていた。

「新しい才能を評価するのは自分のライバルを生んでいるのも同然だが、すべては小説のためだ」

大御所の意外な言葉に、感慨深いものがあった。

人が人を育てるのは、思うようにはいかない。圓朝自身が多くの弟子を抱えた時、なぜ自分が圓生に疎まれたかがわかる。

圓朝は最初から優れた噺家であるが、生涯にわたって師弟関係に悩まされている。

弟子を育てることは、人を育てることだ。

一粒種の朝太郎のことをあげると、子育てとは本人の資質で歪んでしまうのか、それとも育て方なのか、あるいは愛情の量なのか、そのすべてか、答えが出ない。

圓朝は弟子ひとりひとりのことを思い、心配りしているのに、その気持ちが弟子に真に伝わっているとも言えない。

本書の読みどころは圓朝の特異なエピソードやその人間臭さもあるが、先に書いた師弟関係、人の育成など、現代にも通ずる悩みや問題があらわれているところもだろう。

印象的なのは、最初は長らく誰もやっていなかった道具仕立ての噺をしていた圓朝が、道具をやめ素噺で出るようになり、弟子の圓遊が「すててこ」を歌い、「邪道」ともとれる芸を実践していく対比だ。

新しい芸、発想、人は斬新であるほど歓迎されるか、拒絶されるかに分かれる。圓朝はモヤモヤとする気持ちを抑えて、弟子にかつての自分を重ね、自身の噺家としての衰えも認めていく。

真のライバルとは、弟子ではない。自分の感性や芸の進化が止まった時、成長は止まる。真のライバルは自分だ。

明治維新を迎えて、西洋に追いつけ追い越せ、とばかりに落語の有り様まで新政府が口を出すようになるのも興味深い。

ましてや圓朝は噺家の中でも芝居の色が濃く、邪道扱いされているのが繰り返し描かれている。そんな圓朝が率先して噺家の立場向上のために政府に従って働く。

「三遊亭の頭領であり続けるためには、一日たりとて、気を抜くということは許されない」

噺家のスターであり、その立場を慮った発言は圓朝が背負うものの重さが感じられる言葉だ。

圓朝の時代の噺家は何をしても「芸人風情」と蔑まれて終わり。しかし現代は芸人（芸能人）も「聖人君子」でないとわかるとバッシングされたりする。あらゆる発言はＳＮＳで拡散され、見ていない（聞いていない）人にまで非難される時代。

圓朝も噺においては「勧善懲悪」「風紀を乱さない」ことを新政府には求められている。芸人の「芸」にお上が口を出すことには怖さを感じる。思想の弾圧にも繋がりかねないからだ。

本書にはもうひとつ、現代に重なる流行が描かれている。コロリの流行だ。

罹れば死につながるコロリ（コレラ）が新型コロナウイルスの感染と重なった。寄席や劇場に客が集まらず、芸人は仕事を失い、借財を増やしてしまうことを案じた圓朝は自らを質草にして、弟子たちがお金を借りられるように算段している。

本書の親本が出たころには考えられなかった世界的な感染症の流行。そしてコロリ。お上からの芸の制限に繋がる指導。

師弟関係におけるそれぞれの心理と行動。

今読み返してみて、深くしみわたるものがある。それこそが小説の力だ。

古典が残ってきたのは、その内容に誰かの心を動かすだけの力があり、普遍的なテーマがある、とされたからだろう。

どれだけ時を経ても人間の心理はそう変わらない。裏切ったり、裏切られたり、泣いたり、泣かせたり、本書のどこにも聖人君子は出てこないから面白い。これを良作と呼ばずにいられるものか。

良作は長きにわたり人の心に残り、読み継がれるのだ。圓朝の人生と作品とともに。

（なかえ・ゆり　女優・作家）

『圓　朝』二〇一九年二月　中央公論新社刊

中公文庫

圓《えん》朝《ちょう》

2021年12月25日　初版発行

著　者　奥山景布子《おくやまきょうこ》

発行者　松田陽三

発行所　中央公論新社
〒100-8152　東京都千代田区大手町1-7-1
電話　販売 03-5299-1730　編集 03-5299-1890
URL http://www.chuko.co.jp/

DTP　嵐下英治
印　刷　三晃印刷
製　本　小泉製本

Published by CHUOKORON-SHINSHA, INC.
Printed in Japan　ISBN978-4-12-207147-6 C1193

中公文庫既刊より

各書目の下段の数字はISBNコードです。978－4－12が省略してあります。

お-82-1
時平《しへい》の桜、菅公の梅　奥山景布子《きょうこ》
孤高の俊才・菅原道真と若き貴公子・藤原時平。身分も年齢も違う二人は互いに魅かれ合うも、残酷な因縁に辿り着く――国の頂を目指した男たちの熱き闘い！
205922-1

お-82-2
恋衣　とはずがたり　奥山景布子
後深草院の宮廷を舞台に、愛欲と乱倫、嫉妬の渦に翻弄される一人の女性。遺された日記を初めて繙いた娘の視点から、その奔放な人生を辿る。〈解説〉田中貴子
206381-5

お-82-3
秀吉の能楽師　奥山景布子
太閤秀吉を能に没頭させよ、との密命を帯び、天下人に近づいた能楽師・暮松新九郎。能に見せた秀吉の狂気はやがて新九郎を翻弄してゆく。〈解説〉縄田一男
206572-7

お-82-4
江戸落語事始　たらふくつるてん　奥山景布子
口下手の甲斐性なしが江戸落語の始祖⁉　殺人の濡衣や綱吉の圧制に抗いながら、決死で〝笑い〟を究めた咄家・鹿野武左衛門の一代記。〈解説〉松尾貴史
207014-1

た-56-1
新釈落語咄　立川談志
古典落語の真髄を現代訳した〝家元〟談志の落語論。「粗忽長屋」から「妾馬」まで珠玉の二十篇に新たに光が当てられ、いま蘇る。〈解説〉爆笑問題・太田光
203419-8

た-56-3
酔人・田辺茂一伝　立川談志
若き談志が「人生の師」と慕った紀伊國屋書店創業者・田辺茂一。ともに遊んだ昭和のネオン街と華やかな交友関係を振り返る漫談風エッセイ。〈解説〉高田文夫
207127-8

か-92-1
桂馬の高跳び　坊っちゃん講釈師一代記　神田山陽（二代目）
明治生まれの若旦那、張り扇片手に芸の道へ。講談を愛し、講談に尽くした「革命家」二代目神田山陽の痛快な一代記。孫弟子・六代目神田伯山による解説収録。
207002-8

各書目の下段の数字はISBNコードです。978－4－12が省略してあります。

た-28-12
道頓堀の雨に別れて以来なり 川柳作家・岸本水府とその時代（上）
田辺 聖子
大阪の川柳結社「番傘」を率いた岸本水府と川柳に生涯を賭けた盟友たち……上巻は、若き水府と、柳友たちとの出会い、「番傘」創刊、大正柳壇の展望まで。
203709-0

た-28-13
道頓堀の雨に別れて以来なり 川柳作家・岸本水府とその時代（中）
田辺 聖子
川柳への深い造詣と敬愛で、その豊醇・肥沃な文学的魅力を描き尽す伝記巨篇。中巻は、革新川柳の台頭、水府の広告マンとしての活躍、「番傘」作家銘々伝。
203727-4

た-28-14
道頓堀の雨に別れて以来なり 川柳作家・岸本水府とその時代（下）
田辺 聖子
川柳を通して描く、明治・大正・昭和のひとびとの足跡。川柳への深い造詣と敬愛でその豊醇、肥沃な文学的魅力を描く、著者渾身のライフワーク完結。
203741-0

た-28-15
ひよこのひとりごと 残るたのしみ
田辺 聖子
他人はエライが自分もエライ。人生はその日その日の出来心――七十を迎えた「人生の達人」おせいさんが、年を重ねる愉しさ、味わい深さを綴るエッセイ集。
205174-4

た-28-17
夜の一ぱい
田辺 聖子
浦西和彦 編
友と、夫と、重ねた杯の数々……。四十余年の長きに亘る酒とのつき合いを綴った、五十五本のエッセイを収録、酩酊必至のオリジナル文庫。〈解説〉浦西和彦
205890-3

た-28-18
隼別《はやぶさわけ》王子の叛乱
田辺 聖子
ヤマトの大王の想われびと女鳥姫と恋におちた隼別王子は大王の宮殿を襲う。「古事記」を舞台に描く恋と陰謀と幻想渦巻く濃密な物語。〈解説〉永田 萠
206362-4

た-28-19
大阪弁ちゃらんぽらん〈新装版〉
田辺 聖子
「あかん」「わやや」……。大阪弁に潜む大阪人の気質と、商都ならではの心くばり。大阪弁を通して、大阪人の精神を考察するエッセイ。〈解説〉長川千佳子
206906-0

た-28-20
大阪弁おもしろ草子
田辺 聖子
「そこそこ」「ぼつぼつやな」。短い言葉の中にも多様な意味やニュアンスが込められている大阪弁を通して、大阪の魅力を語るエッセイ。〈解説〉國村 隼
206907-7

各書目の下段の数字はISBNコードです。978-4-12が省略してあります。

ふ-2-7
檜山節考／東北の神武たち 深沢七郎初期短篇集
深沢七郎

「檜山節考」をはじめとする初期短篇のほか、伊藤整・武田泰淳・三島由紀夫による選評などを収録。文壇に衝撃をもって迎えられた当時の様子を再現する。〈解説〉小山田浩子

206010-4

ふ-2-8
言わなければよかったのに日記
深沢七郎

小説「檜山節考」でデビューした著者が、武田泰淳、正宗白鳥ら畏敬する作家との交流を綴る文壇日記。巻末に武田百合子との対談を付す。〈解説〉尾辻克彦

206443-0

ふ-2-9
書かなければよかったのに日記
深沢七郎

ロングセラー『言わなければよかったのに日記』の姉妹編（『流浪の手記』改題）。飄々とした独特の味わいとユーモアがにじむエッセイ集。〈解説〉戌井昭人

206674-8

ふ-12-4
夜の橋
藤沢周平

無頼の男の心中にふと芽生えた一掬の情愛——江戸深川の夜の橋を舞台に男女の心の葛藤を切々と刻む表題作ほか時代秀作自選八篇。〈解説〉尾崎秀樹

202266-9

ふ-12-5
義民が駆ける
藤沢周平

老中の指嗾による三方国替え。苛酷な運命に抗し、荘内領民は大挙江戸に上り強訴、遂に将軍裁可を覆す。天保期の義民一揆の顚末。〈解説〉武蔵野次郎

202337-6

ふ-12-6
周平独言
藤沢周平

歴史を生きる人間の風貌を見据える作家の眼差しで、身辺の風景にふれ、人生の機微を切々と綴る。情感豊かな藤沢文学の魅力溢れるエッセイ集。

202714-5

ふ-12-7
闇の歯車
藤沢周平

曰くありげな赤提灯の常連客四人に押込強盗を持ちかける謎の男。決行は逢魔が刻……。深川を舞台にくり広げる長篇時代サスペンス。〈解説〉清原康正

203280-4

ふ-12-8
雲《くも》奔《はし》る 小説・雲井龍雄
藤沢周平

安井息軒の三計塾きっての俊才、米沢藩士・雲井龍雄。幕末の動乱期に、討薩ひとすじに生きた二十七歳の短く激しい悲劇の志士の生涯を描く力作長篇！

205643-5